성낙희교수 화갑기념
논 총 간 행 위 원 회

국학자료원

成樂喜　敎授　近影

책머리에

저희 숙명여대 국어국문학과 대학원 고전문학전공자들은 성낙희 선생님의 지도 아래 1998년 이래 오늘에 이르기까지 매월 개별 논문을 발표하기도 하고 좋은 교재를 선정하여 함께 읽기도 하면서 정례 세미나를 해오고 있습니다. 그 일환으로 몇 해 전부터는 '국문학과 사상'을 집중적으로 공부해왔습니다.

문학이 궁극 인간 사유의 소산이라 할 때 사유는 곧 사상을 의미합니다. 사상은 한 개인은 물론 민족을 지탱해온 뿌리이며 정신의 에너지로서 문학 창작의 큰 자산이며 문학 연구의 광맥이기도 합니다. 국문학에 나타난 주된 사상은 유교와 불교 그리고 도가 사상이며, 이들은 독자적으로 혹은 서로 융합하여 작품의 근간을 이루고 있습니다. 특히 유교가 우리 삶과 문학에 깊은 영향 관계에 놓이는 것은 이번 연구 결과로서도 새삼 주목하게 되거니와, 이에 못지않게 불교적 도가적 사유 또한 우리 삶의 혈맥에 면면히 흐를진대 이에 관한 보다 심도 있는 학구적 사색의 여지가 아직도 무한한 미개지로 남아 있다 하겠습니다.

이제 그 동안의 가르치심과 배움의 산물을 엮어 성낙희 선생님의 회갑을 기념하고자 합니다. 오랜 세월 여러 모로 불초한 제자들을 자애와

신의로써 이끌어 주신 은혜에 이 작은 책을 봉헌하여 감사드리오며, 사람과 학문과 학교에 대한 맑은 사랑으로 언제나 바른 길을 보여 주셨던 그 뜻을 받들어 더욱 정진하려 합니다. 선생님을 통하여 터득한 배우는 자로서의 도리와 가르치는 자로서의 도리를 저희는 무엇보다 귀하게 간직하고자 합니다. 그러나 책을 상자함에 즈음하여 아쉬움이 없지 않아, 선생님의 학덕에 오히려 누가 되지 않을까 송구한 마음을 감출 수 없습니다.

앞으로도 더욱 강건하시어 후학들에게 귀한 가르치심 오래도록 이어 베푸실 것을 믿사오며, 선생님의 훈향 속에 맺은 이 결실이 우리 '문학과 사상'을 이해하는 데 조금이나마 도움이 되기를 소망합니다. 계속해서 보태고 기워나가도록 하겠습니다. 서두르지 않고 그러나 쉬지 않고 걸어가려 합니다.

2005년 9월
청파동에서
성낙희 선생님 제자 일동

목 차

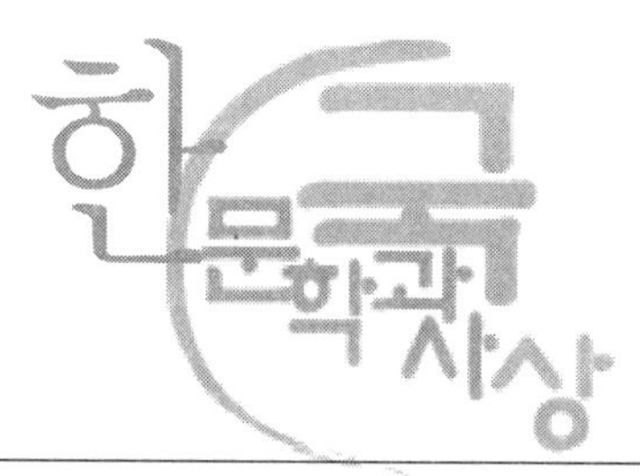

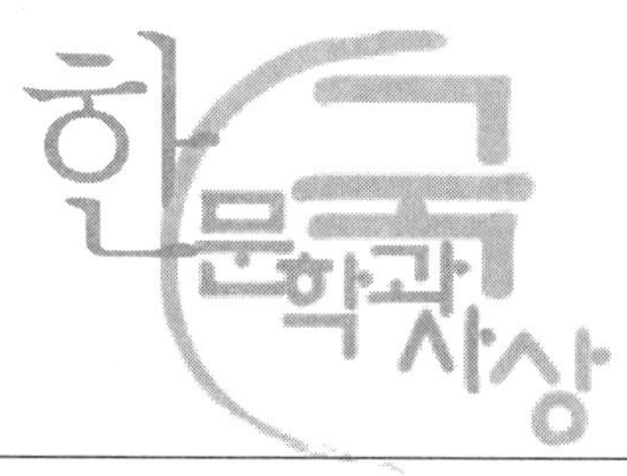

김시습 시의 도가적 특성

-은둔시를 중심으로-

성 낙 회

I. 서 언

김시습의 방대한 소작에는 유불선 사상이 공존하고 있는 것으로 알려진 가운데 그간 유교적 측면과 불교적 측면의 접근에 주로 초점이 맞추어진 반면에 도가적 특성에 대해서는 상대적으로 관심과 논의가 부족했던 것이 사실이다.[1] 이는 그의 시에 대해서도 예외는 아니다.

이 연구는 김시습의 한시에 반영된 도가적 특성을 살펴보려는 노력의 첫 번째 시도로 그의 은둔사상에 대하여 고찰하려는 것이다. 은둔사상은 우리 전통 문학의 중요한 주제 가운데 하나로 여러 작가들을 통해서 다양하게 표현되고 있으나, 운문의 경우 김시습의 한시에서 누구 못지 않게 양적으로 풍요한 수확을 거두고 있을 뿐 아니라 질적으로도 매우 높은 수준의 결실을 맺고 있는 것으로 이해된다.

여기서는 특히 다음 두 가지 관점에서 그의 은둔사상의 전개에 주목할 것이다. 첫째 은둔사상이 김시습의 한시를 통해서 얼마나 아름답게

---

[1] 정병욱, '매월당집 해제' 참조

꽃 피었는지 구체적으로 살펴봄으로써 은둔사상의 본질을 이해하는 데 일조하고자 한다. 隱遁은 단순히 '세상일을 피하여 숨는 것'[2]이 아니며, 넓은 의미의 은둔이 다양한 모양과 여러 수준으로 이루어지고 있는 가운데 본질적인 은둔 혹은 높은 차원의 은둔에는 고상한 動因과 함께 많은 제약이 따르게 마련이며, 문학작품에서의 은둔사상은 다소간에 이런 특성을 지니고 있어야 할 것이 기대된다.

둘째는 그의 은둔사상이 도가적 특성과 어떻게 관련되는지 살펴봄으로써 그의 시 세계에서의 도가적 특성의 일면을 해명하고자 한다. 은둔사상은 비단 도학자뿐 아니라 유학자나 불승들에게서도 광범하게 발견되는 상황에서 김시습의 시에서 꽃 핀 은둔사상을 굳이 도가적이라고 이해하는 데는 그만한 논거가 제시되어야 할 것이다.

이러한 논의를 전개해 나가는 데 있어서도 우리는 그의 시 작품 속에서 논거를 찾는 것을 원칙으로 한다. 이는 단순히 그가 이러한 작업이 가능할 정도로 많은 시 작품을 남겼기 때문이라기보다 시에서 정서적으로 표출된 것이 산문에서 논리적으로 기술하고 있는 것보다 훨씬 더 진실에 가깝고 진솔하기 때문이다. 시는 무의식과 의식의 중간에 위치하여 안개가 자욱한 땅과 같다. 이 땅에는 절대적으로 어두운 것도 없고, 절대적으로 환한 것도 없다. 모든 것이 그 중간 단계에 있다. 그러므로 산문이 표현하지 못하는 것을 시는 간접적으로 암시할 수 있다. 산문은 너무 표피적이다. 시는 좀 더 깊이 들어간다. 시는 간접적이긴 하지만 한층 더 깊고 풍요롭다.

여기서 사용한 자료는 세종대왕 기념사업회에서 간행한 『국역 매월당집』이며, 국역이 간혹 만족스럽지 못한 데가 눈에 띄지 않는 것은 아니나 통일을 기하기 위하여 일단, 이 전집의 번역에 충실히 따르기로 하였다.

---

2) 국립국어연구원, 『표준국어대사전』 등 사전에는 이렇게 정의되어 있다.

Ⅱ. 은둔사상의 도가적 親緣性 문제

김시습의 그 많은 시 작품 가운데는 은둔사상을 드러내는 것 또한 허다하다. 이런 범주의 작품들을 사상적 관점에서 도가적으로 보아 온 것이 일반적이다. 그리고 이는 그의 시 세계의 도가적 특성의 중요한 요소로 간주되기도 한다. 그러나 도가 사상과 은둔사상의 이런 親緣 관계의 근거를 제시하거나 그 타당성을 입증할 논의는 별로 이루어지지 못한 것이 사실이다. 반대로 이런 친연성을 비판하는 입장을 성기옥에게서 보기도 한다. 그는 다음과 같은 논거를 통해 자신의 비판적 견해를 밝히고 있다.

(1) 功名도 이젓노라 富貴도 이젓노라
     세상에 번우한 일 다 주어 이젓노라
     내 몸을 내무자 이즈니 눔이 아니 이즈랴[3]

이는 老壯的 사유와의 친연성에 근거하여 隱逸思想을 도가적으로 규정하는 전형적 예로서 제시되는 것이다. 대부분의 논자들이 이런 은일적 성향의 작품들을 의심 없이 도가 사상으로 귀속시켜 논의를 펴고 있다. 그러나 이는 작자 金光煜이 광해군의 폐비 사건으로 삭직되어 고양으로 쫓겨났을 때 쓴 ‘栗里遺曲’ 17수 중의 한 수라는 점에서 전혀 다른 해석도 가능하다. 창작 상황에서 감지할 수 있는 억울하게 쫓겨난 심경을 고려한다면, 부귀공명을 잊고(초장) 만사를 잊어(중장) 忘我의 경지에 든다는(종장 안쪽) 시적 토로가 오히려 당시의 부정적 정치현실

---

3) 심재완, 『역대시조전서』(세종문화사, 1972), p.231.

에 대한 역설적인 반동의 언어일 가능성이 있기 때문이다. 특히 종장 바깥짝의 '늠이 아니 이즈랴'가 던지는 묘한 자조적 분위기가 더욱 그럴 가능성을 뒷받침한다. 말하자면 이에는 유가적인 출처, 隱見의 사유 논리와 연결 지어 해석해야 할 또 다른 측면이 있음을 명념해야 한다는 것이다. 은일적 사유의 도가적 원천을 찾는 일은 앞으로도 계속되어야 마땅하겠지만, 사대부 시가에 드러나는 은일적 성향을 곧바로 도가 사상에 귀속시키려는 의도는 부질없는 일이다.[4]

이는 은둔사상의 외양을 기계적으로 도가적 특성으로 규정하는 안이한 자세에 대하여 반성할 여지가 있음을 일깨워주고, 은둔사상과 도가 사상의 관계를 보다 깊이 성찰할 필요가 있음을 강조한 점에서 의미가 있다고 생각된다. 은둔사상이란 결코 자포자기적이거나 퇴영적인 것은 아니기 때문이다. 그리고 여기서 표현된 '은일적 성향'과 은둔사상 자체 사이에는 뉴앙스 이상의 구분이 있을 것으로 간주한다. 부귀공명과 세상일을 잊는 것이 은둔사상의 필요조건일 수는 있지만 결코 충분조건은 될 수 없기 때문이다. 이들을 부정적으로 잊는 것과 긍정적, 적극적으로 초월하는 것의 차이는 은둔의 수준 차이를 만들어내는 이상으로 은둔사상 여부를 결정하는 일이 될 수도 있다. 이런 점에서 (1)의 은둔사상 관련 논의에는 출발부터 석연치 않은 문제가 개입되어 있음을 먼저 지적하고자 한다.

다른 사상과 마찬가지로 은둔사상 또한 도가의 배타적 독점물일 수는 없을 것이다. 유학자도 경우에 따라서는 은둔적 주제의 작품 혹은 은둔적 성향의 작품을 쓸 수 있고, (1)은 이런 실제적 예에 해당한다. 그리고 이는 유학자뿐만 아니라 승려의 경우에도 똑같이 해당된다고 할 수

---

4) 성기옥, 「사대부 시가에 수용된 신선모티프의 시적 기능」(한국고전문학회 편, 『국문학과 도교』, 1998), pp.17f.

있다. 이런 점에서 성기옥의 문제 제기의 타당성이 인정된다.

그러나 각도를 달리해서 볼 때 성기옥의 논거는 간과해서는 안 될 문제점도 지니고 있는 듯하다. 즉 유가와 도가는 상호간에 배타적 고유성만 지니고 있어서 언제나 유가는 유가적이기만 하고 도가는 도가적이기만 하다는 사실을 암묵적으로 인정하는 결과가 되기 때문이다. 이는 마치 자동차의 부품을 자사의 순정품으로만 갖추려는 의도를 방불케 한다. 그러나 우리의 삶에 있어서 이러한 순수성을 기대하기 어려울 뿐만 아니라, 이는 사상적으로도 불가능하며 또한 바람직스럽지도 않은 것이다. 오히려 한 사상이 다른 사상의 특성을 수용하여 소화시킴으로써 자신의 스펙트럼을 넓히고 자신의 존재를 강화할 수도 있다. 이런 사실을 간과하고 사상 문제에 경직되게 혹은 편협하게 접근할 때, 은둔사상 또한 도가적 은둔사상이 있고, 유가적 은둔사상이 있을 것이라는 추리가 가능하며, 나아가 불가의 은둔사상이나 기타의 여러 은둔사상도 인정해야 하는 상황에 직면하게 될 것이다.

더구나 성기옥의 논의에서 문제가 되는 것은 이런 여러 은둔사상 간의 특성적 구분 이전에 저자가 속한 사상 영역에 따라 그들의 작품을 기계적으로 유가적 은둔사상, 도가적 은둔사상 등으로 구분하는 것은 결코 본질적 접근이 될 수 없을 것이라는 점이다. 우리는 이런 형식적이고 경직된 방식보다는 자연스러운 현실을 융통성 있게 이해하는 입장을 취하고자 한다. 실제로는 유가이면서 경우에 따라서는 도가적일 수 있으며, 마찬가지로 도가이면서 간혹 유가적 입장을 취할 수도 있음을 흔히 보기 때문이다. 이는 사상적 관점에서는 불순하고 퇴보적일지 모르나, 우리의 삶의 측면에서는 지극히 자연스럽고 발전적인 것이라 할 수도 있다. 사상이 삶에 이바지해야 하고 삶이 사상에 희생되어서는 안 되기 때문이다. 그래서 현대사회에서 대치되고 있는 두 이념인 자본주의와 공산주의도 제각기 극단적으로 치닫기보다는 상호 장점을 가미함으로써 오늘날 순수한 사상을 고수하기보다 다소간 퓨전화하고 있는 것이 현실이기도 하다. 만일 자기는 공산주의자라고 결론을 내려 그 이념만 고수한다면 그는 죽어 있다. 생동감 있게 살아 있기 위해서는 공산주의자조차도 자본주의자로 기울어질 필요가 있다. 그리고 자본주의자도 공산주의자로 기울어져야 한다. 삶이라는 것은 사고만큼 명확하지가 않다. 사고라는 것은 매우 직선적이다. 삶은 직선적이 아니다. 삶은 광적이기도 하다.

사상 간의 이런 授受融合 관계를 인정하면서도 사상의 원류를 이해하려는 노력은 성기옥의 '은일적 사유의 도가적 원천을 찾는 일은 앞으로도 계속되어야 마땅할 것'이라는 지적처럼 여전히 유효하다. 그래서 우리는 은둔사상이 도가적인가 유가적이기도 한가를 가름하는 번거로운 논의에는 관심이 없으며, 은둔사상은 그 어느 사상보다도 도가적임을 인정하는 입장에서 그 논거를 찾고 그 정당성을 더욱 강화하는 일에 힘쓰려고 한다.

Ⅲ. 김시습 시에서의 은둔사상의 개화

작품 (1)과 성기옥의 해설에서도 보다시피 은둔사상은 자칫 부정적 퇴영적인 것으로 오해되기 쉽다. 불운의 시련에 좌절하거나 나약한 의지로 조그만 시련도 극복하지 못한 채 사회를 등지고 칩거하거나 도피적인 삶을 사는 심리적 병리 현상도, 넓은 의미에서 소극적 은둔사상으로 이해하는 입장을 생각해볼 수 있으나, 이를 두고 굳이 사상이라고 명명할 가치가 있을까싶다. 이런 사이비 은둔적 성향의 작품들이 우리

주변에서 배회하고 있는 것 또한 부정할 수 없는 사실이다. 우리 선인들, 그 가운데서도 특히 선각자들이나 구도자들이 이룩한 은둔 생활이나 방랑생활은 결코 이런 병리적 현상이나 구걸 행각과는 구분되는 가장 건강하고 신성한 삶의 방식으로 이해되어 온 오랜 전통을 환기할 필요가 있다. 그러나 생활방식과 가치관이 판이한 현대인의 입장에서 은둔사상의 진정한 가치를 이해하기는 매우 어려울 듯하다.

김시습의 시 작품들에 형상화된 은둔사상의 향기는 보기 드물게 그 본령을 유감없이 보여주는 점에서 그의 시에 대한 바른 이해는 곧 은둔사상을 이해하는 최적의 접근이 될 것으로 기대한다.

먼저 그의 은둔생활이 어떻게 퇴영적이거나 병리적이 아니라 건강하고 신성한 밝은 삶으로 이루어졌는지 살펴보고자 한다. 은둔사상의 첫 번째 건전성은 그 삶의 내용에서 입증될 것이기 때문이다.

(2) 放言

그윽한 집 고요하고 또 깊숙하니	幽齋靜且深
이 형체 붙여 늙어가기 넉넉하네.	寓形堪送老
만 가지 일 어찌 힘쓸 것 있겠는가?	萬事奚足務
한 가지 한가함이 그 보배일세.	一閑是所寶
문 앞에는 거마의 떠드는 것 없는데	門無車馬喧
어찌 옷을 뒤집어 입겠는가?	衣裳肯顚倒
세상 밖에 나 다닌다 허물 마소.	莫罪步世表
그것 역시 일종의 道이라네.	是亦一種道
자고로 그런 유의 사람 많으니	自古此流多
소부 허유 상고할 수 있다네.	巢許可訂考
고반함도 역시 그런 사람 있는 것	考槃亦有人
오직 나만이 즐겨함이 아닐세.	不惟吾獨好

동해 바다 물을 다 길어 내어도
이욕의 때는 씻기 어렵고
태산의 나무로 비 만들어도
이름 길의 티끌은 못 다 쓴다네.
그렇다면 내 자신을 어찌 할거나.
울타리 가에서 평소의 마음대로 하리라.
시 읊고 나자 죽창이 고요한데
산비가 뜰 풀에 뿌려 오누나.

汲盡東溟水
利欲垢難澡
利欲垢難澡
名路塵難掃
然則吾奈何
籬落從素抱
吟罷竹窓靜
山雨洒庭草[5]

(2)에서 구체적으로 언급된 삶의 외적 형상들은 초라한 집, 車馬, 옷, 일상사, 시 읊기 등이다. 그리고 이들을 통해 생활하면서 무엇보다 중요하게 생각하는 것은 한가함이다. 이와 대조적으로 속세의 꺼려하는 문제로 적시한 것은 이익을 추구하는 욕심의 때와 명예에 연연하는 뜬구름 같은 먼지 등이다. 그러나 이러한 시 감상의 핵심은 이들 항목들을 머리로 이해하는 것이 아니고, 그 하나하나의 깊은 의미를 가슴으로 느껴보는 것이다. 이들을 오늘의 우리 삶과 비교해보면 더욱 간절하게 느낌이 올 수도 있을 법하다. 가령 집으로 말하면 우리 사회에서는 주요 재산 목록으로 간주하여 대기 오염도가 높고 소음 공해가 심한 도회 요지의 것일수록 높은 가치를 지닌다. 그러나 시적 화자는 숲에 그윽하고 깊숙이 위치하여 고요하기 그지없는, 비록 초가삼간의 조그만 집이라도 자신 한 사람이 기거하며 노년을 보내는 데 부족함이 없을 정도의 공간이면 흡족하게 생각한다. 산중에서는 구중궁궐이 있을 수도 없고 있을 필요도 없다. 거마도 마이카 시대에는 필수품이 되고, 되도록 클수록 품위를 과시할 수 있을 것으로 생각한다. 그러나 이 산속에는 일체의

---

5) 김시습, 『국역매월당집』, 1 (세종대왕기념사업회, 1977), p.81.
　　이하, 매월당집이라 함.

자동차가 마치 무용지물 같아 아무 쓸모도 없다. 그리고 이를 타고 납실 높은 어른이 없는 터에 서둘러 옷을 입느라 난리를 펼 일도 없다.

'울타리 가에서 평소의 마음대로 하리라'는 것은 결코 큰 기대와 명예를 걸고 허황된 일을 벌이려 하지 않고 평상심으로 안분지족하는 것이다. 그러나 평범한 일이라고 결코 과소평가해서는 안 된다. 밤의 죽음으로부터 모든 사물이 되살아나고, 나무들이 되살아나고, 새들이 깨어나고, 신선한 산들바람이 불어오면, 아침 산책을 나가고 그 산책을 즐기는 것 또한 얼마나 소중한 것인가? 그는 일기장에다 「나는 30년 동안 아침마다 산책을 나갔는데 아직 아무런 소득도 얻지 못했다」고 적어 넣지 않을 것이다. 아침 산책은 아침 산책이어서, 그 자체가 내재하는 목적이다. 그가 그것을 즐기면, 모든 아침 산책은 그를 풍요롭게 해준다. 그것은 미래에 언젠가 그를 풍요하게 해주는 것이 아니라 지금 당장 풍요하게 해준다. 문제는 무엇을 하느냐가 아니라 어떤 감응으로 하느냐다. 현인들은 순수한 삶, 평범한 삶을 살며, 평범함을 찬양하고 평범함을 숭배한다.

시 짓고 읊기도 은둔생활에서는 결코 특별한 일이거나 사치스러운 일이 아니며, 고료나 명예와 관련된 문제가 아니라, 삶을 신비로 받아들일 때 자연스럽게 가슴에 일어나는 영적인 춤에 다름 아니다. 비(雨)는 속세에서는 경제적 가치의 눈으로 받아들일 뿐이나, 산중 생활에서는 뜰 풀에 뿌려 만물을 생동하게 하는 신비의 생명력인 것이다. 이런 생활에서 한가함은 그림자처럼 따라오는 축복인 셈이다. 한가함은 이 시의 키워드이며 은둔생활의 보람이다. 현대인은 한가함의 가치를 잊어버렸다. 우리는 여유롭고 한가한 상태, 아무런 긴장 없이 릴랙스된 상태, 욕망도 없고 사념의 움직임도 없는 무념무상의 상태를 상상할 수 없다.

여기서 시적 화자는 만 가지 일에 신경 쓰지 않으니 한가하게 지낼

수 있다고 한다. 그러나 어떻게 이런 저런 중요한 일에 신경 쓰지 않을
수 있는가? 이는 도덕경 제2장의 萬物作焉而不辭의 함의와 전적으로
일치한다. 도가적 방편의 핵심은 자신 속에서의 깊은 이완, 전체적인
이완이라고 말할 수 있다. 우리는 항상 긴장해 있다. 그것은 집착 때문
이다. 붙들고 놓지 않기 때문이다. 우리는 결코 이완할 수 없다. 흘러가
는 대로 맡기지 못한다. 우리는 항상 뭔가를 하고 있다. 그 행위가 바로
문제다. 우리는 결코 無爲의 상태에 머물 수 없다. 무위의 상태에서라야
어떤 것들이 저절로 일어날 수 있다. 우리는 단지 아무 것도 하지 않고
있는 상태여야 한다. 호흡은 들어가고 나온다. 혈액은 순환한다. 육체는
살아 있고 심장은 고동친다. 온 세상이 우리를 중심으로 돌아가고 있다.
그리고 우리는 아무 것도 하지 않는다. 우리는 행위자가 아니다. 우리는
단지 쉬고 있고 어떤 것들이 저절로 일어나고 있다. 어떤 것들이 저절로
일어날 때 우리는 행위자가 아니다. 우리는 전적으로 이완되어 있다.
이런 이해와 자세로 살아갈 때 한가함은 그림자처럼 따라온다. 우리가
행위자가 될 때 어떤 것들은 저절로 일어나지 않는다. 우리에 의해서
조종되는 것이다. 그때 우리는 긴장하게 되며 더욱 많은 행위를 하지
않을 수 없다. 김시습은 한가함을 은둔생활의 보람으로 즐기며 보배로
아끼고 있다.

(3) 漫遊

내와 못에 노는 것 익숙하여져서	川澤遨遊慣
홍진 세상의 꿈은 이미 잊었네.	紅塵夢已忘
아이들이 학교에서 방학한 것 같고	如童放學館
말들이 구장에서 달리는 것 같다.	似馬走毬場
나막신 굽으로 산기슭 두루 다녀서	屐齒遍山麓

새로 지은 시편이 초당에 가득하다.　　　新詩盈草堂
후세 사람 응당 나를 웃어대리라.　　　　後人應笑我
천지간에 하나의 멀쩡하고도 미친 자라고.　天地一淸狂[6]

　(3)에서는 은둔생활의 주요 내용이 홀가분하게 근심걱정을 털어버리고 자유분방하게 노니는 것임을 보여준다. 산속 맑은 물에 몸을 담그고 놀아본 일을 회상해 보라. 이런 데 취하여 정신이 나갈 정도면 떠나온 속세의 미련은 말끔히 씻기고도 남을 법하다. 시적 화자는 속세의 일이 마치 학생들이 학기 중에 공부에 시달리는 것에 비유된다면 은둔생활이야말로 방학을 맞아 신명나게 노는 것과 같다고 한다. 내와 못에서 놀 뿐만 아니라 이 산 저 산 돌아다니며 흥에 겨우면 으레 詩想이 떠오르고 이렇게 해서 이루어진 시가 집안에 넘쳐난다. 그래서 은둔생활은 영육 양면에서 두루 건강과 기쁨이 넘쳐나게 마련이다. 은둔생활의 이런 맛과 멋을 경험해보지 않은 이들이 어떻게 이런 차원의 삶을 십분의 일이라도 이해할 수 있겠는가? 그들의 눈에는 일하지 않고 놀고먹는 무뢰한 혹은 미친놈쯤으로 비칠 것이다.

　여기서 우리는 삶에서 휴식의 가치에 대하여 생각해보게 된다. 야경꾼에게 밤은 길다. 왜? 그는 쉴 수 없기 때문이다. 그는 억지로 깨어 있어야 한다. 그것은 투쟁이며 본성에 대항하는 것이다. 밤은 휴식하고 잠자도록 마련된 것이다. 그런데 그는 본성에 대항하여 싸운다. 어리석은 자는 야경꾼과 같다. 그는 본성에 맞선다. 그는 흐름을 거슬러 헤엄치기 위해 애쓴다. 당연히 그의 불행은 길어질 수밖에 없다. 불필요할 정도로 길어진다. 그리고 그는 자신의 불행을 수천 배는 더 배가시킨다. 휴식하고 방임하지 못하기 때문이다. 어리석은 마음의 첫 번째 특징은

---

6) 매월당집 1, p.110.

항상 긴장과 경계를 늦추지 않고 두려움에 떠는 것이다. 휴식하는 사람에게 밤은 그다지 길지 않다. 밤은 순식간에 지나간다. 잠들었다가 깨어보면 벌써 아침이다. 밤이 그토록 빨리 지나갔다고는 믿을 수 없을 정도이다. 더 깊은 휴식을 취할수록 밤은 더 빨리 지나간다. 아이들에게는 방학도 즐거울수록 빨리 지나간다. 그러나 오늘날 진정한 방학은 사라지고 밤도 계속 사라지고 있다. 우리는 휴식을 잃고 고단하게 살아간다. 이런 처지에서 김시습의 이 시는 원초적 삶의 아름다움을 상기시킨다.

예수는 그의 제자들에게 "내게로 오라. 내가 너희를 쉬게 하리라. 무겁고 짐 진 자들아, 다 내게로 오라. 내가 너희를 쉬게 하리라."라고 말했다. 그러한 종류의 휴식은 완전히 다른 종류의 휴식이다. 수많은 무리들과 함께 살며 그 무리들을 따르는 데서 오는 기쁨은 진정한 휴식이 아니다. 물론 우리는 기분이 좋다고 느낄 것이다. 그러나 기분이 좋다는 것은 단지 기분이 좋은 것일 뿐이다. 그러나 이러한 것은 예수가 제자들을 인도하려고 하는 휴식이 아니다.

진정한 휴식은 우리가 우리 자신의 집에 이르는 것을 의미한다. 즉 우리 스스로가 중심이 되고 바탕이 되어야 한다. 유혹이나 고정관념에 사로잡히지 않도록 깨어 있어야 한다. 돈은 훌륭한 교환 수단이며 매우 유용하다. 그러나 그 이상의 것은 결코 아니다. 그것은 우리의 영혼도 아니며 우리의 신도 아니다. 그러나 오늘날 세상에서 돈은 거의 유일신처럼 보인다. 사람들은 마치 신을 섬기듯 돈에 매달린다. 김시습은 현명하게도 기쁨 또한 아픔임을 깨닫고, 용감하게도 군중에 휩쓸리지 않고 자신으로 살아가고 있다. 우리가 집에 있을 때 우리는 돈을 사용하며, 결코 돈이 우리를 사용하도록 허용하지 않는다. 우리는 진정한 인간, 진실한 존재가 된다. 그리고 나서야 진정한 휴식이 온다.

도가에서는 초연함이 진정한 삶의 방식이다. 집착과 소유가 없어야 한다. 만사가 저절로 일어나게 해야 하고, 삶이 저절로 일어나는 해프닝이 되게 해야 한다. 그러면 거기에 기쁨이 있고 즐거움이 있다. 왜냐하면 절망이 없기 때문이다. 애초에 기대한 바가 없으므로 실망도 없다. 무슨 일이 일어나든 좋다. 실패도 없고 성공도 없다. 성공과 실패라는 게임이 포기되었다. 아침에 해가 뜨면 일어나고 밤에 달이 자장가를 부르면 잠잔다. 배고프면 먹는다. 그렇다고 이는 나태함을 예찬하고 일하러 나가지 말라고 말하는 게 아니다. 단지 행위자가 되지 말라는 것이다. 물론, 배고플 때는 먹어야 하고, 먹기 위해서는 일해야 한다. 그러나 거기에 행위자가 있어서는 안 된다. 배고픔 자체가 일을 해야 한다. 배고픔 외에 다른 행위자가 있어서는 안 된다. 부처는 말한다. 춤추는 자는 없고 춤만 있을 때 거기 진리가 있다고. 강은 없고 흐름만 있다. 결코 행위자가 되지 말라. 우리가 투쟁하지 않을 때 이 일상적인 삶은 비범한 아름다움을 지니게 된다. 나무는 더 푸르러지고 새는 더 풍성한 음률로 노래한다. 주변에서 일어나는 모든 일이 소중해진다. 흔히 보는 자갈마저 다이아몬드가 된다.

(4) 修山亭

줄지은 산 천 층이나 푸르러 있고	列岫千層碧
긴 강은 한 줄기 띠처럼 환히 보이네.	長江一帶明
스스로 인간 세상과 멀리 한 것은	自與人世遠
산 고개 잔나비와의 맹세 때문이 아닐세	非愛嶺猿盟
좁은 길은 소나무 때문에 구불구불하고	小徑緣松曲
거친 층 뜰은 풀과 함께 평평하네.	荒階與草平
이 생에 모름지기 득의해야 하거니	此生須得意
물건 치고 풍정이 아닌 게 없네.	無物不風情[7]

(4)는 은둔생활을 통해서 삶이 행복하고 삶의 궁극적 목표를 향해서 한 걸음 한 걸음 나아가는 보람에 대한 토로라 할 수 있다. 속세를 버리고 이곳으로 온 것은 단지 여기가 아름답고 평화스러워서만은 아니다. 삶은 참으로 귀중한 것이므로 결코 헛되이 낭비할 수 없으며, 이 세상에 사는 동안 높은 차원의 의식에 도달하고 궁극적으로는 깨달음도 일어나야 할 것이다. 지금까지 얼마나 많은 전생을 뜻을 이루지 못한 채 무위로 보냈는가? 시적 화자는 은둔생활이 그 자체가 목적이 아니라 궁극적 목표에 이르기 위한 최선의 방도라고 드디어 속내를 드러낸다.

깨달음을 얻기 위해서는 먼저 현명해져야 한다. 현명함은 깨달음을 위한 준비이다. 현명하게 행동하고, 현명한 삶을 영위해야 한다. 그리고 현명해지려면 먼저 지성을 계발해야 한다. 그러면 지성은 어떻게 계발하는가? 우선 작은 일부터 세세한 관심을 기울여야 한다. 길을 걸을 때도 항상 깨어 있도록 하고, 목욕을 할 때도 깨어 있어야 한다. 차가운 물이 우리의 몸 위로 떨어질 때 몸은 그것을 즐기며 우리는 깨어 있고, 일어나고 있는 일들을 의식한다. 아무런 긴장감 없이 사실을 의식할 수 있어야 한다. 한가한 생활과 정신적 이완을 통해서 이런 일은 더욱 더 성숙할 것이다. 이러한 의식의 순간은 식사할 때, 산책할 때, 노래하고 시를 읊을 때, 명상할 때 등 수많은 일에서 계속 반복되어야 한다. 어떤 상황에서라도 항상 깨어있어야 한다. 그러면 서서히 먼지가 걷히고 우리의 거울과 같은 의식이 떠오를 것이다. 그리고 의식이 최상의 상태에 있을 때 깨달음이 일어날 것이다.

---

7) 매월당집 1, p.323.

(5) 釋老 -贈峻上人 20수, 其八

종일 짚신 신고 발길 가는 대로 가니	終日芒鞋信脚行
산 하나 지나면 또 한 산이 푸르다.	一山行盡一山靑
마음이 집착 없거늘 사물에 어이 부림당하랴	心非有想奚形役
도는 본래 이름할 수 없나니 어찌 빌려 이루랴.	道本無名豈假成
밤이슬 마르기 전에 산새들 지저귀고	宿露未晞山鳥語
봄바람 끝없는 속에 들꽃이 환하더니,	春風不盡野花明
단장 짚고 돌아가매 일천 묏부리 고요하고	短笻歸去千峰靜
푸른 벼랑에선 저녁 안개 어지러이 일어나네.	翠壁亂烟生晚晴[8]

(5)에서는 방랑의 삶을 보인다. 방랑은 은둔 생활의 중요한 일부를 이룬다. 진정한 은둔은 山家에 칩거하는 것이 아니라 흰 구름처럼 한 곳에 뿌리내리지 않고 분방한 방랑의 삶을 사는 것이다. 그러나 떠돌이처럼 그냥 방랑만 하는 것이 아니고, 그 방랑은 보다 깊은 차원에 이르니, 그는 정신적인 방랑자이다. 방랑자는 똑같은 일을 반복하지 않고 항상 새롭고 신선한 것을 추구한다. 자신의 능력이 닿는 한 여행을 아름답고 창조적인 것이 되게 하려고 한다. 의식의 가장 깊은 곳에서 방랑자가 되면, 그 여행에서 자신을 발견할 것이다.

　방랑자는 자신을 가볍게 해야 한다. 더 멀리 갈수록 더 높이 오를수록, 그는 짐을 덜어놓아야 한다. 여기서 시적 화자는 단지 가벼운 짚신만 신은 채 일정한 목표도 없이 하루 종일 이 산 저 산 돌아다닌다. 그럼으로써 가능한 모든 방식으로 삶을 경험한다. 더 많은 경험을 할수록 그는 더욱 성숙해지기 때문이다. 가능한 한 모든 방향으로 움직여 보고, 이

---

8) 매월당집 1, p.207.

광활한 대지에서 살 수 있는 어떠한 기회도 놓치지 않으려 한다. 이는 목표를 향해 바로 나아가지 못하고 엉뚱한 방향으로 헤매는 방황과는 다르다. 짐짓 목표 지향이나 결과 지향에서 벗어나, 현재에 살 수 있는 지성과 용기를 지닌 것을 의미한다. 목적은 항상 미래에 있고 멀리 떨어져 있지만, 삶은 지금 여기에 가까이 있다. 결과 지향적인 사람들은 삶을 놓치게 된다. 여기에 진정한 방랑의 가치가 있다.

방랑자의 마음의 특징은 한 곳에 집착하지 않고 사물에 묶이지 않는 것이다. 그는 나무처럼 한 곳에 집착해 뿌리를 내리려하기보다 흰 구름처럼 항상 흘러가려 한다. 에너지는 전혀 아무런 목적 없이 흐르고 춤추고 있다. 그것은 공연도 아니고 사업도 아니다. 그것은 연애이고 시이고 음악이다. 이 세상 사물에 집착하는 것은 우리보다 못한 것에 집착하는 것이다. 그리고 우리가 우리보다 못한 것에 계속 집착한다면, 어떻게 높이 날아오를 수 있겠는가? 그것은 우리가 바위를 매달고 에베레스트를 오르려는 시도와 같다. 깨달은 이들은 결코 이런 어리석은 짓은 하지 않는다.

진리는 존재한다. 그것은 햇빛이 주위의 모든 것을 비추듯이 존재한다. 그러나 우리는 눈을 감고 있고, 어두운 밤 속에 있다. 우리가 눈을 뜨면 어둠은 없다. 깨닫지 못한 상태는 우리가 애써 얻은 것이다. 깨닫지 못한 상태에 많은 노력을 쏟아 부었다. 진리 자체는 이름이 없으며 이 세상의 모든 명칭은 허구이다. 그대의 이름은 무엇인가? 그대가 그대 자신으로 알고 있는 이름은 외부에서 주어진 것이다. 그것은 실용적인 의미밖에 없다. 그대는 '철수'라 불릴 수도 있고 '길동'이라는 이름으로 불릴 수도 있다. 그러나 그대의 진정한 이름은 무엇인가? 그대의 본래 면목은 무엇인가? 그대는 누구인가? 그대는 큰 집을 사서 그대의 이름으로 명의를 올리고, 혹은 대형차를 그대의 이름으로 등록하며, 은행에는 그대의 이름으로 된 통장에 큰돈을 넣어둘 수도 있다. 그러나 이 모두가 비본질적인 것이다. 그대는 "나는 누구인가?"라는 근본적인 질문을 던지지도 않고 덧없이 죽어갈 것이다. 구도 여행은 궁극적으로 자신을 찾는 일이다.

구도를 상징하는 그림에 유명한 尋牛圖가 있다. 진리는 다양한 방식으로 표현되어 왔다. 하지만 어떤 식으로 표현하든 항상 진리는 표현이 불가능하다는 것이 밝혀지곤 했다. 아무리 표현하려 해도 진리는 미묘하게 빠져나간다. 진리는 잡힐 듯 잡히지 않는다. 진리는 언어적인 묘사의 범위를 간단하게 벗어난다. 진리를 표현하려고 사용하는 말에는 진리를 담을 수 없다. 진리를 묘사하는 순간 우리는 즉시 절망감을 느낀다. 마치 본질적인 것은 빠지고 비본질적인 것만 표현된 느낌이다. 그래서 도가에서는 이를 상징적으로 소를 찾는 그림으로 나타냈다.[9]

아침 이슬을 머금은 산새의 울음은 더욱 맑고, 봄바람에 목욕하며 춤추고 있는 들꽃은 더욱 청초하고 밝게 빛난다. 이 밖에도 아침에 떠오르는 태양과 밤하늘을 수놓은 별들, 자연의 이런 저런 모습들은 서로

---

9) 십우도(十牛圖)는 원래는 팔우도(八牛圖)였다. 그리고 팔우도는 불교가 아니라 도가(道家)의 것이었다. 이 그림의 기원에 대해서는 잊혀졌다. 이 그림이 어떻게 시작되었는지, 누가 제일 먼저 그렸는지에 대해서는 아무도 모른다. 그런데 12세기에 이르러 중국의 곽암 선사(廓庵 禪師)가 이 그림을 다시 그렸다. 그는 다시 그리는 데 그치지 않고 그림 두 개를 더하여 십우도로 만들었다. 도가의 그림은 여덟 번째 단계에서 끝난다. 여덟 번째는 공(空)이며 무(無)다. 그러나 곽암은 여기에 두 단계를 보태었다. 아홉 번째 그림은 근원으로 돌아오는 것이며, 열 번째 그림은 원이 완성되는 것이다. 이것이 인류의 종교적인 의식에 선이 크게 공헌한 점이다. (라즈니쉬, '십우도' 참조) 불교에서의 禪은 마음(佛)을 소에 비하여 범부가 불이 되기까지를 열에 나눈 것이니 이는 송나라 곽암선사가 수도의 차제를 보인 것으로 尋牛 →見跡→見牛→得牛→牧牛→騎牛歸嫁→忘牛存人→人牛俱忘→返本還源→入塵垂牛가 그것이다. 즉 깨친 다음이라야 중생을 건지기 위하여 자비의 손을 진경에 드리우는 것이니 입산 수도하여 悟後出俗하는 것이다. 전자의 아홉은 自利의 경지요, 마지막 십우에 오면 利他에 이른다. (조지훈, '선의 예비지식' 참조)

조화를 이루면서 구도자에게는 정겨운 벗인 동시에 위대한 스승이 된다. 그는 이를 통해서 삶의 즐거움을 체험하고, 삶의 진정한 철학을 알게 될 것이다.

구도자들, 자기 자신을 탐구하고 삶의 의미를 찾는 사람들이 가장 기본적으로 이해해야 할 중요한 사실은 그들이 방랑자가 되어야 한다는 것이다. 그들은 제자리에 정체되어서는 안 된다. 그들은 고정된 사물이 아니라 하나의 과정으로 존재하는 법을 배워야 한다. 인간과 사물을 구별 짓는 가장 뚜렷한 차이점은, 사물은 항상 변함없이 똑같다는 것이다. 사물은 방랑자가 될 수 없다. 동물들 또한 완결된 상태로 태어난다. 동물은 성장하지 않는다. 다만 나이를 먹을 뿐이다. 동물들의 탄생과 죽음 사이에는 어떠한 진보도 없다.

인간은 지구상에서 진보하고 성장할 수 있는 유일한 존재이다. 인간은 나이를 먹는데 그치지 않고 새로운 차원으로 의식을 성장시킨다. 인간은 새로운 경험과 깨달음의 상태로 성장한다. 인간은 인간 자체마저 초월하여 나갈 수 있는 가능성을 갖는다. 인간은 고정된 존재가 아니라 하나의 되어가는 과정이다. 인간은 완성되지 않은 유일한 존재이다. 그것은 인간에 대한 저주가 아니라 인간의 영광이다. 인간은 인간으로 태어난다. 그러나 죽을 때는 노자 또는 부처로 죽을 수 있다. 인간은 인간을 초월하여 깨달음 또는 신성이라고 부르는 초인적인 경지에 도달할 수 있다. 인간은 완성된 존재가 아니라 끊임없이 진보하는 하나의 과정이다. 이 중요한 진리를 말하기 위해 방랑자라는 비유를 사용한다.

Ⅳ. 김시습 시에서의 은둔의 近因과 遠因

앞에서 본 것처럼 김시습은 많은 은둔의 시를 지었을 뿐만 아니라 이를 매우 아름답게 꽃 피운 시인으로 평가할 수 있다. 이런 사실은 또한 그의 생애에서 은둔생활이 차지하는 비중이 어떠하였는지 시사한다. 이는 자연스럽게 우리의 지적 호기심을 불러일으켜 무엇이 그로 하여금 은둔생활로 나아가게 했는지, 그리고 은둔생활을 아름답게 승화시켰는지 묻게 한다. 은둔생활은 결코 아무나 할 수 있는 흔한 것도 또 쉬운 것도 아니기 때문이다. 더구나 은둔생활이 아득한 옛날이야기처럼 느껴지고 혹은 자폐적인 병리현상 정도로 곡해되기도 하는 오늘날 이러한 논의는 우리 삶의 모습과 가치관의 수준을 되돌아보게 하는 데 일조할 수도 있을 듯하다.

1. 은둔의 近因

(6) 放言

인간의 억지로 영송하는 것 싫어서	苦厭人間强迎送
이 몸뚱이 뽑아내어 푸른 산골에 누웠거니	抽比形骸臥碧洞
시비와 영욕 나에게 무슨 관계 있으리오?	是非榮辱於吾何
솔바람이 불어 홰나무 그늘에서 꾸는 꿈을 깨웠네.	松風吹破槐陰夢
오랫동안 연하와 잘 지내면서	年長好與煙霞住
도토리 주워 음식 마련하며 나날을 보냈노라	拾橡供廚送朝暮
돌 평상에 베개 높여 즐겁게 잠자는 데	石床高枕睡陶然

꿈에라도 속세 길은 가지 아니하네.　　　　　　　有夢不飛紅塵路[10]

(7) 五臺山

오대산 위에는 오색 구름 나는데　　　　　　　五臺山上五雲飛
시냇물 돌 씻는 소리 익히 들어 왔네.　　　　慣聽溪流漱石時
사람 세상들 많고 적은 일들 굽어보았더니　俯瞰人寰多少事
분주하고 구속 많아 돌아감만 못하다 했네.　奔忙多刼不如歸[11]

(8) 恩津縣客舍偶盧文學 因次其韻

뜬세상의 풍파가 이같이도 넓더냐?　　　　　浮世風波如許闊
푸른 솔과 흰 돌로 인간 세상 멀리 했네.　　青松白石遠人間
옛날에 놀던 종적은 봄날의 꿈과 같아서　　舊遊踪跡如春夢
득실에 수치 많아 세상에 나가지 않으리오.　得失多慚不出寰[12]

(9) 身世

신세 서로 어김 됨이 매우 심하니　　　　　　身世相違甚
才名 또한 스스로를 속임이라오.　　　　　　才名亦自誣
원컨대 청백한 눈을 가지고　　　　　　　　　願將青白眼
성현의 무리를 대하려 하네　　　　　　　　　欲對聖賢徒
먼 쪽 나무는 높고 낮게 나뉘어 있고　　　　遠樹分高下
첨봉은 있는 듯 없는 듯 접해 있네.　　　　　尖峰接有無

---

10) 매월당집 1, pp.83f.
11) 매월당집 1, p.311.
12) 매월당집 2, p.304.

객창에 봄 꿈 깨어날 제   旅窓春夢醒
산새가 처마 가까이 와서 지저귀네.   山鳥近簷呼

(10) 歎息

탄식해야 할 것은 사람 사는 세상이라   歎息人間世
분분하고 번복되는 일 탄식할 만하네.   繽翻事可噓
백성들 마음은 巧詐스런 데로 나가고   民心趨巧詐
사물의 성질은 날로 들뜨고 허황하네.   物性日浮虛
아침 일은 저녁에 항상 고치고   朝事昏常改
앞서는 친했다가 뒤에 가선 꼭 멀어지네.   前親後必疎
薰풀과 蕕풀은 냄새와 맛이 다른데   薰蕕臭味異
왜 괴롭게들 모두 함께 쌓으려 하는가?   何欲苦同儲[13]

  (6-10)을 통해서 우리는 김시습이 인간 세상을 어떻게 바라보고 어떻게 이해하였는지 알 수 있다. 진실성이 결여된 채 형식적으로 혹은 마지못해 취하는 인간의 행동들, 화목보다는 시비와 갈등으로 몸살을 앓는 군상의 모습들, 한가하고 자유로운 삶을 구가하기보다는 분주다사하고 힘겨운 짐에 억눌려 살아가는 세상살이, 치열한 생존경쟁과 부당한 처세를 통하여 재물과 권력, 명예를 획득하기도 하고 상실하기도 하며 느끼는 자괴감, 날로 진실성을 잃고 교활해지는 군중의 작태, 아침저녁으로 변하는 세상사와 각박한 인심 …, 그는 인간 세상의 그리고 인간의 삶의 여러 측면에서 그 허구성을 투시하고 있다. 이는 그가 부정적인 관점으로 세상을 바라보았기 때문이라기보다 순수한 의식과 날카로운 시선으로 인간 세상의 허구성을 꿰뚫어본 결과로 이해된다.

---

13) 매월당집 2, p.440.

구도자는 일반인보다 더 주의 깊게 깨어 있는 사람이다. 그리고 주의 깊게 깨어 있는 의식을 통해 존재하는 사람이 많을수록 더 나은 세상이 창조될 것이다. 진정한 문명은 아직 발생하지도 않았다. 이들의 비전은 전혀 다른 세상의 시발점이며 씨앗이다. 모든 인간이 자기 자신이 될 자유를 누리는 세상, 사람들이 속박되거나 불구자가 되지 않는 세상, 사람들이 억압되고 죄책감을 느끼도록 강요받지 않는 세상, 심각함이 사라지고 즐거움이 보편적인 현상으로 인정되는 세상, 심각하지 않은 진지함과 유희성이 충만한 세상. 이런 세상이 진정한 문명사회다.

그러나 우리는 아주 조금만 깨어 있다. 우리는 십분의 일만 깨어 있고 나머지 십분의 구가 어둠 속에, 무의식 속에 파묻혀 있다. 그때 우리의 의식은 너무나 표면적인 것이어서 만약 누군가가 우리를 욕한다면, 우리는 겸손의 미덕을 완전히 잊어버리고 즉시 분노하게 된다. 갑자기 우리의 야만성이 튀어나오는 것이다. 살짝만 건드려도 우리 속에 있는 맹수의 성격이 드러나게 된다. 우리가 문명인이라고 하는 것은 매우 피상적이다. 그것은 마치 옷과 같다. 우리는 한 순간 그것을 벗어버릴 수 있다. 우리가 아는 종교, 문화, 그리고 우리가 항상 말하는 위대한 자질들이 한 순간에 사라진다. 우리의 의식은 그만큼 부분적이다. 그것은 깨어 있는 자의 높이만큼 이를 수 없다. 노자가 계속 오해되는 것도 그 때문이다. 그가 무엇을 하든지 그것은 우리로부터 멀리 떨어져 있다. 그가 히말라야의 눈 덮인 봉우리라면 우리는 어두운 골짜기와 같다. 그가 말하는 것이 우리에게 도달한다 해도 그것은 아마 같은 것이 아닐 것이다. 우리는 그저 골짜기의 메아리만 들을 뿐이다. 그것 중 일부가 우리에게 도달하고 우리는 자신의 마음에 따라서 그것을 해석한다.

우리는 현대의 문명인을 가장 진화된 인간으로 생각한다. 그러나 현대인은 가장 저급하고 영적으로 병들어 있는 인간이다. 현대인은 자신의 목적을 달성했으며 행복을 발견했다고 생각할 것이다. 그러나 우리는 막다른 길에 다다른 것이다. 우리의 행복은 옛날 사람의 불행보다도 더 비참하다. 그래서 김시습의 시는 오늘의 우리에게도 공감을 불러일으킨다.

엄밀한 의미에서 문명은 존재하지 않는다. 그것은 하나의 가장이다. 인간은 근원적이고 원초적인 순수함을 상실해버렸다. 인간은 문명화되지 않았다. 문명화될 길이 없기 때문이다. 문명화될 수 있는 유일한 길은 우리의 원초적인 순수함을 바탕으로 하여 성장하는 것이다. 그래서 예수는 말한다. "다시 어린아이가 되지 않고는 결코 진리를 모르리라." 인간의 문명이라는 것은 모조품이다. 그것은 위조지폐이다. 노자가 그것을 반대하는 것은 문명을 반대하는 것이 아니라, 그것이 문명이 아닌 까닭에 반대하는 것이다.

누군가가 당연히 문명을 시작해야 한다. 문명은 아직 시작되지 않았다. 인간은 문명화되지 않았다. 인간은 오직 문명인인 척할 뿐이다. 인간은 오직 겉으로만 문명화되었지 조금만 긁어 봐도 문명화되지 않은 것을 발견할 것이다. 그것은 거죽 한 꺼풀의 문명일 뿐이다. 그러나 아무도 현실을 보고 싶어 하지 않는다. 우리의 모든 가치들이 거짓이라는, 우리의 모든 문명이 위선이라는, 우리의 모든 미소는 단지 입술의 움직임에 불과하다는, 그리고 거기에는 아무런 가슴도 없다는 현실, 우리가 사는 것을, 사랑하는 것을, 웃는 것을 잊어버리고 말았다는 현실, 삶이 대체 무엇을 의미하는지 우리가 알지 못한다는 현실을 우리는 외면하고 산다.

이것이 사회가 존재할 수 있는 유일한 길이 아니라는 것을, 이것이 아이들이 자라날 수 있는 유일한 길이 아니라는 사실을, 이것이 정부가 기능할 수 있는 유일한 길이 아니라는 것을 우리는 깨달아야 한다. 대안적인 길들이 있는 것이다. 젊은이들은 대안이 있다는 사실을 깨달으면, 우리가 끊임없이 싸우고 불필요하게 인간 존재들을 죽이면서 이 비참함 속에 남아 있을 필요가 없다는 사실로 인해 반드시 영향을 받을 것이다. 김시습이 젊어서 은둔을 감행했을 때 그는 이런 젊은이들 가운데 하나였을 것이다.

인간은 동물 가운데서 유일하게 지루함을 안다. 그리고 사람들 가운데서는 보다 지적일수록 지루함은 점점 깊어진다. 덜 지적일수록 지루함으로 고통을 받는 경우도 적어진다. 이것이 바로 미개인들이 문명인들보다 행복한 이유이다. 미개인들이 사는 모습은 문명인들보다 훨씬 생기에 차 있다. 그들에게 있어서 삶은 큰 축복이다. 그들은 어떤 문명의 이기도 모르고 먹는 것이나 입는 것은 참으로 보잘것없다. 그러나 그들의 삶은 지루함을 모른다. 그러나 문명인들의 삶은 지루함으로 고통을 겪고 있다. 김시습은 그 당시 누구보다도 이런 고통을 진지하게 받아들이고 이를 극복하기 위하여 은둔을 결행한 것으로 이해해볼 수 있다.

여기서 우리는 김시습이 재주가 뛰어나면서도 벼슬길에 나아가지 못하는 등 불운의 역사적 사실에 대해서는 논의를 생략하였다. 이는 그의 시적 진실을 통해서 우리의 논의를 전개하는 입장을 일관성 있게 견지하기 위한 것이며, 또한 그의 불운이 그를 은둔의 길로 내몬 직접적인 원인으로 이해하는 견해에 대해 우리는 동의하지도 않기 때문이다. 이를 굳이 원인으로 본다면 근인에 해당할 것이나, 그것은 다만 그 사태가 일어나기 위한 상황을 만들어내고 있을 뿐이며, 원인 자체는 아닌 것이다. 비유하자면 아름다운 음악을 들을 때 그대는 춤추고 싶은 기분이 들 수도 있지만, 그것은 음악에 의해 야기된 현상은 아닌 것이니, 음악을 듣는 사람 전부가 그런 기분을 느끼는 것은 아니기 때문이다. 융은 이것을 동시성의 법칙이라고 불렀다. 그러면 김시습으로 하여금 은둔의 삶을 살게 한 보다 근본적인 것은 무엇으로 이해할 수 있는가?

2. 은둔의 遠因

　인간은 두 가지 법칙, 즉 욕구와 힘, 속박과 자유, 땅과 하늘, 육체와 영혼 그리고 가시적인 세계와 불가시적인 세계의 만남이다. 인간은 양자가 만나는 하나의 장이다. 그것이 인간의 영광이며, 동시에 불행이다. 땅은 우리를 밑으로 끌어내리고 하늘은 우리를 위로 불러들인다. 육체는 말한다. '나를 따르라.' 동시에 영혼은 이렇게 말한다. '나와 함께 가자.' 이 둘의 길은 서로 다르다. 그러므로 둘을 동시에 따를 수는 없다. 우리가 육체를 따를 때 어떤 죄의식이 일어난다. 우리 존재 안에서 나오는 가장 깊고 조용한 소리를 듣지 않았기 때문이다. 그리고 그 조용하고 작은 소리를 따르면 우리가 육체에게 못할 짓을 한 것 같이 느낀다. 그때 육체는 사랑 받지 못함을 느끼고 우리에게 반란하기 시작한다. 그러므로 우리가 육체를 선택하면 영혼이 질식당함을 느끼고, 영혼을 선택하면 육체가 무시당함을 느낀다. 어떤 경우에도 우리는 긴장상태에 있음을 느낀다. 이것이 인간의 비극이다. 그러나 이 두 가지 법칙이 겉으로는 정반대로 보이지만, 내면 깊은 곳에서는 상호보완적이라는 사실을 이해하고, 그 리듬을 이해한다면 모든 대립은 항상 상호보완적이 된다. 이 사실을 볼 수 있다면 우리 내면에서는 하나의 초월이 일어난다. 그리고 우리의 빛이 드러나고 우리는 하나의 거대한 광채가 된다. 이것이 부처의 상태, 예수의 상태다. 그것을 그리스도의 의식, 또는 부처의 의식이라 불러도 좋다. 그들은 육체를 기초로 이용하고 의식은 사원을 짓는 데 사용한다. 육체는 플룻이 되고 의식은 그 플룻을 흐르는 노래가 된다. 물질적인 악기를 통하여 비물질적이고 정신적인 음악이 흘러나온다는 사실, 이와 똑같은 방법으로 욕구의 법칙과 힘의 법칙이 하나의 근본적인 법칙에 뿌리를 두고 있다. 노자는 그 법칙을 道라고 부른다. 김시습의 시에서 우리가 찾아볼 수 있는 힘의 법칙에 근접한 것은 그의 인품과 개성이 은둔의 길로 나아가게 한 데 미친 영향이라 할 수 있다.

(11) 放言

사람됨의 성격 너무 방만하여서	爲人性疎散
일에 게으른 것 너무 많으오.	於事太多懶
산에 달이 뜨면 등촉이 있고	山月有燈燭
소나무에 바람 불면 관현이 있다네.	松風有管絃
한가하면 성경 두어 권 읽고	閑中經數卷
목마르면 일곱 잔의 차를 마시네.	渴來茶七椀
마음은 이 낙으로 노는 게 마땅하니	心當遊此樂
어느 겨를에 길고 짧은 것 따지랴.	何暇較長短14)

(12) 寓意

삼십년 전에 용 기르는 것 배웠는데	三十年前學豢龍
삼십년 뒤에 보니 자취마저 없어라.	三十年後看無踪
세상사람 부질없이 논다고 웃지 마소.	世人莫笑浪遊遨
진실로 나는 너절한 것 많음을 스스로 기뻐하오.	固余自喜多龍鍾
일 많은 것이 일 줄이는 것의 좋음만 같지 못하고	多事不如省事好
마음 있는 것 어찌 마음 없는 것의 즐거움만 같을손가?	有心何似無心悰
정원에 해 기니 쑥대밭 아래서	日長庭院蓬簾下
도연명의 시 자세히 읽는 것 또한 정 짙은 일이라오.	細讀陶詩情亦濃15)

---

14) 매월당집 1, p.79.

(13) 訪隱者

스스로 말하네, 허리 굽히기엔 천성이 게을러　　　自言生來懶折腰
흰 구름 푸른 산에 멋대로 소요한다네.　　　白雲靑嶂恣逍遙
소나무 바람이 먼 산 비를 불어 보내어　　　松風吹送前山雨
한 떨기 자형화가 반이나 떨어졌네.　　　一朶紫荊花半彫[16]

(14) 閑寂

젊어서부터 관심되는 일 없었는데　　　自少無關意
이제 와서 본마음에 흡족하구나.　　　而今愜素心
꽃 심어서 대밭과 연했지만　　　鍾花連竹塢
약 심을 땐 해당화그늘 피했네.　　　時藥避棠陰
이끼 낀 길에는 사람 자취 적고　　　苔蘚人蹤少
거문고 책에는 나무 그림자 깊다.　　　琴書樹影深
종래부터 가죽나무 같은 체질에　　　從來樗散質
또 다시 병까지 침노해 오네.　　　更與病侵深[17]

(15) 和陶 – 和淵明飲酒詩 其十五

세상사람 生業 사랑하여서　　　世人愛生業
구구하게 밭과 집을 차지하지만　　　區區占田宅
나는야 한 잔 술에 취해가지고　　　我醉一杯酒
林泉에 종적 감춘 것 알고 있다네.　　　林泉知晦跡
가만히 천지간을 생각해 보니　　　靜想天地間

---

15) 매월당집 1, p.109.
16) 매월당집 1, p.245.
17) 매월당집 1, p.171f.

인간 일생 백년도 차지 못하네.   人生不滿百
방금 푸른 구름머리 기뻐하다가   方喜綠雲鬢
문득 서리 맞은 백발 한탄하누나.   忽歎霜華白
구속 없음 모름지기 뜻에 맞으니   放曠須適意
이날을 어찌하여 아깝다 하랴?   此日何足惜[18]

　(11-15)에서 김시습이 스스로 밝히고 있는 자신의 개성은 방만하고 게으름, 일에 열중하기보다 최소한으로 일하고 쉬기, 有心보다 無心으로 즐겁게 살기, 아부하지 못하는 성품, 능률적으로 살려는 사회성보다 생생하게 살고 싶은 인문정신 등이다. 이 특성들을 바로 이해하기 위해서는 대단한 주의가 필요하다. 자칫 이들은 부정적이고 퇴폐적으로 간주될 소지가 많기 때문이다. 이는 오늘날 부모가 자식에게, 선생이 학생들에게 강조하는 덕목과 정면으로 배치되기도 한다.

　먼저 게으름에 대해 살펴보자. 시적 화자는 '게으름'이란 표현을 사용했지만, 이는 겸사일 뿐 사실은 한가한 사람임을 암시한다. 일반적으로 한가한 사람과 게으른 사람을 잘 구분하지 못하는 사회의 경향에 편승해서 짐짓 이렇게 소박하게 썼을 수도 있다. 그러나 사실은 이들은 유사한 듯하면서도 엄연히 구분된다. 가령 노자는 한가한 사람이다. 왜냐하면 그는 사회적 역할에 대해서는 초연한 채 자신의 삶에만 충실하기 때문이다. 그래서 그는 한가하게 살 뿐이지 게으른 사람이 아니다. 그는 자발적인 사람이기 때문에 한가할 뿐이다. 행동이 필요한 상황에서 단지 대응할 뿐이다. 그는 자신의 의식을 기다리는 사람이다. 그의 본성이 어떤 노력도 하지 않고 자연스럽게 흘러나올 때까지 기다리는 것이다. 그래서 그는 노력 없는 노력, 행위 없는 행동을 하는 사람이다. 그는

---

18) 매월당집 2, p.21.

단지 존재계가 자신을 통해 흘러가도록 자신을 열어놓은 사람이다. 그는 텅 빈 대나무일 뿐이다. 존재계는 그를 통해서 노래를 부를 수 있다. 그의 유일한 기능은 노래를 방해하지 않는 것이다.

노자는 어디서나 이완되어 있고, 김시습은 이완된 자세로 살기 위해 은둔의 길을 택하였다. 집중으로는 축복을 느낄 수 없다. 집중은 얼어붙은 마음이다. 매우 협소해진 마음이다. 물론 집중은 유용하다. 다른 사람들에 대해선 유용하다. 과학적인 탐구나, 사업에서, 시장에서나 정치에선 매우 유용하다. 그러나 나 자신으로 향할 땐 절대적으로 무용하다. 집중은 강한 긴장을 초래한다. 우리는 이완되지 않는다. 집중은 초점이 맞춰진 광선과 같고, 이완된 의식은 퍼져나가는 등불과 같다. 우리가 이완되고 의식적이 되면, 우리가 특정한 문제에 집중하고자 할 때, 언제나 집중할 수 있다. 그러나 우리가 집중에 초점을 맞추게 되면, 그 역은 불가능하다. 우리는 이완될 수 없다. 이완된 마음은 언제고 쉽게 집중할 수 있다. 거기엔 어려움이 없다. 그러나 집중된 마음은 사로잡히고, 좁아진다. 그런 마음이 이완하고 긴장을 푸는 것은 쉬운 일이 아니다. 그것은 뻣뻣한 상태로 남아있게 된다.

세상에서 권력과 명성을 추구하기 위해 긴장하고 집중하는 것은 자신의 삶을 파괴할 뿐이다. 그것들은 자신을 알 수 있는 모든 기회를 없애버린다. 우리의 삶이 위대한 은총과 축복으로 변할 수 있는 모든 기회를 깡그리 부숴버린다. 노자는 이런 면에서 타의 추종을 불허한다. 김시습은 한가하게 살기를 원하는 점에서 얼마간 노자를 닮았다고 할 수 있다. 그래서 느슨하고 방만한 듯한 성격은 자연히 일에 욕심을 부리고 몸을 상할 정도로 몰두하는 법이 없으며, 필요한 일만 최소한으로 해냄으로써 항상 충만한 에너지를 지니고 피로를 모르는 채 그 존재는 늘 신선한 선도를 유지한다.

그가 도모하는 삶은 효율적으로 되는 것이 아니고 창조적으로 되는 것이다. 이런 사람은 능률주의자의 목표에 신경 쓰지 않으며, 오히려 삶에 존재하는 이유가 필수품이 되기 위한 것이 아니다. 사실 우리는 쓸모 있는 것이 되기 위해 여기 있는 게 아니다. 그것은 우리의 존엄을 무시하는 짓이다. 우리는 여기에 더욱 능률적으로 되기 위해 있는 게 아니다. 우리는 더욱 생생하게 살아있기 위해서 여기에 있는 것이다. 우리는 더욱 지성적으로 되기 위해서 여기에 있는 것이다. 우리는 더욱 행복한 존재, 지복의 기쁨이 되기 위해 여기에 있는 것이다. 그러나 그것은 세속적 마음의 방법과는 전적으로 다르다.

아부하지 못하는 성품도 반세속적 마음의 한 특징이다. 이 성품 때문에 신은 그로 하여금 벼슬길에서 놀지 못하게 내쳤을 법하다. 이런 마음으로는 벼슬은 차치하고 세상에서 어울려 살기도 어려울 터이다.

유심보다 무심의 가치를 예찬하는 것은 그 의미에서나 표현에서나 노자의 영향에서 이루어진 것으로 보인다. 유심과 무심은 단지 '마음 있음'과 '마음 없음'이란 사전적 의미만으로는 이해할 수 없으며, 이는 진정으로 종교의 핵심이며, 명상의 핵심이라 할 정도로 깊은 의미를 지닌다. 그러나 성인들은 우리가 한눈팔기 때문에 이해하지 못하는 것이며, 사실은 아주 간단하다고 말한다.

예수는 말한다. '너희가 다시 태어나지 않으면 너희는 나의 신의 왕국에 들어갈 수 없을 것이다.' 그리고 신의 왕국은 이곳에 존재하지만 우리는 무심으로서 다시 태어나야만 한다. 우리가 무심으로 태어난다고 해서 마음을 활용할 수 없는 것은 아니다. 마음은 그 자체의 한정된 효용성이 있다. 우리가 사무실에서 일할 때는 마음이 필요하다. 우리가 자신의 가게나 공장에서 일할 때 무심이 될 수는 없다. 하지만 밤낮 없이 24 시간 동안 마음을 지니고 있어서는 안 된다. 마음을 의자처럼 활용해야 한다. 우리는 단지 의자를 필요로 할지도 모르기 때문에 어딜 가든 항상 의자를 가지고 다니지는 않는다. 우리가 무심이 되는 방법까지 안다면 마음은 훌륭한 도구이다.

마음에서 생각이 일어나는 것은 두려움에서 연유한다. 우리가 두려워할수록 우리는 생각하게 된다. 두려움이 사라질 때마다 생각은 멈춘다. 우리가 사랑하는 사람과 함께 있을 때 생각이 멈추는 순간이 찾아온다. 호숫가에서 아무것도 하지 않고 그냥 손잡고 앉아 있을 때, 달이나 별을 바라보거나, 밤의 어둠 속을 응시하고 있을 때, 가끔씩 생각이 멈춘다. 두려움이 존재하지 않기 때문이다. 빛이 어둠을 쫓아내듯 사랑은 두려움을 쫓아버린다. 내면의 약간의 떨림만으로도, 내면의 약간의 잡념으로도 우리는 무심에서 나온 행동을 할 수 없게 된다. 욕망이 지날 때마다 마음은 더러운 시냇물처럼 흐려진다. 생각은 우리 주변에 구름을 만들어 낸다. 생각이 사라질 때, 우리 주변의 구름이 걷힐 때, 우리가 단순히 존재 속에 있을 때, 명료함이 드러난다. 그때 우리는 바로 존재의 끝까지 볼 수 있다. 명상은 명료한 바라봄이다. 우리가 명상에 들기 위해서는 생각을 떨쳐 버려야 한다. '생각을 떨쳐 버리라'는 것은 단지 어떤 것도 하지 않음을 의미한다. 마음이 스스로 떨어지게 두어야 한다. 이는 시냇물이 흐려진 것과 같다. 우리는 어떻게 하는가? 물속으로 뛰어들어 시냇물이 맑아지도록 도와주는가? 그럼 시냇물은 더 흐려질 것이다. 우리는 시냇가에 앉아있기만 하면 된다. 우리는 기다린다. 해야 할 게 없다. 뭘 하든 그 행위는 시냇물을 더 흐리게 할 것이기 때문이다.

마음은 끊임없이 지껄인다. 누구와 말을 하든 안 하든, 마음은 속에서 계속 지껄인다. 일을 하고 있더라도 내면의 지껄임은 멈추지 않는다. 차를 몰고 가거나, 정원에서 땅을 파고 있거나, 내면의 지껄임은 계속된다. 내면의 지껄임이 한 순간이라도 멈춘다면 우리는 무심을 일별할 수 있다. 무심의 상태가 올바른 상태다. 그것이 우리의 진면목이다. 그러나 어떻게 마음이 내면에서 지껄임을 멈추는 틈에 이를 수 있을까? 노력한다면, 우리는 또 다시 놓친다. 하려고 해선 안 된다. 사실, 그 틈은 끊임없이 일어나고 있다. 그저 약간의 깨어있음이 필요할 뿐이다.

두 생각 사이엔 틈이 있다. 두 단어 사이에도 공백이 있다. 공백이 없다면 단어들은 서로 합쳐지고, 생각들은 서로 겹쳐지게 된다. 생각은 겹쳐지지 않는다. 우리가 말한다. '한 송이 장미가 아름답게 피었다.' 두 단어 사이에는 공백이 있다. '송이'와 '장미' 사이에는 하나의 틈이 있다. 아무리 미세하고, 보이지 않고, 지각할 수 없을지언정 말이다. 거기엔 틈이 있다. 그렇지 않다면 '송이'는 '장미'와 합쳐질 것이다. 약간만 깨어있고, 주의를 기울인다면, 우리는 그 틈을 볼 수 있다. 그 틈은 연속적으로 발생한다. 각 단어마다 틈이 반복된다. 그러나 일반적으로 단어에 주목하지 그 틈에 주목하지 않는다. 우리는 '송이'와 '장미'에 주목하지, 두 단어 사이의 틈에 주의하지 않는다. 마음은 단어에만 주의를 기울인다. 그래서 마음은 매 단어 사이에 찾아오는 침묵을 볼 수 없다. 초점을 바꾸고 조용히 앉아 있으면 그 공백이 보이기 시작한다. 이것이 노자의 관점이다.

그러면 무심의 기능은 무엇인가? 사람들은 이 감옥에서 저 감옥으로 옮겨 다닌다. '혹시 자유를 얻을 수 있을까?' 하는 기대를 갖고서 말이다. 기독교인이 힌두교도로 변할 수 있다. 힌두교도가 불교도로 될 수 있다. 불교도 역시 이슬람교도가 될 수 있다. 하지만 그들은 감옥의 건물만 바꿀 뿐이다. 그것은 우리에게 입력되어진 프로그램이 바뀌는 것이다. 그러나 중요한 것은 입력된 프로그램 자체를 지워버리는 것이다. 그리고 어떤 프로그램도 다시는 입력시키지 않아야 한다. 바로 이러한 행위가 명상이다. 우리의 마음에서 입력된 프로그램을 완전히 지워버릴 수 있다면, 우리 마음의 석판에 새겨진 모든 지식들을 깨끗이 지워버린다면, 그때 무심이 생겨나기 시작한다. 그 순간 우리 속에서 부처가 탄생하게 된다.

부처의 가장 뛰어난 제자들 가운데 하나인 비말키르티(大乘頂王)는 훌륭한 철학자였다. 처음 부처를 만나러 왔을 때, 그는 그가 철학적으로 갈고 닦은 것들에 대해 대단한 자부심을 가지고 있었다. 그는 부처에게 말했다. "당신께서는 자유에 대해 아주 많은 말을 했습니다. 무엇이 자유입니까?" 부처는 비말키르티에게 말했다. "한쪽 발을 들고 다른 발로 서 보라." 그는 그의 왼발을 들고 오른발로 섰다. 그 때 부처가 말했다. "자, 오른발 역시 들어 보라." 비말키르티는 말했다. "무슨 말씀 입니까! 한 발은 들 수 있지만, 두 발은 불가능합니다." 부처는 말했다. "그대는 사리분별을 아는 사람 같구나." 자유란 한 발로 서 있는 것이다. 다른 발은 책임이다. 자유는 엄청난 책임- 우리가 그것에 대해 들어 왔던 낡은 의미가 아닌, 하나의 의무로서가 아닌, 저절로 일어나는 의식적인 감응을 가져온다. 거기에는 두 가지 가능성이 있다. 우리는 반응하거나(react), 감응한다(respond). 마음으로 사는 사람은 반응한다. 그는 기독교도로, 힌두교도로, 이슬람교도로서의 조건화에 따라 반응한다. 그러나 그의 반응은 기계적이다. 그는 그렇게 하도록 조건화되어 있으며 그 결과 그렇게 하고 있는 것이다. 그렇지만 그것은 그 자신에게서 저절로 일어난 것이 아니다. 그것은 무심에서 나온 것이 아니다. 그것이 우리의 무심으로부터 나올 때, 그것은 감응이다. 자유는 책임을 가져온다. 우리가 어떤 계율에 매이지 않고 우리 자신의 빛에 따라 행동할 때, 무한한 충족감이, 깊은 환희가 있다.

마음은 세상에서 일하기 위한 능력이다. 그것은 저만치 뒤에 서 있는, 바로 우리의 중심에 도달하게 할 수 있는 어떤 방법도 가지고 있지 않다. 마음은 뒤로 갈 수 없다. 그것은 오직 앞으로만 갈 수 있다. 우리가 우리 자신의 존재로 가기를 원한다면, 우리는 마음을 두고 가야 한다. 우리는 사념 없는 침묵 속으로 들어가야 한다. 그리고 한 번, 단 한 번만 무심으로 들어가게 되면 자유가, 영원이, 엄청난 생명이 우리 안에서 튀어 나온다는 것을 우리는 알게 될 것이다. 봄이 우리에게 찾아올 것이다. 수천 송이의 그 영원의 꽃들이 피어난다. 우리는 존재의 모든 신비의 문들을 여는 만능열쇠를 알게 된 것이다.

김시습이 비록 성인처럼 무심의 경지에 이르지는 못하였을지라도 그의 이에 대한 관심으로 미루어 평소에 이를 위해 정진했을 것으로 생각되며, 이것이 그로 하여금 진정한 자유와 자신에 대한 책임을 완수하기 위한 최선의 방도로 은둔생활을 선택하게 하는 큰 힘이 되었을 것으로 이해한다.

V. 결어를 겸하여

우리 문학사에서 특히 詩史를 통해서 김시습이 이룩한 은둔 문학의 수준은 거의 독보적이라 할 수 있다. 우리는 이를 분석하면서 예술적으로 승화한 그의 은둔생활의 진미를 음미해 보았다. 그가 성취한 은둔의 미학은 은둔생활에서 퇴영적 부정적 요소를 말끔히 씻어내고 가장 아름답고 가치 있는 요소들로 대치하고 있다. 이는 우리 현대인에게는 더구나 귀중하게 이해되면서 상실하고 있는 것이어서 강렬한 공감을 일으킨다. 물론 그의 은둔생활이 완벽의 경지에 이른 것은 아니어서 때로는 갈등과 동요를 보이기도 한다.

(16) 燈花

<table>
<tr><td>燈花 어이 그리 크고 좋은가?</td><td>燈火何大艶</td></tr>
<tr><td>오늘밤 정히 서로 친하였다네.</td><td>今夜正相親</td></tr>
<tr><td>까마귀 까치의 점도 효험이 없고</td><td>烏鵲占無效</td></tr>
<tr><td>거미의 前兆도 참은 아닐세.</td><td>蜘蛛兆不眞</td></tr>
<tr><td>뉘 집에서 술과 음식 보내줄 것이며</td><td>誰家過酒饌</td></tr>
<tr><td>어느 곳에 行人이 이를 것인가?</td><td>底處到行人</td></tr>
<tr><td>다만 저것이 짝 되는 게 좋으니</td><td>只好渠爲伴</td></tr>
<tr><td>병풍에 의지한 그림자와 이 몸일세.</td><td>依屛影與身[19]</td></tr>
</table>

(16)은 시적 화자가 드물게 토로한 외로운 감정을 보여준다. 손님이 올 이런 저런 징조는 있었건만 끝내 찾아오는 이가 없어 자신의 그림자와 벗할 수밖에 없는 외로움을 비감하게 노래하는 것은 그로서는 흔치 않은 일이다. 은둔생활은 '홀로 있음'을 위해 되도록 심산유곡으로 들어가서 이를 즐길지언정 외로움을 느끼며 살아서는 안 되는 것이다. 여기서 우리는 그의 한계를 보기도 하고 다른 한편으로는 그의 인간미를 느끼기도 한다. 그러나 은둔생활에 있어서 홀로 있음과 외로움은 대극적인 것이다.

많은 사람들이 군중 속에 있기를 원한다. 그래서 자신의 주변에 온갖 관계의 그물을 쳐 놓는다. 그러나 이것은 단지 외로움을 잊기 위한 것에 불과하며, 스스로를 기만하는 행위이다. 아무리 많은 관계의 그물을 엮는다 해도 외로움은 자꾸만 고개를 쳐든다. 모든 관계는 너무나 얄팍하고 깨지기 쉽다. 군중 속에 있을 때조차도 우리는 자기 자신이 이방인처럼 느껴질 것이다. 우리는 자기 자신에 대해서도 이방인이다.

---

19) 매월당집 2, p.399.

구도자들이 산으로 들어간 것은 홀로 있음을 추구하기 위한 것이었다. 홀로 있음은 타인을 필요로 하지 않고 자신만으로 충분하다는 느낌이다. 그것은 자신의 존재에 대한 긍정적인 측면의 느낌이다. 외로움은 마음의 질병이다. 홀로 있음은 그 질병에 대한 치료이다. 홀로 있음을 아는 사람은 영원히 외로움을 초월한다. 그들은 홀로 있건 사람들과 같이 있건 상관없이 자기 자신 안에 중심을 갖고 있다. 그들은 홀로 있음이 우리의 본성이라는 것을 깨달았다. 우리는 홀로 태어났으며, 홀로 세상을 떠날 것이다. 탄생과 죽음이라는 두 홀로 있음 사이에서 우리는 여전히 혼자이다. 그러나 우리는 홀로 있음의 아름다움을 이해하지 못한다. 그래서 외로움이라는 오류에 빠진다.

두 번째로 우리는 김시습의 은둔사상이 유교적이 아니고 도교적임을 입증하기 위하여 논의를 전개하였다. 김시습은 儒者이면서 선승이었고, 또 방외인이기도 했다. 이율곡은 그를 두고 마음은 儒에 있지만 자취는 佛이 되어서(心儒跡佛) 당시 사람들에게 괴이하게 보였다고 했다. 그만큼 그는 경계가 애매하였고, 그의 행적은 이해하기 쉽지 않은 바가 있는 것이다. 그러나 우리는 그의 은둔생활이 유학자로서의 길에서 이루어진 것이기보다는 오히려 유학자로서의 삶을 극복하는 방도로 이루어졌음을 강하게 느낀다. 그것은 다분히 도가적이라고 볼 수도 있는데, 이는 굳이 불교적임을 배척하는 입장을 암시하기보다 양자의 구분을 보류하는 포괄적인 것이다. 그만큼 은둔은 유학보다는 도학이나 불교와 친연관계에 있다고 할 수 있다. 이와 관련해 도가와 불교를 구분하는 것은 별도의 보다 고차원적인 작업으로 여기서는 논외로 한다.

이에 비하여 유교와 도가의 구분은 일반론적인 수준에서도 가능할 것으로 보인다. 가장 대조적인 것으로 유가에서는 대학의 八綱領[20] 사

---

20) 格物 致知 誠意 正心 修身 齊家 治國 平天下.

상이 보여주듯이 사회적 의무를 충실히 수행하는 것으로 평생의 과업을 삼았던 반면, 도가에서는 오히려 그런 질곡을 극복하고 자연스럽고 자유로운 삶을 통해서 내면의 꽃을 피울 것을 추구한 사실을 들 수 있다. 그래서 공자는 제왕들과 자주 국사를 논하고 제자들에게도 치국의 방도를 가르친 데 대해서 노자는 사회적 지위와 역할에 대해서 거의 무관심했으며 어떤 방식의 사회 참여든 이는 개인의 자유와 성장을 가로막는 걸림돌로 생각하였던 것이다.

사실 공자와 노자는 성품에서나 지향에서나 극히 대조적이었다. 공자는 빼어난 예절의 사람이었다. 그래서 그는 장자와 노자의 조롱의 대상이었다. 그들은 공자를 그들의 이야기 속에 끌어들인다. 단지 그의 어리석음을 비웃기 위해서. 그의 어리석음은 무엇인가? 그는 체계와 형식에 따라 살았다. 그는 규칙에 따라 행하며, 규칙에 따라 보고 규칙에 따라 웃는다. 그는 그 자신이 만드는 계속되는 짐 속에서 살았다. 그래서 그는 그들의 웃음을 위한 대상이 되었다. 벗 하나가 죽었다. 공자는 다른 두 벗이 그의 장례를 치르는 데 곡하는 것을 돕기 위해 제자를 보냈다. 삶도 죽음도 그에게는 신비가 아니었다. 그것은 체계 속에 자리를 잡고 있는 무엇이며, 어떤 형식이 뒤따라야만 하는 것이었다. 그래서 그는 제자를 보내어 그 죽은 자가 규칙에 따라 놓여 있으며, 올바른 곡이 행해지고 있는가를 보게 했다. 책에 쓰인 대로 말이다. 그러나 노자는 누구보다도 형식을 싫어하고 자유분방한 삶을 사랑했다.

김시습이 어려서 빼어난 재주가 인정되고 젊어서 이를 살려 벼슬길로 나가기를 원한 적이 없었던 것은 아니나, 많은 갈등을 거쳐 본성이 꽃피면서 도가적 취향으로 기울고 마침내는 은둔생활에 몰입함으로써 우리 문학에 찬연히 빛나는 은둔시를 남기게 된 것으로 이해한다.

그러나 우리는 禪을 불가의 전유물로 보지 않듯이 은둔사상을 편협하게 도가의 전유물로 보는 입장을 경계한다. 선은 불교와는 아무 관계도 없다. 물론 선은 부처와 분명히 관계가 있다. 그러나 불교와는 아무런 관계도 없다. 전통, 관습, 신학과는 아무 관계도 없다. 선은 불교가 아니다. 분명 선은 부처의 가슴 속에 담겨 있는 근본적인 핵심이기는 하다. 그러나 그것은 예수의 근본적인 핵심이기도 하고, 노자의 핵심이기도 하다. 그것은 깨달은 모든 사람들의 근본적인 핵심이며, 꿈에서 깨어난 사람들의 핵심이다. 그러나 학자들은 역사적으로 혹은 현학적으로 이를 불교와의 친연관계로 이해한다. 그리고 이런 입장에는 얼마간의 정당성이 있는 것 또한 부정할 수 없는 사실이다. 우리는 은둔도 이런 정도로 도가적이라고 이해해볼 수 있을 듯하다. 그러나 공자와 유교에 관한 한 다른 어떤 성인이나 종교보다도 상대적으로 은둔사상과의 친연성이 적을 것이라 이해한다. 그러나 유가들의 삶에서 수시로 은둔적 성향이 발현되는 것 또한 인간으로서 극히 자연스러운 것이다. 삶은 다원적이고 비일관적이며, 진정한 인간은 국가나 사회, 다른 누구에 대한 관심보다는 자신에 관한 관심이 더 절실하기 때문이다.

참고 문헌

기본자료

매월당전집, 성균관대학교 대동문화연구원, 1973.
세종대왕 기념사업회, 『국역 매월당집』, 1977.
강원도, 『국역 매월당전집』, 2000.
심재완, 『교본 역대시조전서』, 세종문화사, 1972.

오강남, 『도덕경』, 현암사, 1995.

저서

박삼서, 『한국문학과 도교사상』, 국학자료원, 1998.
손찬식, 『조선조 도가의 시문학연구』, 국학자료원, 1995.
송항용, 『한국도교철학사』, 성균관대학교 대동문화연구원, 1987.
심경호, 『김시습 평전』, 돌베개, 2003.
이종은, 『한국시가상의 도교사상연구』, 보성문화사, 1996.
정병욱, 『한국문학의 재인식』, 기린원, 1988.
조지훈, 『조지훈전집』, 일지사, 1973.
최귀묵, 『김시습의 사상과 글쓰기』, 소명출판, 2001.
최삼룡, 『한국문학과 도교사상』, 새문사, 1994.
한국고전문학회, 『국문학과 도교』, 태학사, 1998.
오쇼 라즈니쉬, 『道』 등 제 강의록, 명문당 등 여러출판사.
피터 프랜스, 정진욱 역, 『삶을 가르치는 은자들』, 생각의 나무, 2002.

논문

김연수, 「김시습의 시문학연구」, 충북대학교 대학원 박사학위논문, 1994.
김용구, 「김시습 방랑의 언설 사상」,『교육연구』 제2호, 숙명여대 교육문
　　　　제연구소, 1993.
김진두, 「김시습의 한시연구」, 고려대학교 대학원 박사학위논문, 1987.
성기옥, 「사대부 시가에 수용된 신선모티프의 시적 기능」,『국문학과 도
　　　　교』, 국어국문학회, 1998.
신경득, 「김시습연구」,『배달말』, 배달말학회, 1985.
윤주필, 「조선전기 방외인문학에 대한 당대인의 인식 연구」, 한국학대학
　　　　원, 박사학위논문, 1994.
이영좌, 「청한자 김시습으 도교양생관에 대한 연구」, 원광대학교 동양학

대학원 석사학위논문, 2002.

이종건, 「김시습의 시 세계」, 『문학한글』, 한글학회, 1991.

장선희, 「김시습문학의 도선사상연구」, 단국대학교 대학원 석사학위논문, 1984.

정병욱, 「매월당집 해제」 『국역 매월당집』 1, 세종대왕 기념사업회, 1977.

규방가사의 유교적 禮意識

정 길 자

I. 서 론

　조선시대의 정치와 사회는 유교적 '禮治'였으며, 이에 기초한 관습, 법률, 도덕 등이 삶의 기초를 이루었다. 예의식의 뿌리는 공자와 맹자, 순자의 禮思想에서 유래되었으며, 예치는 禮義가 표현되어 나오는 모양을 의미한다. 공자는 "春作夏長 仁也 秋斂冬藏 義也"[1]라 하여 禮에다 仁이라는 새로운 생명을 불어넣어 각 개인의 도덕적 생명을 성취하게 하였다.[2] 仁義는 禮의 살과 뼈이다.[3] 따라서 공자의 예사상은 禮와 仁義의 상호 연관 속에서 仁과 義의 발현을 위한 실천적 장치에 해당한다. 예절을 생활화하는 유교적 예의식은 천당과 지옥, 전생과 내세가 전제되지 않은 현세중심의 삶을 영위하게 하는 바탕이 된다.

　유교적 예의식은 현세중심의 가정이나 향촌사회의 향약에서 국가사

---

1) "봄에 심고 여름에 자라는 것이 仁이고, 가을에 거두고 겨울에 저장하는 것이 義이다. 인은 樂에 가깝고 예는 義에 가깝다"고 설명하였다. (『禮記』 「樂記」, 春作夏長 仁也 秋斂冬藏 義也 仁近於樂 禮近於義)

2) 임무수, 「순자의 禮論 연구」(『철학연구』제 90호, 형설출판사, 1998), p.158.

3) 서옥수, 「『논어』 禮思想의 철학적 고찰」(『철학연구』제 90호, 형설출판사, 2004), p.229.

회를 규제하는 법률에 이르기까지 삶의 모든 것에 유교라는 종교가 구성되고 운영된 내용을 핵심으로 한다. 문화가 찬란한 국가나 고장을 일컬어 '禮義之國' 또는 '禮義之鄕'으로 부르듯이 윤리적 禮는 행위 규범으로서의 삶의 바탕이 되었으며, 예가 밖으로 드러난 삶의 모습을 대표하게 되면서 예와 문화가 동일시되었다.4) 예절을 생활화하는 사람들의 목표는 克己하여 復禮하는 것에 있다. 따라서 조선사회의 여성들은 윤리적 예를 제 일차적 삶의 목표로 삼았으므로 규방가사에 나타난 윤리는 예의식에 바탕을 두었다. 여성의식의 대부분은 최상의 禮治를 실천하려는 욕구 또는 동기유발이 작용하였다.

대부분의 심리학 이론들에 따르면, 인간들은 그들의 고통과 이익에 대하여 특별하고도 역동적인 요소인 동기부여를 중요시 한다고 한다. 이 동기부여란 말은 행위를 재촉하는 힘, 더 정확하게 말하면 행동을 유발시키는 모든 욕구를 가리킨다.5) 인간의 음식, 수면, 안전, 이성 과 같은 욕구는 짐승들과 차이가 없다. 그러나 인간은 문화를 통해서 '욕구'를 '욕망'으로 전환시켜 '예'를 본격적으로 실현해나갈 수 있는 능력이 있다. 예의 규범들을 포함한 문화는 여성들이 부덕을 갖춘 효부를 선망의 대상으로 삼으려는 '욕망'을 촉진시키기도 한다. 이러한 의식이나 욕구를 재촉하여 실천하려는 훈습은 규방가사에도 나타난다.

이 논문은 규방가사에 나타난 규범들을 훈습할 수밖에 없었던 여성들

---

4) 家統과 家門, 家廟와 家長, 친족과 五服, 적자와 서자, 가문과 족보, 道統과 文廟, 학파와 학통, 師友와 淵源, 왕통과 종묘, 王朝와 國史등의 의식을 형성하게 되었고, 이에 기초하여 사회를 조직하고 운영하였다. 가정에서는 가통을 놓고 종가, 종자권, 남아선호, 장자우대, 서얼차대, 오복제도 등의 문제가 발생하였다. (최봉영, 『조선시대 유교문화』, 사계절, 1997, p.107.)
5) 욕구에는 일차적인 것과 이차적인 것, 생리학적인 것과 인격적인 것, 의식적인 것과 무의식적인 것, 도덕적이며 발전적 성향의 것 등이다. (루네 E. A. 요한슨, 박태섭 옮김, 『불교심리학』, 시공사, 1996, pp.112-113.)

의 규범 전략적 예의식, 동기유발적 예의식, 극기복례적 예의식을 공자
와 순자의 예사상과 결부시켜 살펴본다.

II. 연구 대상과 방법

1. 연구 대상

본고는 조선시대 여성들 사이에서 창작이 성행되었던 규방가사 작품
과 최근에 수집·간행된 작품집에서 발췌하기로 한다.[6] 규방가사 작품
에는 여성들에게 주어진 교양, 인간관계의 질서, 의식주 중심 살림살이
가 나타나 있는데, 이를 요약하면 수신규범, 인륜규범, 가사규범 등으로
禮 수행을 목적으로 한 내용들이다. 수신은 성품을 닦고, 언어를 삼가
며, 언행을 바로하고, 지덕을 높이기 위해 교양을 향상시키는 일을 포함
하고, 인륜은 부부, 효친, 혼례, 돈목 등 인간관계의 질서를 유지하기
위해 사람이 지켜야 할 떳떳한 도리라는 뜻으로 여성의 역할 수행상
지켜야 할 도리를 말한다. 家事는 일과 물건을 관리하는 사물, 복식,
제사, 접빈 등의 가정 내에서 의식주를 중심으로 한 여성들의 살림살이
를 말한다. 이 내용들은 모두 공자의 仁義說인 '타인의 존재와 가치를
배려'이기도 하고, 반드시 '예'로써 가르치고 인도해야 한다는 순자의
성악설인 '적습'과 '훈습'에 해당한다.

이러한 공자와 순자의 예의식은 가족이나 가문과 같은 현세 중심의
인륜 속에서 각 개인이 맡고 있는 역할과 관련되어 있다. 타인의 존재와
가치를 배려하는 공자와 순자의 예사상이 나타난 구체적인 내용은 부

---

6) 안동내방가사전승보존회, 『영남의 내방가사』①-② (한빛, 2002)

모에 대한 자녀의 직분, 자녀에 대한 부모의 직분, 남편에 대한 아내의 직분, 아내에 대한 남편의 직분 등인데, 이 중에서 가장 중요한 것이 부모에 대한 자녀의 직분인 孝이다.

고전 소설의 구조가 유교적 도덕관 내지 선악관을 강조하는 것처럼 규방가사의 주된 내용도 '권선'과 '징악', '복선'과 '화음'이라는 선악의 세계 유형을 대립시키고 있다.

본고는 규방가사를 대상으로 논의를 전개하되, 특히 비교적 유교적 禮治와 관련된 '권선'과 '징악', '복선'과 '화음', '고진'과 '감래'라는 선악의 세계 유형을 대립시키고 있는 규방가사 작품을 선정하여 유교적 예의식을 고찰하려고 한다.

2. 연구 방법

공자의 예사상에서 "봄에 심고 여름에 자라는 것이 仁이고, 가을에 거두고 겨울에 거두는 것이 義이다"라고 했듯이 여성들의 효용론적 훈습도 '仁'과 '義'에 해당한다. 규방가사에 나타난 규범 전략적 예의식은 '仁'이다. 문학작품에서 선악의 문제로 대두되는 것은 결국 禮의 효용론적 입장이라고 할 수 있다.

여성들이 惡을 회피하려는 동기유발은 규범이라는 하나의 관념이 사회 일반에 걸쳐서 다른 관념을 생성하도록 만든 것이라고 할 수 있다. 다른 관념의 생성이란 악한 여성에 대해서 '권선징악'의 '惡'과 또는 '칠거지악'의 '去'라는 다른 관념을 낳는 것이다. 여성들은 이렇게 예의 행위규범에 따라 생성된 관념을 감정의 소극적 또는 적극적 긍정으로 처리한다. 적극적 혹은 소극적으로 처리하는 판단의 기준이나 동기유발은 사회적 규범에 따른 자신들의 욕구[7]와 감정의 조절 여부에 달려있

다. 규방가사에 나타난 예의식은 적극적 긍정의 '적습'·'훈습' 등의
실천과 관계가 깊다. 이러한 예의식의 적극적 긍정은 '극기복례'·'예
의수치'라는 감정 또는 관념과 연결된다. 이와 같은 논리에 따라 본고는
규방가사에 나타난 예의식의 차례를 규범전략적 예의식, 동기유발적
예의식, 극기복례적 예의식 등으로 설정한다.

Ⅲ. 규방가사의 유교적 예의식

　조선시대에 확립된 유가문화의 禮와 仁義는 공자, 순자의 예사상과
상호 관련된다.[8] 공자는 '봄에 심고 여름에 자라는 것이 仁이고, 가을에
거두고 겨울에 저장하는 것이 義이다. 인은 樂에 가깝고 예는 義에 가깝
다'고 설명하였다.('春作夏長 仁也 秋斂冬藏 義也 仁近於樂 禮近於義')
이와 같이 義에 대한 공자의 견해는 仁이 드러나고 실현된, 他의 기준이
될만한 모범적인 외형적 가치로 설명하고 있다.[9] 예의 살과 뼈 중에서
인은 타자 중심의 윤리적 내실에 해당한다. 또한 인은 이기적 욕구가

---

7) 예라는 판단의 기준이 구체적 원리로 뚜렷이 제기되어 있는 것은 아니고, 단지 중절
　중화를 이룬다는 전제 안에서 예라는 행위규범으로 정리되어 있을 뿐이다. (한국정신
　문화원 철학·종교연구실편, 『악이란 무엇인가』, 창, 1992, p.183.)
8) 역사적으로 정치형식적인 周公의 制禮는 공자시대에 이르면 더욱더 외재화되고 형식
　화되고 만다. 공자는 이런 문제에서 예의 근원은 사람 마음에 내재하는 '仁'에서부터
　찾아야 하고 인의 실천을 통해서 예를 완성해야 한다고 보았다. 맹자와 순자는 공자
　사상의 일면을 각각 계승하였다. 맹자는 仁의 일면을 계승하고 발휘한 內聖을, 순자
　는 禮의 일면을 계승한 外王의 정치이상이다. 순자의 시대에 오면 사회가 더욱 혼탁
　해지고 禮마저도 시대요구에 부응할 수 없게 되어 그 효용성을 잃어버리고 만다.
　따라서 순자는 보다 엄격한 의미에서 제도의 의미를 강조하여 禮를 객관화하려 한다.
9) 공자의 논의를 토대로 한 禮와 仁義의 의미상 종속 관계는 예가 인의의 개념을 포괄하
　는 넓은 의미의 윤리적 개념이다. (서옥수, 「『논어』 禮思想의 철학적 고찰」, 『철학연구』
　제 90호, 형설출판사, 2004, pp.229-241.)

절제되고, 모든 것에서 타인의 존재와 가치를 배려하는 자각적 인성이
다. 공자가 인을 '克己'로 설명하는 것도 모두 타자 중심의 윤리적 가치
를 부각시키기 위한 이론적 전략에 해당한다고 볼 수 있다. 몸이 살만으
로는 지탱할 수 없듯이 의를 빼놓고는 인을 바로세우기 어렵기 때문에
건강한 도덕적 주체로 드러나는 뼈대를 세울 수도 없다. 공자가 말하는
의는 용기를 전제로 한 실천을 강조하는 것이며 公平無私를 토대로
한 이타적 사랑을 의미한다.

순자는 모든 사람의 性이 악하다는 性惡을 주장하기 때문에 반드시
'예'로써 가르치고 인도해야 한다고 주장한다. 따라서 성인의 예의도
후천적으로 사려를 쌓아 생기는 積習,[10] 즉 성인의 작위에 의해 생긴
것이라고 한다. 성인이 선을 쌓고 쌓은 뒤에 높아지고 다한 뒤에 이루듯
이 일반 백성들도 그렇게 쌓으면 성인과 같다는 것이다. 작위적 적습뿐
만 아니라 순자는 성인이 예의를 일으키고 법도를 세워 교정하고 훈련
함으로써 사회규범을 따르고 도리에 맞도록 하는 환경적 훈습도 강조
한다.[11] 사회규범을 따르게 하는 훈습은 남존여비의 惡德을 발생시켰
고 그에 따라 여성의 위치도 낮아지게 한 측면도 있다. 조선시대 여성들
을 점점 예속화시킨 규범서[12]들을 보면 여성들에게 효행과 선행이라는
예의식을 형성시켰다. 그러나 그 제도가 악용되어 물리적으로 부도덕

---

10) ①김학주 역, 『荀子』, 제4권 儒效, 을유문화사, 2001, p.207. "途之人百姓, 積善而全盡,
謂之聖人.彼求之而後得, 爲之後成, 積之而後高, 盡之而後聖, 故聖人者, 人之所積
也." ②사전적으로는 '옛적부터의 버릇'임.

11) ①김학주, 위의 책, 제17권 性惡, pp.659-660. "今人無師法, 則偏險而不正, 無禮義,
則悖亂而不治. 古者聖王以人之性惡, 以爲偏險而不正, 悖亂而不治, 是以爲之起禮義,
制法度, 以矯飾人之情性而正之, 以擾化人之情性而導之也." ②사전적으로는 '마음
을 닦아감'임.

12) 따라서 禮와 관련된 여성의 행위를 규정하는 『御製內訓』, 『규문보감』, 『우암선생계녀
서』, 『류한당언행실록』 등의 규범서가 간행되었고, 이와 같은 여성의 윤리적 근거준
칙이 세워짐에 따라 女必從夫, 三從之道와 같은 남녀의 내외를 엄격히 구분하였다.

한 남성이 힘으로 유약한 여성을 학대[13]하기도 하였다. 가정 안에서 여성들의 인생을 지배하는 중요한 사안은 그 규범을 실행하는 정도에 따른 평가였다. 윤리적 규범들을 잘 지키면 善한 효부나 烈婦로 격상하고, 지키지 못하면 여성의 가치가 전도되어 악한 여성이나 愚婦로 격하된 사례가 있다. 이와 같은 여성교육의 목표를 달성하기 위한 방법이 훈습이다.[14] 훈습 교육 내용들을 살펴보면, 유아시에는 수신교육, 성숙시에는 결혼준비 교육으로서 결혼 이후의 생활 내용을 학습내용으로 삼았다.[15] 따라서 예의 가치는 예를 제정한 본래의 정신에 충실한 훈습 행위가 우선적이다.

여성을 대상으로 한 규범 전략적 예의식은 '나'가 아닌 가문과 같은 타자 중심의 윤리적 가치를 부각시키기 위한 이론적 전략에 해당한다고 볼 수 있다. 여성들이 건강한 도덕적 주체로 살아가기 위해서는 몸의 살과 뼈대를 탄탄하게 세워야 한다. 仁이 몸의 살에 해당하듯이 규범도 살이다. 몸이 살만으로는 살아갈 수 없듯이 뼈대를 의미하는 義를 빼놓고는 살을 유지하기 어렵기 때문에 뼈대를 세울 수도 없다. 뼈대는 공자가 말하는 義에 해당하며, 義는 용기를 전제로 한 실천을 강조하는 것이다. 따라서 인은 樂에 가깝고 禮는 義에 가깝게 된다.(仁近於樂 禮近於義)

규범전략적 예의 내용에는 수신·인륜·가사규범 등이 해당하고, 동

---

13) 장기근, 『유교사상과 도덕정치』(명문당, 2003), p.232.

14) 가정을 중심으로 제한된 조선시대의 여성교육 목표는 가정에 있음에 '효녀'되고, 결혼함에 '順婦'와 '淑妻'되고, 자녀를 낳음에 '賢母'되며, 불행히 寡居함에 '貞女'되고, 환난을 당함에 '烈女'되어 후세에 '女宗'되기를 기대하였던 것이다.

15) 유아시에는 여자로서의 기본적인 동작과 제 습관형성을 비롯하여 여자로서의 마음가짐, 언어, 몸가짐을 통한 여자다운 태도와 성격형성에 이르는 하나의 여성으로서의 인격의 완성을 위한 수신교육내용을 중시하였다. 성숙시에는 혼례의 중시와 부부생활의 화목, 시부모에 대한 효도, 형제친척간의 우애, 자녀의 교육과 책임, 그리고 봉제사와 衣食의 관리와 조리, 가정부업의 장려, 가정의 경제생활에 걸치는 온갖 내용에 대한 이해와 태도, 기능을 중요한 학습내용으로 삼았다.

기유발적 禮의 내용에는 권선징악·복선화음 등이 해당되고, 마지막으로 극기복례적 예의식에는 최상의 고진감래가 해당된다.

1. 규범전략적 禮

여성을 대상으로 한 규범은 주로 수신, 인륜, 가사 등이다. 禮의 규범적 전략이라는 개념 은 여성들이 수행할 수 있는 전략을 의미한다. 禮의 규범적 전략은 타인에게 배려하는 仁의 마음을 훈습하는 것이다. 仁의 마음은 곧 ″春作夏長 仁也″이며, 몸의 살이다.

(1) 修身

놀음에도 조심하고	본대없이 담소마라
무슨일 하오리까	무슨일을 먼저할까
영역히 묻자올때	언어를 나직나직
가래침도 뱉지마라	
구고전 꾸중할 때	대책하면 발명되고
웃고보면 충효된다	잘못을 사과하고
무슨일 하오리까	어느부모 자정없어
자식자부 미워하리	미움도 제게있고
귀염도 제게있다	아해야 달밝거던
이것내여 손에들고	글씨는 얼굴본 듯
사연을 말들은 듯	잠시위안 될 것이다.

「계여가」[16]

위 「계여가」의 규범적 예의식은 화자의 언어와 행위를 의미하는 수신과 관련하여 살펴볼 수 있다. 이 작품에 나타난 수신은 '놀음'·'담소'·

---

16) 이용경 작, 이사화(제공자), 『영남의 내방가사』① (한빛, 2002), pp.87-89.

‘가래침’ 등에 조심하고, ‘구고전 꾸중할 때 대책하면 발명되고 웃고 보면 충효 된다’라는 적극적 내용이다. 적극적으로 긍정하는 수신은 봄에 심어 여름에 예가 자란다는 공자의 ‘仁’에 해당한다.

다음 ‘이것내여 손에들고 글씨는 얼굴본 듯 사연을 말들은 듯 잠시위 안 될 것이다’라는 훈습도 ‘仁’에 해당된다. 이와 같은 훈습으로 수신하면 몸의 살이 된다.

「권선징악가」[19]

위 「권선징악가」에서 화자는 다른 객관적 여성 인물을 설정하여 몸의 살이 형성될 수 있는 수신의 규범적 전략을 나타내고 있다. 그러나 이 인물은 부모에게 ‘말대꾸’, 친정의 양반 ‘자랑’, 媤家의 가난을 ‘비난’하는 등 수신해야 할 규범을 배반하고 있다. 즉, 적극적 긍정이 미흡함으로 말미암아 타인을 배려하는 仁을 이루지 못하고 있다.

---

17) ‘말박’은 말 代身으로 쓰는 바가지.
18) ‘무릎막음’은 ‘무릎맞춤’이란 말을 소리 나는 대로 적은 것으로 보인다. ‘무릎맞춤’을 ‘對質’이라고도 하는데 두 사람의 말이 서로 틀릴 적에 제삼자나 말전주한 사람과 맞대어 전에 한 말을 되풀이 시켜 따지는 일.
19) 심외생(제공자), 『영남의 내방가사』① (한빛, 2002), p.82.

시부옷이 더러우나　　가장옷이 떨어지나
내편키가 주장이라　　그무엇이 걱정이랴
우지 않는 저아기를　　젖먹인다 핑계하고
낮잠자기 일쑤로다　　무슨살림 되단말고
맞동서 아우동서　　　이간하기 웬일이며
맞시숙과 적은시숙　　패익은 무산일고

「권선징악가」[20)]

위 「권선징악가」의 화자는 仁에 어긋나는 대상을 설정하고 수신의
규범 전략을 나타낸다. 화자가 설정한 인물은 타인을 배려하지 않고
패싸움과 여러 가지 핑계를 대며 자신의 직분을 이행하지 않는다. 동서
간의 이간질과 같은 수신 부족, 즉 부정적인 의식으로 화락하던 형제들
이 남남이 되었다. 결국 '春作夏長'하지 못함과 같아서 仁에도 어긋난다.

(2) 인륜

고향생각 잊어지고　엄벙덤벙 지난세월
수년년을 지내오니　한가정에 주부되고
유아들의 어미되니　바쁜골몰 정신없이
어화세상 벗님네야　아녀자의 약한몸에
책임또한 중하도다　조상님의 봉제사와
접빈객이 아녀자의　할일이요 아녀자의
고통분담 너무많다

「여자소회가」[21)]

위 「여자소회가」의 화자는 예의식의 규범적 전략과 실천을 봉제사와

---

20) 위의 책, p.83.
21) 조남이 작, 『영남의 내방가사』① (한빛, 2002), pp.322-323.

접빈객에 두고 있다. 화자는 한 가정의 며느리, 주부, 어미의 책임까지 역할을 수행해야하는 훈습을 강조하고 있다. 그러나 봉제사와 접빈객이 '아녀자의 할일이요'에 나타나듯이 가문이나 타인을 배려하는 '春作夏長 仁也'를 인식하고 있으나, 그 '고통분담 너무많다'고 회의하는 등 부정적이어서 가을에 거두고 겨울에 저장해야할 義가 부족하여 '秋斂冬藏 義也'와 거리가 멀다.

반만년을 지낸역사　　깊이상고 하여보면
명문대족 번영함은　　효자후손 뿐일진대
윤리도덕 일심으로　　자시관대 더욱힘써
그대몸이 귀하거든　　부모은공 명심하고
그대남편 위하려면　　시부모를 중히하소
생가양가 가리잖고　　부모봉양 궁행하여
부모사후 후회않게　　살아생전 효도하소
청년남녀 많은중에　　효부열녀 드물도다

「권면가」[22]

위 「권면가」는 '그대'라는 현대적 용어를 사용하고 있기 때문에 화자가 전근대의 여성이 아니고 근대·현대인에 가깝다고 볼 수 있다. 작품집도 2002년에 간행되었으며 작품 제공자도 현존하는 인물이기 때문이다. 그러나 화자가 현대에 생존하고 있는 인물이지만 전근대적 '효부열녀'가 드물게 된 현실을 비판하고 있다. 타인, 즉 시부모를 배려하지 않는 자식에 대한 현실 비판이다. 이 비판의 대상은 규범 전략적 예의 훈습을 무시하는 자식들이다.

이 작품에서 화자는 '명문대족'과 '효자후손'을 계승하려면 부모에게

---

22) 이선자(제공자), 『영남의 내방가사』(한빛, 2002), p.86.

'봉양·효도·보답'하는 적극적 긍정의 훈습에 달려있다고 한다. 부모
입장의 화자는 적극적 긍정의 '春作夏長 仁也'를 강조하고 있으나, 자식
은 부정적이어서 '秋斂冬藏 義也'와 거리가 멀다.

<pre>
하고많은 아무댁은   시부모를 싫어하고
장가드는 아들네는   따로나기 소원일다
양친들은 때도없이   자식집을 찾건만은
자식들은 그부모를   염두에도 두지않네
시끄러운 애들소린   듣기좋다 기껍하며
부모훈계 두번하면   잔소리라 빈정된다
자식들의 오줌똥은   제손으로 주물러도
제부모의 가래침엔   비위상해 밥못먹네
과자봉지 들고와서   자식손에 쥐어주나
부모위해 고기한근   사올줄은 왜모를까
소가아파 누웠으면   동물병원 찾아가고
늙은부모 병이들면   예사일로 생각한다
자식위해 쓰는돈은   계산않고 쓰건만은
부모위해 쓰는돈은   음이양이 다따지네
그자식은 부모에게   어이그리 인색한가
</pre>

「권면가」[23]

위 「권면가」의 화자는 훈습을 쌓아 부모에게 효도하지 않는 젊은이들
에게 충고하기도 하고 독자들을 향하여 고발하기도 한다. 1세대인 화자
는 자식세대인 2세대에 대하여 비판적이다. 2세대는 1세대인 자신에게
대하여서는 너무 인색한 점을, 3세대인 손자에 대하여는 지나치게 후하
게 대하는 행위를 대비시키고 있다.

현대는 부부 중심의 핵가족 형태로 변화하고 있다. 화자가 자식세대

---

23) 위의 책, pp.85-86.

의 행위를 대비시킨 구체적인 내용은 '양친부모/ 자식 분가, 부모훈계/ 잔소리, 부모의 가래침/ 자식의 오줌똥, 부모의 고기 한 근/ 자식의 과자 봉지, 부모의 노환/ 동물병원, 부모에게 인색한 돈/ 자식에게 후한 돈' 등이다. 이상과 같이 전자에 해당하는 2세대의 행위는 예치의 살과 뼈 대를 형성시키지 못했다고 할 수 있다. 또한 '春作夏長 仁也'에도 어긋 나기 때문에 결국 '秋斂冬藏 義也'를 이루지 못하고 있다.

(3) 家事

세간 맡아할 때   치산을 정케하고
표백이 많으나마   겉치레 하지말고
의복이 많으나마   몸치레 하지말고
기명이 많으나마   만질때 조심하여
헌의복 기워입고   새옷을 아끼어라
곡식이 많으나마   잡음식 먹어서라

「경녀가」[24)

위 「경녀가」의 화자는 家事와 관련된 규범 전략적 예의식을 주입시키 고 있다. 가사의 규범 전략은 치산인데, 치산하는 구체적인 방법으로는 '겉치레'와 '몸치레'를 삼가고, '새 옷'과 '곡식'을 아끼라는 것이다. 화 자는 '겉치레'와 '몸치레'를 삼가하고 타인을 먼저 배려하는 규범 전략 으로 훈습할 것을 권하고 있다. 곧 '春作夏長 仁也'를 강조하고 있다.

선한일 본을밧고 악한일을 삼가
그중의 익달한일 엇던부녀 힝사보소
염치가 이실진디 남의염양 모를소냐

---

24) 이상기(제공자), 앞의 책, pp.95-96.

><blockquote>

길삼은 원슈갓고 낫잠을 벗을삼고
조석으로 먹은그럭 방웃묵이 젼을피고
이러한 부녀힝사 천성이 그리한가
천성이 아니외라 교훈하기 절실하다

</blockquote>

「회인가」[25]

위 「회인가」의 화자는 '선한일 본받고 악한일을 삼가'야 하는 규범 전략적 예를 제시하고 있다. 화자가 객관적 대상으로 삼은 여성 인물은 '길삼은 원슈갓고 낫잠을 벗을삼고' 있는 등 규범적 훈습에 게을리하고 있다. 이 인물에 대하여 화자는 '교훈'을 따르는 훈습, 즉 '春作夏長 仁也'가 절실함을 나타내고 있다.

이상과 같이 규방가사에 나타난 규범전략적 예의식을 살펴보았다. 규범전략적 예의식은 타인을 먼저 배려하는 몸의 살에 해당하는 仁이다. 「계여가」의 修身 부족은 이기적 '말대꾸'와 친정 '자랑' 등이다. 「여자소회가」에 나타난 수신의 적극적 긍정은 '봉제사와 접빈객', '아녀자의 할일'로 나타내고 있다. 「권면가」에 나타난 인륜은 부모에게 '봉양·효도·보답'으로 '명문대족'과 '효자후손'을 계승하게 된다고 한다. 「경녀가」에 나타난 家事의 규범적 전략은 '겉치레'와 '몸치레'를 삼가는 것이고, 「회인가」에는 '길삼은 원슈갓고', '낫잠'으로 벗을 삼아 '春作夏長 仁也'를 이루지 못하는 훈습의 아쉬움을 나타내고 있다.

2. 동기유발적 禮

규범 전략적 예의식이란 타인을 배려하기 위한 정신적 '仁에 해당하고, 동기유발적 예의식이란 기대치를 예상하고 수행하려는 욕구를 드

---

25) 한국정신문화연구원 철학·종교연구실편, 앞의 책, pp.58-61.

러내는 義에 해당한다. 순자는 義가 훈습과 적습으로 이루어진다고 하였다. 인간들은 자신들에게 주어진 윤리나 고통을 감당해야 할 때 因果의 기대치, 즉 동기부여를 중요시 한다. 동기부여란 행위를 재촉하는 힘, 더 정확하게 말하면 행동을 유발시키는 모든 욕구를 가리킨다. 규방가사에 나타난 여성의 행위도 시댁과 친정 가문의 위신을 세우려는 동기에서 유발된 경우가 허다하다.

예의식을 지속시키는 동기유발은 '권선징악'과 '복선화음'이라는 역동성에 있다. 징악이란 용어는 '권선징악'에서, 화음이란 용어는 '복선화음'에서 유래된 것이다. 권선징악은 『左傳』에 처음 나오는 말로 "善을 권장하고 惡을 징계한다"는 뜻이며, 복선화음은 『書經』에 처음 나오는 말로 "선한 사람은 복을 받고 악한 사람은 화를 입는다"라는 뜻으로 이 양자는 매우 밀접한 관계에 놓여있다.

규방가사에 나타난 동기유발적 예의식으로는 앞 장에서 밝힌 바와 같이 복선화음과 권선징악이 대표적이다. 그 실천적 예는 예의염치적 훈습이 있다. 사람에게는 不貪이라는 廉이 있기 때문에 恥가 발생하게 된다. 이러한 염치는 예의로 나가게 되고, 예의는 당위적 기준에 따라 구체적 규범인 예절로 나타나게 된다. 禮의 문화 중의 하나인 예의수치는 마음의 자세인 수치와 그것을 밖으로 표현하는 예의를 말한다. 국가에 있어서 예의염치가 의리라면, 가문 안에서 여성의 예의수치는 가문을 일으키고 빛내기 위해서 직분을 수행하는 婦德일 것이다. 당시 여성이 가문의 체면을 새우지 못했을 때는 가문의 수치로 여겼다.

따라서 조선시대 여성들이 仁의 예의식을 義로 실천하면 몸의 살과 뼈대를 이루기 때문에 시가와 친가의 안정을 도모하고, 나라의 안정까지 도모하게 된다.

이 절에서는 규방가사에 나타난 여성들의 동기유발적 예의식을 살펴보려고 한다.

(1) 권선징악

```
저기가는 저선비는      거룩하고 이상하다
부모에 뜻을 입고       선생께 훈계받아
수학이행 하였기에      문필도 훌륭하다
천도가 극명커늘        선악분간 없을소냐
대밭에 죽순나고        찔레밭에 가시나니
너가본대 못한효를      너자식에 하단말가
생전에 못한효를        사후에 하단말가
```

「권선징악가」[26]

「권선징악가」의 화자는 객관적 선비를 설정해 놓고 그 선비가 적습과 훈습하는 모습에 동기를 부여하고 있다. 그 선비는 '부모의 뜻'과 '선생의 훈계'에 따른 적습으로 훌륭한 '문필'이 되었다. 선비의 '수학이행'은 '春作夏長 仁也 秋斂冬藏 義也'에 해당한다. 그러나 타인을 배려하는 仁의 적습과 훈습 정도에 따라 죽순과 찔레가 태어난다. 선한 대밭에는 죽순이 태어나듯 선비가 태어나고, 不善(악)한 찔레 밭에는 '가시'나무가 태어남을 강조하고 있다.

```
화락하든 그 형제가     널노서 남같으니
삼종행을 모르거든      칠거악을 면할소냐
이와세상 사람들아      어진일을 찬양하고
몹쓸일을 징계하고      착한사람 되게하소
개과천선 좋건마는      하무불일 어이할고
필부필부 부탁함은      착한사람 되어주소
```

「권선징악가」[27]

---

26) 심외생(제공자), 앞의 책, pp.76-77.
27) 위의 책, pp.82-84.

위 「권선징악가」의 화자는 여성들이 禮治 행위의 하나인 '삼종행'과 '어진 일' 등을 수행하지 않을 경우, '칠거악'으로 징계해야 한다는 동기를 유발시키고 있다. 그리고 '몹쓸일을 징계하고'와 같이 타인을 배려하는 仁에 게을리 하면 징악이 온다는 동기유발적 예의식을 나타내고 있다.

(2) 복선화음

알알이 혜여먹고 준준이 모아보니
양이모여 관이되고 관이모여 빅이로다
울을뜻고 담을치고 집을짓고 기와이고
시집온지 십연만이 가산이 이러하오

「복선화음가」[28]

지일처음 시집올지 가산이 만금이라
마당이 노적이요 너른광이 금은이라
딸아딸아 아기딸아 복션화음 하난법이
이를본니 분명하다 저건너 괴똥어미
남용남식 하고나서 그모양이 더얏고나

「복선화음가」[29]

「복선화음가」는 이씨부인이 출가하는 딸에게 훈습해야 할 禮에 동기를 부여하고 있다. 전자의 화자는 '알알이 혜여먹고 준준이' 모은 이씨부인[30] 이고, 후자의 주인공은 '남용남식'하는 등 훈습에 게으른 괴똥어미이다. 이씨부인은 수신, 인륜, 가사 등의 규범 전략에 적극적 긍정이

---

28) 한국정신문화연구원, 가사문학대계『규방가사』Ⅰ, 1979, pp.30-32.
29) 위의 책, p.35.
30) 위의 책, p.27.

고, 괴똥어미는 그 반대이다.

仁의 예의식을 지니고 타인을 배려한 이씨부인은 '福善'의 길로 나갔고, 이기적 괴똥어미는 '화음'의 길로 나갔다. 禮의 동기유발에 적극적인 이씨부인은 결국 '福善'에 이르렀으나 괴똥어미에게는 '우환이 연접'하는 등 '禍淫'이 닥쳐왔다.

돈들일을 당하거든　조상먼저 생각하소
좋은음식 만나거든　부모생각 하여보소
내입에 안넣으면　또한목이 생기나니
내집에는 법이되고　남의입에 칭찬일세
어린자식 먼저주면　그자식에 홀애자식
아이들은 선악간에　어른행사 배우나니
선악화목 양단간에　보는대로 배워가며
착한일을 행하면은　음덕이 내려오고
악한일을 행하면은　앙화를 입나니라

「오륜가」[31]

「오륜가」의 화자는 앙화를 예방하기 위한 예에 두 가지 동기를 부여하고 있다. 하나는 '돈이 드는 일' 처리에 대한 훈습이고, 다른 하나는 좋은 음식에 대한 훈습이다. '돈들 일'에는 먼저 '조상'에 대하여 배려하고, '좋은 음식'에는 먼저 '부모'에게 배려해야 함이다. 화자는 보는 대로 배우는 자녀 앞에서, 부모가 의로운 행동을 하면 '秋斂冬藏'과 같은 '음덕'이 내려오고, 不義를 저지르면 '앙화'를 입을 수 있음을 강조하고 있다.

이상 여성의 동기유발적 예의식을 살펴보았다. 「권선징악가」의 일부분에는 '죽순'과 '가시나무'를 비유하여 권선과 징악을 대비하여 동기

---

31) 정진영(제공자), 앞의 책, pp.44-45.

를 유발시켰다. 또한 「복선화음가」의 화자는 가난을 극복하여 '福善'에 이르렀고, 훈습과 거리가 먼 괴똥어미는 '우환이 연접'하는 징벌과 禍를 당하기도 하였다. 「오륜가」에서는 '조상'과 '부모'를 봉양해야만 앙화를 면한다는 동기를 부여하고 있다.

3. 극기복례적 禮

이 절은 '秋斂冬藏 義也'에 해당하는 작품을 대상으로 한다. 마치 곡식을 봄에 심고 여름에 자라게 하듯이 '秋斂冬藏'은 타자중심의 윤리적 예치를 훈습한 결과로 극기복례이기도 하고, 고진감래이기도 한 단계이다.

공자가 인을 '克己'로 설명하는 것도 모두 타자 중심의 윤리적 가치를 부각시키기 위한 것이다. 예절을 생활화하는 사람들의 목표는 극기하여 復禮하는 것에 있다. 극기복례란 공동체적 규범으로 설정된 예를 좇아 행동하는 인간들로 '우리'를 실현하는 것이다.[32] 예의 본질은 '우리'라는 명분에 있고, 예의 내용은 명분에 입각한 질서의 정립에 있기 때문에, 義에 대한 공자의 견해는 仁이 드러나고 실현된, 他의 기준이 될만한 모범적인 외형적 가치로 설명한 것이다.

선한 마음은 仁한 훈습을 쌓이게 한다. 훈습이야말로 진정한 의미의 '고진감래'를 맞이한다. 이는 仁의 훈습과 적습의 과정을 밟는 苦盡이며, 적습과 훈습의 義는 '복선'이기도 하고 '甘來'이기도 하다.

　　　이것저것 장만하여
　　　시부모에 상올리면 시부모님 기뻐하니

---

32) 최봉영, 「한국인의 連繫的 성격과 민주화」(김양명, 『민주화시대의 시민윤리』, 한국정신문화연구원, 1990), p.142.

　　　애쓴것이 보람이요 우리여자 장하도다

「여자소회가」[33]

　「여자소회가」의 화자는 인의 예의식에 머무르지 않고 의로운 실천으
로 옮겼다. 실천이란 '이것저것 장만'하는 훈습이다. 화자는 타인을 우
선하는 강한 윤리의식과 훈습으로 시부모를 봉양하였다. 이와 같이 화
자는 공동체적 규범으로 설정된 예를 좇아 '며느리'로 '애쓰며' 생활하
려고 한다. 여성들의 예의 본질은 '시부모 봉양'이라는 명분에 있고,
예의 내용은 '이것저것 장만'하는 질서의 정립에 있기 때문에 '우리
여자'가 장하게 되었다. 따라서 여성 전체를 포함하여 여자가 장하다는
감정을 나타내고 있다.

　　　강보유아 등에업고　　중구봉 뒷동산에
　　　장탄식 긴한숨을　　　그몇해나 지났는가
　　　홍진비래 옛말씀이　　대자연의 법칙이요
　　　고진감래 네글자는　　나를두고 지음인듯
　　　쓰고매운 세상사를　　한결같이 달게받고
　　　봉제사 접빈객과　　　부모봉양 칭찬자자
　　　없는살림 효부나고　　험한일에 효자날제
　　　상전벽해 변화무쌍　　고진감래 내게로다

「나의 일생가」[34]

　「나의 일생가」의 화자는 가난한 시댁에서 예의식의 규범적 전략에
맞추어 봉제사, 접빈객, 부모봉양 등을 훈습하였다. 타인을 먼저 배려하
는 '쓰고 매운 시집살이'의 훈습은 몸의 뼈대를 이루는 義이다. 의로운
실천은 '苦盡'이라고 할 수 있으며, 또한 인간들로 하여금 효부·효자라

---

33) 조남이 작, 앞의 책, pp.322-323.
34) 권영숙(제공자), 『영남의 내방가사』① (한빛, 2002), pp.316-317.

고 불리는 것 또한 '감래'라고 할 수 있다.

이상과 같이 여성의 극기복례 의식을 苦盡甘來 현상과 결부시켜 보았
다. 「여자소회가」의 화자는 시부모 봉양이라는 仁의 명분을 따른 결과
칭찬을 받게 되었고, 「나의 일생가」의 화자는 仁이라는 '시집살이'에
苦盡한 결과 '효부'라는 '감래'가 돌아왔다. 이와 같이 禮는 현세중심
사회를 義에 가깝게 하기 때문에 '고진'은 예의식의 '義'에 해당한다고
할 수 있다.

Ⅳ. 결 론

규방가사에 나타난 여성들의 禮意識을 세 가지 측면에서 살펴보았다.
첫째는 수신·인륜·가사 등 禮의 규범 전략적 예의식이고, 둘째는 권
선징악·복선화음 등 禮의 동기유발적 예의식이며, 셋째는 禮의 극기
복례적 예의식이다.

여성들이 규범을 수행하기 위한 전략적 예의식은 타인을 먼저 배려하
는 仁의 마음, 즉 수신·인륜·가사 등에서 살펴볼 수 있다. 규방가사에
나타난 여성들의 수신 규범은 仁의 마음에 미치지 못하는 부정적인
측면도 있고, 인륜 규범은 봉제사와 접빈객에 대하여 적극적 측면이
강조되기도 한다. 여성들의 가사 규범은 '겉치레'와 '몸치레'를 삼갈
것을 권유하였다. 실제로 여성들은 '길쌈' 등의 노동에 대하여 불평하기
도 했다. 따라서 禮의 규범 전략은 예의식의 소극적 긍정으로 仁을 봄에
파종하고 여름에 자라게('春作夏長 仁也')함을 의미한다고 하겠다.

다음으로 규방가사에 나타난 동기유발적 예의식은 '죽순'과 '가시나
무'를 비유한 권선과 징악, '복선'과 '앙화' 등으로 나타난다. 이는 공자

가 봄에 심고 여름에 자라는 것이 仁이고, 가을에 거두고 겨울에 저장하는 것이 義이다. ('春作夏長 仁也', '秋斂冬藏 義也')를 비유한 것과 동일하다. 동기유발적 예의식은 규범전략적 예의식보다 적극적 긍정이 우세하다.

끝으로 규방가사에 나타난 극기복례적 예의식은 시부모를 봉양한 후에 칭송을 받는 것이 가장 큰 덕목이었다. '쓰고 매운 시집살이' 끝에 효부가 되는 것이 극기복례이다. 이것이 곧 고진감래이다. 이는 적극적 긍정의 예의식이 우세하며, 공자의 가을에 거두고 겨울에 저장한다는 '秋斂冬藏 義也'와 맥을 같이한다.

결론적으로 규방가사의 규범전략적, 동기유발적 禮는 몸의 살이 되는 仁을 형성하게 하는 전략이었고, 극기복례적 수행은 몸의 뼈대를 이루는 仁義를 형성하는 가능성을 보여주었다. 이는 '仁近於樂 禮近於義', 즉 禮로 돌아가게 하는 仁은 현세중심 사회를 樂에 가깝게, 그리고 仁을 이룬 다음의 禮는 현세중심 사회를 義에 가깝게 만들 수 있음을 보여주고 있다.

참고 문헌

김학주 역,『荀子』, 제4권 儒效, 을유문화사, 2001.
루네 E. A. 요한슨 지음, 박태섭 옮김, 『불교심리학』, 시공사, 1996.
안동내방가사전승보존회,『영남의 내방가사』①-②, 한빛, 2002.
장기근, 『유교사상과 도덕정치』, 명문당, 2003.
최봉영, 『조선시대 유교문화』, 사계절, 1997.

한국정신문화연구원, 『규방가사』Ⅰ, 1979.

한국정신문화연구원 철학·종교연구실편, 『악이란 무엇인가』, 창, 1992.

서옥수, 「『논어』禮思想의 철학적 고찰」, 『철학연구』제90호, 형설출판사.
2004.

임무수, 「순자의 禮論 연구」, 『철학연구』제90호, 형설출판사, 1999.

최봉영, 「한국인의 連繫的 성격과 민주화」, 김양명 (외), 『민주화시대의
시민윤리』, 한국정신문화연구원, 1990.

사설시조의 유교의식 수용 양상

장 순 조

Ⅰ. 서 론

문학의 장르라든가 담당층, 가치관 등의 이질성이 극대화하는 시기에는 앞선 시대의 가치관 및 제반 문화 현상들이 이에 반발하거나 역행 혹은 대립하려는 새로운 의식에 밀려 파괴되거나 혹은 본류에서 지류로 밀려나게 된다. 한 시대를 지탱하는 사상적 기반이 무엇이든지 간에 그에 대한 저항의식이 싹터, 그와는 이질적인 새로운 기반이 내부 혹은 외부에서 형성될 때 모든 문화는 이 힘의 영향을 받게 된다.[1]

조선 후기, 봉건주의의 와해와 근대적 정신이 태동하던 혼란과 격동의 시대를 배경으로 등장, 성행한 사설시조는 넓게는 당대의 사회 문화적 변동 상황, 좁게는 전환기 시가문학의 전체적인 맥락과 변모를 파악하는데 매우 중요한 위치를 차지한다. 당대 사설시조의 본격적인 등장과 성행은 조선 전기까지 사대부층이 독점했던 시가 문학에 획기적인 변화를 가져왔다. 조선 전기는 엄격한 신분제에 의해 유지되었고 신분에 따라 정치, 경제적 지위뿐만 아니라 예술의 창작과 향유의 방식도

---

1) 아놀드 · 하우저, 최성만 · 이병진 역, 『예술 사회학』(한길사, 1983)

판이하였다. 지배계층의 예술과 서민계층의 예술은 인식의 대상이나 미의식, 표기체계, 전승방식에서도 상이한 면을 보이게 되었다.

그러던 것이 사설시조의 시대 배경인 중세 말기에 이르면 완고한 신분제의 해체 징후가 나타나기 시작하여 신분을 가르는 경계선이 한결 느슨해진다. 종래 시가 문학의 주 담당층이었던 지배계층의 세력이 현저하게 약화되고 여항을 중심으로 새롭게 경제적 부를 획득한 사람들이 사설시조의 주 담당층으로 부상한다. 이때부터 사설시조는 새로운 담당층의 세계관을 반영하게 되는데 중세적 유교 이념에서 벗어나려는 경향, 또 다수의 대중에 영합하려는 경향을 강하게 나타낸다. 본고에서는 이러한 변모의 과정에서 조선조를 일관되게 지배해 왔던 유교이념이 사설시조에서 어떻게 수용·변이 되었는가를 고찰하고자 한다.

Ⅱ. 사설시조의 문학적 성격

사설시조는 어떠한 한 면만으로는 파악될 수 없는 복합 장르적 성격을 지닌 시가다. 노래인 동시에 문학으로 운문과 산문의 성격을 함께 지니고, 기록문학적 성격과 구비문학적 성격을 동시에 보여준다. 평시조는 고려말 그 모습을 드러낸 이래 당대의 정치적 중심세력이자 문화의 주도층이었던 사대부의 이념적 지향을 그대로 반영하였고 3장의 형식과 엄격한 정형률은 조화와 균형이라는 유가의 이상을 문학을 통해 구현하려는 사대부의 미감과 잘 조응하였다.[2] 사설시조는 외형적으

---

2) 시조를 시조답게 하는 장르적 특성은 3장 6구의 엄격한 정형률로 유가 이념이나 유교적 윤리 규범에 기반하면서도 고급문화의 압축, 긴장된 세련미를 견지하는 데서 찾을 수 있다고 한다. 요컨대 시조의 형식과 내용 일체는 사대부 미의식의 산물이며 그 연원은 유가적 세계관이라는 것이다.

로는 이러한 평시조의 정연한 율격을 파괴하고 長形을 시도하면서, 내적으로는 기존 시가에서는 관심을 두지 않았던 시적 소재들―일상적 삶의 모습, 비속한 인물들, 性愛와 肉談 등―을 과감하게 시적 지평에 끌어들였다. 또한 거칠고 투박한 시어로써 여과 없는 정서를 분출하여 평시조와 구분되는 사설시조 특유의 개성을 드러내고자 하였다. 이는 유교적 지배윤리를 그 실천 덕목으로 강조함으로써 개인의 상상과 표현을 억압하던 중세이념과의 충돌이면서 또한 극복이기도 하였다. 사설시조는 공식성의 거부, 신분적 구속으로부터의 자유, 양반적 질서의 파괴, 현실 비판 등 조선조의 윤리 규범으로부터 일탈하고자 하는 성격을 강하게 표출한다. 이러한 사설시조의 특성을 다음과 같이 짚어 본다.

1. 일탈성

조선조를 전일적으로 지배하던 유교이념의 지향점은 중세적 위계질서를 흔들림 없이 유지하는 것이었다. 지배질서 수호를 위한 도덕적 경건주의는 인간의 본성을 억압하고 자아의 발현을 허용치 않았다. 사설시조의 일탈성은 억압과 통제로 다스려지는 공식적인 삶을 벗어나 이에 어긋나는 자유로운 세계를 지향한다. 이러한 세계 속에서 절대적 유교이념과 폐쇄적 신분체계는 그 권위를 상실하게 된다. 공식적인 삶에서 또 다른 삶으로의 이행에는 중요한 관점이 내포되어 있다. 그것은 모든 절대가치 개념에 대한 거부이다. 어느 시대, 어느 장소에서는

김학성, 「시조의 시학적 기반에 관한 연구」(『고전문학연구』 6집, 한국고전문학회, 1991)

조동일, 「시조의 이론, 그 가능성과 방향 설정」(『우리 문학과의 만남』, 홍성사, 1978)

조규익, 『가곡 창사의 국문학적 본질』(집문당, 1994), p.92.

절대적인 가치로 신봉되던 것도 다른 시각으로 보면 상대적인 가치를 지닐 뿐이다. 가치에 대한 상대적인 감각은 그 시대에 절대적인 것으로 제시된 가치 체계의 권위를 떨어뜨린다. 그리하여 기존의 권위적인 위계질서가 중지되고 그 질서가 제시한 가치 기준으로 분리되었던 사람들이 자유롭고 친숙한 관계로 새로이 만나고자 한다. 사설시조에서는 유교이념의 거부, 조선조적 윤리 규범에 대한 도전, 양반적 질서의 파괴 등 '탈 이념'의 성격이 강하게 드러난다. 이러한 일탈성은 작품 속에서 고아한 것의 격하,3) 금기에 대한 저항과 타파 등으로 구체화된다.

2. 유흥성

예술의 창작과 향유를 둘러싼 신분적 제약이 해체되는 전환기, 사설시조의 주된 담당층으로 부상한 여항인들은 경제력을 바탕으로 혼란기에 얻어진 富와 여가를 적절히 보내려는 욕구를 갖게 되었다. 유흥에의 관심은 일상에서 벗어나려는 욕구에서 비롯되는 것이다. 그러나 유흥의 흥겨운 세계에는 이상과 현실 사이에서 갈등하는 심리적 그림자를 반영하고 있다. 끊임없이 그들을 짓눌렀던 신분상승 욕구의 좌절에 대한 대안으로 문화 예술에 관심을 돌리면서 사설시조는 도시 유흥의 한가운데에서 연행되기 시작하였다. 유흥의 현장은 특히 공적인 자세와 그 긴장에서 벗어나 감성의 해방을 가능케 하는 곳이다. 당연히 사설시조는 새로운 담당층의 오락적 요구에 부응하게 되고, 나아가 새로운 수요를 창출하기 위한 다양한 모색이 시도된다.

유흥의 현장은 현실과는 일시적으로 분리된 공간이고, 그곳에서 얻어

---

3) 김욱동, 『대화적 상상력』(문학과 지성사, 1988), pp.255-256.

지는 쾌락은 철저하게 찰나적이다. 그런 만큼 유흥의 현장에서 연행되는 작품은 순간적 즐거움을 극대화하기 위한 것으로 볼 수 있다. 사설시조에는 직설적이고 노골적인 표현으로 性을 다룬 작품들이 빈번하게 등장하는데 연행 현장의 분방한 분위기와 향유층의 찰나적 즐거움의 욕구를 충족시키는 소재로 性처럼 만만한 것이 없었을 것이다.

인간의 육체에 대한 유교적 관념은 그 정신에 비해 아주 열등한 것으로 규정지었다. 이성에 비하여 본능 또한 아주 비속한 것으로 간주하였다. 사설시조에서의 사랑과 性의 전면적인 부상은, 지엄한 도덕률에 은폐되어 있던 욕망이나 감성을 드러내는 것으로, 그 드러냄만으로도 어느 정도 진보적 의의가 있다고 할 수 있다. 시조의 관습상 안으로만 그윽히 감추어 두었던 애욕과 성욕에 대한 대담하고 직설적인 표현은 수용자에게 성적인 상상력을 부추겨 인간을 삶에 붙들어 매어주는 육체의 관능성을 느끼게 해준다. 동시에 꿈처럼 달콤한 대리만족의 위안을 준다. 性慾은 종족보존을 위한 결합의 욕구라는 점에서 본질적으로 동물의 그것과 다르지 않다. 그러나 성욕을 가진 인간은 또한 이를 통제하는 많은 억압 장치를 만들기도 하였다.

이러한 통어의 힘이 인간과 동물을 구분하는 잣대가 아닐까? 인간은 이성의 힘으로 때로는 종교의 권위로 인간의 동물적 욕구를 부정해왔고, 당연히 성욕도 금기와 통제의 대상이 되었다.[4] 사설시조는 억눌렸던 인간의 본성과 감각을 인정하고 옹호함으로써 그를 통제하던 조선조의 유교적 도덕 관념에서 과감하게 일탈하는 모습을 보여준다. 이러한 사설시조의 性에 대한 표현은 시조의 관습을 근본적으로 변모시킬 만큼 대담하고 직설적이다.

---

4) 죠르쥬 바타이어 저, 조한경 역, 『에로티시즘』(민음사, 1989), p.242.

3. 개방성

사설시조의 장르적 성격을 압축해서 말한다면 어떤 장르적 범주의
중심부에 견고하게 위치하고 있는 것이 아니라 인접 장르와의 경계,
혹은 서정의 변두리에서 변전하면서 유동성을 보이고 있다. 이런 유동
적인 장르들은 어떤 자극이나 변화의 요인이 외부에서 작용할 때, 장르
의 중심에서 단단히 위치하고 있는 것들보다 쉽게 인접 장르와의 착종
현상을 보인다.[5] 사설시조는 서정장르 특유의 독백적 진술을 기본으로
하면서도 다양한 진술방식을 수용한다. 이러한 형상화 방법의 다양화
는 서정장르의 폐쇄성을 극복하고, 삶의 다양한 국면을 포착하기 위해
서이다. 또한 외부 세계로 열려있는 사설시조의 작품세계와 조응하는
부분이라고도 할 수 있다. 넓게는 서정에 속하면서도 서정장르의 특성
에서 벗어나는 사설시조의 개방성의 양상은 근본적으로 시조의 서정의
세계가 확장되었음을 시사한다. 평시조로는 포괄할 수 없는 서정의 세
계, 이를테면 현실생활의 반영, 불합리한 세계에 대한 풍자나 비판, 소
외된 것들에 대한 관심, 본능의 표출 등을 수용할 그릇을 요구하게 되었
고, 사설시조가 그 역할을 담당했던 것이다. 이러한 요구를 수용하다보
니 사설시조는 폐쇄된 서정이 아닌 개방된 서정으로, 독백적 서정이
아닌 대화적 서정으로 그 장르가 확장되었다고 할 수 있다. 이런 확장된
서정을 담아내기 위하여 사설시조는 이야기체 또는 대화체, 선행장르
의 패러디[6] 형식을 전부 받아들이는 개방적 탄력성을 보인다. 고양된

---

5) 신은경, 『사설시조의 시학적 연구』(개문사, 1995), p.308.
6) 선행장르의 문체나 어법, 혹은 율격 등을 의도적이고 전략적으로 패러디하는 경우를
   '장르패러디'라고 하는데 일반적으로 '패러디'는 원전의 모방과 변형, 희극성이라는
   세가지 요소로 구성되면 풍자적 목적을 실현하는 주용한 방법이다. 패러디의 주된
   동기는 현재의 어리석음과 惡을 야유하기 위한 것이며, 패러디 시인은 원전의 형식과
   문체의 균형을 왜곡함으로써 자기의 주장을 관철시킨다.

정감을 응축해서 표현하는 평시조적 서정만이 서정의 전부일 수 없는 시대문화의 흐름, 음악이나 문학 등 예술에 대한 수용층의 다양한 요구 등이 사설시조 장르 개방을 야기한 요인으로 볼 수 있다.

Ⅲ. 유교의식의 수용 양상

1. 긍정적 수용

평시조는 "일상적인 진솔한 감정의 발로가 아니라 그것을 어떤 규범적인 틀에 의해서 여과시키거나 어떤 절대 좌표를 향하여 완성시켜 가는 理法의 시가를 지향"7)하게 하는 사대부들의 절대적 문학관의 산물이었다. 평시조의 주 작가층인 사대부들의 인간의 性情을 바로잡고, 풍속을 교화해야 한다는 '文以載道'적 문학관은 일상의 삶이나 구체적 경험보다는 그것을 뛰어넘는 선험적 관념에 의한 당위를 지향하였다. 사설시조가 탈 유교이념, 탈 도덕 규범의 분방한 문학관을 표방한다고는 해도 평시조의 유교의식을 모두 부정하지는 않고 당대의 절대적 가치인 忠이나 孝, 인륜 등은 전적으로 수용하는 모습을 보인다.

1) 적극적 수용

(1) 戀君

　　① 놉흘스 泰山이며 깁흘스 滄海로다 泰山과 滄海라 흔들 聖德

고현철, 「한국현대시와 장르패러디」(『한국현대시와 패러디』, 현대미학사, 1996.) p.156.
7) 최신호, 「情感의 發散論과 理法의 發現論」(『한국한문학연구』 3·4집, 1979), p.75.

과 比홀손가
　　발글 발근 日月이요 어질고 어진 雨露로다. 日月과 雨露흔들
聖德과 갓홀손가
　　어긔아 우리 王母聖德이아 形容키 어려왜라

(時典 927)8)

② 일이 흐야도 聖恩이요 더리흐야도 聖恩이라
　　엇지흐야 갑프녀뇨 與天地無窮흔 聖恩이라
　　두어라 世世生生흐야 萬之一이나 갑파볼가 흐로르

(時典 3444)

　위 두 작품은 聖德 聖恩을 기리는 感君恩 類의 시조다. 시조 정형의 틀을 벗어나 사설시조의 형식을 취하지만 유교적 당위인 忠에 대한 정서는 평시조의 그것과 전혀 다르지 않다. 사설시조 특유의 개인적 감수성도 忠이라는 범접할 수 없는 절대 가치에 대해서는 유교적 가르침을 선험적 관념 그대로 수용한다.

③ 孔夫子ㅣ 사람이시로되 依然흔 하늘이시라
　　義理를 프러내여 五倫을 볼키시니 至愚한 民氓이 절로셔 어질거다 國泰民安樂이 오로다 聖德이로다
　　千載후 이같은 大人君子이 또 업슬가 흐노라

(時典 365)

　작품 ③은 김수장이 공자를 기리는 시조이다. 연군은 아니지만 성현이나 성현의 가르침을 기리는 시조들은 그 덕을 칭송함이 진지하다. 역시 경건한 가치에 대한 추구는 사설시조도 평시조와 다르지 않다.

---

8) 박을수, 『시조대사전』(아세아문화사, 1991)

(2) 爲國忠節

① 大丈夫 되어나서 孔孟顔回 못홀양이면
　　출하리 떨치고 太公兵法 외타니야 말만흔 大將印을 허리 ㅇ래
빗기츠고 金把에 놉히 안즈 萬馬千兵을 指揮間에 너허두고 坐作
進退흠이 긔아니 쾌홀소냐
　　아마도 尋章謫句ᄒᆞ는 석은 션비는 나는 아니 불우리라

(時典1178)

② 武關의 새벽 달과 淸泠浦지는 해는
　　古今이 달을션정 日月은 한가지라
　　지금에 恨게운 烈士에 눈물이 禁헐 줄이 잇쓰리

(時典 731)

節義는 忠에 못지 않은 유교적 가치이다. 이상의 사설시조에서도 충절은 마땅히 적극적으로 수용된다.

(3) 人倫

① 사람의 百行 中에 忠孝 밧게 또 잇는가
　　孟宗의 泣竹과 陸績의 懷橘도 다 올타 ᄒᆞ려니와
　　野人의 獻芹之誠도 긔 됴흔가 ᄒᆞ노라

(時典 1961)

② 許筬이 일온 말슴 孝友盡誠 홀리 當代에 너뿐이라
　　舜象 此變이 自古로 흘러오니
　　어즈버 未免遭變이아 네오 긔오 달ㅇ랴

(時典 4585)

③ 글 닑어라 아희들라 글 닑어 늠 주던야

　　　孝悌忠信 네것이오 富貴榮華도 네 것일다

　　　우리는 아희적 글 덜 닑은 탓스로 이 模樣 되어스라

(時典 522)

　　④ 七歲 孫男을 祖母도 안을소냐 七歲 孫女를 祖父도 안을소냐

　　　七歲 男女 不同席은 兄弟 姉妹에도 닛지 말게

　　　아모리 夫婦間 至親至密이나 爲先有別ᄒ이세라

(時典 4284)

　작품 ①, ②는 孝行을 권면하고 있다. 동서고금을 통하여 孝란 萬行의 근본이다. 인간의 당위적 도리에 대해서는 사설시조에서도 적극 권면하고 있다.

　작품 ③은 "글읽어 남주느냐" 같은 구어체의 친근한 문장으로 孝悌忠信의 유교적 덕목의 실천이 면학으로부터 가능하다는 것을 훈계한다. 도덕이 유교에 바탕을 둔 상징적 규범이었다면 인륜의 실천은 행동적 규범이었다. 작품 ④에서는 남녀칠세 부동석의 엄한 금기를 강조하고 아무리 가까운 부부사이에도 有別의 예를 갖출 것을 가르친다.

2) 소극적 수용

　충효나 오륜 등의 절대적 유교이념은 사설시조에서도 적극적 수용의 모습으로 나타나는 반면 여타의 유교적 가르침 즉 守分이나 금기 등은 소극적으로 수용하는 모습을 보인다.

(1) 守分

　　① 세상 富貴人드라 貧寒士를 웃지마라

　　　석숭은 累巨萬財로도 匹夫로 죽고 안연은 簞瓢陋巷으로 성현

의 니르너니

　　이내몸 빈한홀지라도 내길을 닷가두어시면 남의 부귀 브르랴

(時典 2292)

② 내 집이 器具업셔 벗이 온들 무어스로 待接ᄒ리

　　압내히 후린 고기를 키야 온 삽쥬에 속고와 놓고

　　엇그제 쥐비즌 술 닉엇씨리라 거렉 걸러 내리라

(時典 834)

　유가에서의 중요한 덕목은 인간이 처신과 언행에 있어 자신의 신분에 맞게 행동하는 것이었다. 이를 위해 수신과 극기 등의 인격 수양은 필수적인 것이었다. 물질에 초연해야 하는 도덕적 이념을 실천하기 위해 가난을 수신의 도로 여기고 오히려 즐기는 안빈낙도의 평시조적 정서와는 달리 사설시조에서는 구차한 가난을 부끄러워하지는 않으나 그렇다고 즐기지도 않으며 있으면 있는 대로 만족하고 그 이상은 바랄게 없다는 소박한 자족의 심경을 나타낸다.

(2) 禁忌

① 져 건너 월앙바위 우희 밤듬마치 부헝이 울면

　　녯스람 이른 말이 남의 싀앗되여 요괴롭고 사기롭고 白般 교사ᄒᄂᆫ 져믄 첩년이 급살마자 죽는다 ᄒ데

　　첩이 대답ᄒ되 안해님 ᄒ신 말솜이 아마도 망녕되이 나는 일즉 듯ᄌ오니 가옹을 박대ᄒ고 첩새옴 심히 ᄒᄂᆫ 늘근 안해님이 몬져 죽는다 ᄒ데

(時典 3645)

② 마루너머 시앗을 두고 숀벽을 척척 치울고 너머가니

고대광실 노픈 집의 화문등 보료고 시앗년이 마조안자 纖纖玉
手로 이후로쳐 안고 얼크러지고 뒤트러졋다
　두어라 팔간 용대장에 전오전백 노듯ㅎ니 나는 이밤 새오기 어
려왜라

(時典 1373)

妬忌는 칠거지악9)에 해당하는 금기사항이었다. 유교적 가르침으로 엄격히 다스려진 평시조의 자기 통어의 모습 대신 처첩간의 爭寵의 갈등, 또 축첩에 대한 불만 등 숨겨졌던 가정내의 문제들이 사설시조에는 태연스럽게 드러난다. 그러나 부처님도 돌아앉는다는 시앗에 대한 감정이 극단적 대결로 나타나지 않고 '두어라'의 체념으로 '투기는 칠거지악'이라는 유교적 제약을 오랜 관습상 마지못해 수용한다.

2. 부정적 수용

조선조를 전일적으로 지배하던 유교이념의 지향점은 중세적 위계질서를 흔들림 없이 유지하는 것이었다. 지배질서 수호를 위한 도덕적 경건주의는 인간의 본성을 억압하고 자아의 발현을 허용치 않았다. 사설시조에서는 유교이념의 거부, 윤리규범에 대한 도전, 양반 질서의 파괴 등 '탈 이념'의 성격이 강하게 드러난다. 이러한 일탈성은 작품 속에서 高雅한 것의 격하10), 조롱, 금기에 대한 저항 등으로 구체화된다.

---

9) 조선시대의 사회제도로 아내를 버릴 수 있는 일곱 가지 조건을 말한다. 不順舅姑, 無子, 淫行, 盜竊, 惡疾, 口舌, 妬忌 등이 그것이다.
10) 김욱동, 앞의 책, pp.238-268. 주 53) 참조.
　바흐친은 민중문화의 원리를, 신분갈등과 격하의 원리, 감각적 신체의 원리로 나누었다. 격하의 원리란 절대적 가치 개념에 대한 거부이다. 어느 시대, 어느 장소에서는 절대적 가치로 신봉되던 것도 다른 시각으로 보면 상대적 가치를 지닐 뿐이다. 가치에 대한 상대적인 감각은 그 시대 절대적으로 제시된 가치 체계의 권위를 격하시킨다.

1) 격하

   ① 내버디 멋치나 ᄒ니 壽石과 松竹이라
      東山의 둘오르니 긔더옥 반갑고야
      두어라 이다숫밧기 쏘더ᄒ야 머엇ᄒ리

(時典 572)

   ② 불 아니 때일지라도 절노 익는 솟과
      여무죽 아니먹여도 크고 술져 한 것는 말과 질슴 잘ᄒ는 女妓妾
    과 술심는 酒煎子와 광부로 낫는 감은 암쇼두고
      평생에 이 다섯 가져시면 부를거시 이시랴

(時典 1905)

  작품 ①은 水·石·松·竹·月 등의 자연에서 얻는 정신적 충일감을 노래한 윤선도의 '五友歌'이다. ②는 五友歌를 패러디한 사설시조이다. 이념적 가치에 대한 현실적 가치의 도전이다. 선험적 관념이나 시적 대상의 상징성이 주는 雅趣는 일상적 욕구를 반영하는 구체적 대상으로 대체되면서 비꼬임을 당하고 격하된다.

   ③ 白樺山 上上頭에 落落長松 휘여진 가지우희
      부헝방기 쮠 수상한 옹도라지 길죽 넙죽 어틀 머틀 믜뭉슈로
    ᄒ거라 몰고 님의 연장이 그러코라쟈
      진실로 그러곳 할쟉시면 벗고 굶을진들 셩이 무슴가시리

(時典 1738)

  사설시조는 윤리나 질서 또는 제도가 지배하는 세상의 억압을 벗어나 그대로의 현실, 또 있었으면 하는 세계와의 화합을 지향한다. 落落長松은 평시조에서는 일찍이 위국충절의 신성관념으로 범접할 수 없는 절

대가치를 부여 받고 있다. '어화 버힐시고 낙낙장송 버힐시고 져근덧 두던들 棟樑材 되리러니……'하는 송강 정철의 시조에서나 '……봉래산 제일봉에 낙낙장송되엇다가……獨也靑靑ᄒ리라'하는 성삼문의 시조에서도 志操와 柱石之臣을 상징하였다. 그러나 위의 사설시조에서는 유형화한 이념적 틀을 깨뜨리고 낙낙장송을 남성의 성기로 표현함으로써 신성한 것을 비속한 것으로 전도 격하시킨다. 사설시조는 사대부들이 평시조에 구현한 전아하고 고상한 작품세계를 파괴하고 희화화함으로써 사대부 층의 경직된 관념을 조롱하고 나아가 그것을 새롭게 인식하는 자유로움을 과감히 보여주기도 한다. 규범과 명분보다는 그것에 의해서 억압되었던 비속한 것들, 즉 관념보다는 물질을 더 우위에 두어 평시조적 유교질서에서 강하게 일탈하려고 한다.

2) 조롱

남녀의 차별이 분명하던 중세사회에서 칠거지악이라는 유교적 도덕률은 당대 여성의 생사를 관장할 수 있을 만큼 엄격하였다. 사설시조에서는 기존 사회 질서에 대한 도전과 저항의식, 또 일탈하려는 욕구가 두드러진다.

> 싀어마님 며ᄂ리 낫바 벽바닥을 구르지 마오
> 빗에 바든 며ᄂ린가 갑세 쳐온 며ᄂ린가 밤나모 셔근 등걸에 휘초
> 리나 ᄀ치 앙살픠신 싀아바님 볏뵌 ᄉᄯᆼᄀ치 되죵고신 싀어마님 삼
> 년겨론 망태에 시송곳부리 ᄀ치 쑈죡ᄒ신 싀누이님 唐피가튼 밧티
> 돌피나니 ᄀ치 싀노란 욋곳ᄀ튼 피똥누는 아둘 ᄒ나 두고
> 건밧티 멧꼿ᄀ튼 며ᄂ리를 어듸를 낫바 ᄒ시ᄂ고

(時典 2509)

　不順舅姑는 칠거지악 중에서도 용서의 여지가 없는 重한 금기이다. 유교적 가르침으로 엄격히 다스려져 그동안 가리워 졌던 고부간의 갈등이 주저 없이 밖으로 표출된다.

> ① 夫婦 삼길젹의 하 重케 삼겨시니
> 　　夫唱婦隨ᄒ야 一家天地 和ᄒ리라
> 　　날마다 擧案齊眉을 맹광 ᄀᆞᆺ게 ᄒ여라
>
> (時典 1852)

> ② 술이라ᄒ면 쇼 물혀듯 ᄒ고 음식이라ᄒ면 헌말등에 약타오듯
> 　　양수종다리 잡초지팔과 홀긔눈에 안팟곱장이 고쟈남편을
> 　　망석중이라 안쳐두고 보랴
> 　　문밧긔 통메옵쇼 ᄒ고 웨난 쟝ᄉ 네나 ᄌᆞ고 니거라
>
> (時典 2481)

　평시조 ①에 나타난 '夫婦有別', '擧案齊眉' 등의 유교적 가르침을 사설시조 ②에서는 철저히 무시하고 조롱한다. 유교적 지상명령인 삼강오륜에 대한 정면도전이요 파괴라 아니할 수 없다. 당대인의 의식에 뿌리 깊었던 '하늘같은' 남편으로서의 절대적 존재는 '좀 더 나으면' 감히 바꿀 수 있는 상대적 존재로 격하되고 만다.

　조선조의 지배이념은 '상하의 수직적 질서'뿐 아니라 '남녀의 엄격한 분별'로 사회 기강을 확립하고자 하였다. 그러나 不更二夫의 지엄한 도덕률은 여성화자의 대담한 욕구의 분출로 무색해지고 재가 금지 등의 질곡적인 사회제도는 여지없이 조롱당하고 팽개쳐진다. 칠거지악으로 다스려온 음행도 드러내놓고 부끄러움 없이 말한다.

니르랴보쟈 니르랴보쟈 내아니 니르랴 네 남진ᄃ려

거줏거스로 물깃는체ᄒ고 통으론 ᄂ리와 우물젼에 노코 쏘아리
버서 통죠지에 걸고 건넌집 쟈근 書房을 눈기야 불너내여 두손목
마죠 덥석쥐고 슈근슈근 몰하다가 삼밧트러 드러가서 무스일 ᄒ던지
진삼은 스러지고 굴근 삼대 긋만 나마 우즑으즑 ᄒ더라 ᄒ고 내 아니
니르랴 네 남진ᄃ려

져아회 입이 보드라와 거줏말 마라스라 우리는 ᄆ을 지서미라 밥먹
고 놀기 ᄒ 심심ᄒ야 실삼 캐러 갓더니라

(時典 1013)

밋남진 그놈 紫聰 벙거지 쁜놈 소디서방 그놈은 삿벙거지 쁜놈
그놈

밋남진 그놈 자총 벙거지 쁜놈은 다 븬논에 졍어이로되

밤중만 삿벙거지 쁜놈 보면 실별 본듯 ᄒ여라

(時典 1576)

남편을 둔 지어미로서 情夫를 둔다는 것은 당대 사회는 물론 어느
시대, 어느 사회에서도 용납될 수 없는 파행이다. 더욱이 정부와의 불륜
을 숨김없이 드러낸다는 것은 죽음을 무릅쓴 행위라고 해도 지나치지
않은데 사설시조에서는 전례없이 이런 불륜의 표출이 빈번하다. 이는
어느 한 개인의 不貞을 말한다기보다는 '不更二夫', '再嫁禁止' 등의
엄격한 도덕률로 여성을 억압하던, 나아가서 인간본성을 억압하던 이
념적 제도를 조롱함으로써 금기를 타파하고자 한다. 정신에 대해서 훨
씬 열등하고 천박하게 취급하던 육체의 감각을 드러내놓고 말하며 육
욕까지도 있는 그대로 긍정한다는 것은 관념의 우위 유교적 도덕률에
대한 부정적 수용의 모습이다.

3) 저항

사설시조의 현실인식은 일상적인 삶의 모습을 직시한다. 당대 지배계
층의 위선과 불의를 비판하는 작품들로 그들이 신봉하는 유교적 도덕
률이나 제도에 대해 저항을 표출한다.

> 탐학 슈령 드러보소 입시날 칠스강을 뜻알고 ᄒᆞ엿뜬가
> 셩밧글 떠나셔면 어이 그리 실진한고
> 져런 병의 먹는 약은 신농씨도 모르련이
>
> (時典 4313)

七事講은 새로이 수령으로 임명된 관리가 임지로 떠날 때 啓板 앞에
서 수령으로서 해야할 일곱가지 일, 즉 農商盛·戶口增·學校興·軍政
修·賦役均·詞訟簡·奸猾息의 칠조목을 외던 일을 말한다. 관리로서
의 守分을 망각하고 국가와 백성에게 한 약속을 저버리는 탐관오리에
대해 비판하고 있다.

> ① 還上에 볼기 셜흔 맛고 掌利 갑셰 동솟츨 뚝 떼어닌다
>   스랑ᄒᆞ던 女妓妾은 月利 差使 등 미러 간다
>   아히야 粥湯罐에 개 보아라 豪興계워 ᄒᆞ노라
>
>   (時典 4671)

> ② 皮租쌀 못 먹인 희예 물웃굴이도 하도ᄒᆞ다
>   陽德 孟山 酒湯이와 永柔 肅川 換陽이 년들 저 다 타먹은 還上을
> 이 늙은 내게 다 물릴쏜야
>   邊利란 네 다 물지라도 밋틀안 내 다 擔當ᄒᆞ오리라
>
>   (時典 4439)

작품 ①에서는 조선 후기 사회, 가난한 백성을 상대로 농간을 부리는
관리들을 죽탕관에 달려드는 개에 빗대어 조롱한다. 아울러 실상과는 거
리가 먼 공허한 제도에 대한 저항을 풍자적으로 표출하고 있다. 작품②에
서 춘궁기에 무고한 백성에게 세금을 수탈하는 지배층에 대한 반발은
還上이란 제도를 성행위와 대칭에 두어 해학적으로 격하시켜 저항한다.

Ⅳ. 결 론

발생부터 '노래'로 존재한 사설시조는 연행을 통해서만이 그 실체를
온전히 파악할 수 있다는 장르적 특성을 지니고 있다. 예술의 창작과
향유를 둘러싼 신분적 제약이 해체되는 전환기, 종래 시가 문학의 주
담당층이었던 사대부층의 세력이 현저하게 약화되고 여항을 중심으로
새롭게 경제적 부를 획득한 사람들이 사설시조의 주 담당층으로 부상
한다. 여항인들은 그들의 경제력을 상당 부분 문화, 예술 분야에 투입하
였다. 끊임없이 그들을 짓눌렀던 신분상승 욕구의 좌절에 대한 보상으
로 문화 예술에 관심을 돌리면서 사설시조는 도시 유흥의 한가운데에
서 연행되기 시작하였다. 유흥에의 관심은 일상에서 벗어나려는 욕구
에서 비롯된다. 그러나 유흥의 흥겨운 세계에는 이상과 현실 사이에서
갈등하는 심리적 그림자를 반영하고 있다. 유흥의 현장은 특히 공적인
자세와 그 긴장에서 벗어나 감성의 해방을 가능케 하는 곳이다. 당연히
사설시조는 새로운 담당층의 오락적 요구에 부응하게 되고, 나아가 새
로운 수요를 창출하기 위한 다양한 모색이 시도된다. 흔히 사설시조를
규정하는 저급함, 말초적, 천박함 등의 특성은 이런 연행의 관습과 무관
할 수 없다.

사설시조에 대한 '실패한 문학', '거칠고 외설스러운', '경박하고 방탕한' 등의 평가의 대칭에는 전아한 기품과 심미성으로 평가되는 평시조가 있었다. 애초 평시조의 존재 방식도 歌唱의 그것이고 演戲的인 장소에서 향유되었으나 대부분 상류계층의 동류끼리 당대 사회의 이데올로기로서 고정된 통념에 기대어 명분을 표방하는 경건 지향의 시조들이 대부분이었다. 형식과 내용의 현격한 변화를 시도하면서 사설시조가 의도한 것은 평시조가 구현한 유교이념의 극복이었다. 그러나 사설시조에 있어서 유교 이념의 극복이 곧바로 그것의 전면적인 부정을 의미하지는 않는다. 사설시조 중에는 평시조가 지니고 있는 유교적 존엄성이나 威儀, 사회적 관습의 견고함을 그대로 수용한 작품이 상당수에 이른다. 평시조의 유교이념을 적극적으로 수용한 경우이다. 반면 사설시조의 많은 작품들은 유교 윤리나 질서 또는 제도가 지배하는 세상의 억압을 벗어나고자 하는 탈 이념적 성격을 보인다. 그러나 저항의 몸짓이 격렬하면 할수록 그것은 유교적 질서 속으로, 그것을 떳떳이 신봉할 수 있는 신분계급 속으로 들어가고자 하는 지향과 동경 또는 그에 대한 좌절의 몸부림처럼 느껴지기도 한다. 저항 또는 조롱 등으로 표출된 유교이념의 부정적 수용의 양상이다.

참고 문헌

강만길, 『 한국 근대사』, 창작과 비평사, 1984.
강현두, 『대중문학의 이론』, 민음사, 1982.
고전문학연구회편, 『근대문학의 형성과정』, 문학과 지성사, 1983.

고한연총서, 『19세기 시가문학의 탐구』, 집문당, 1995.

김대행, 『시조유형론』, 이화여자대학교출판부, 1986.

______, 『한국시의 전통연구』, 개문사, 1983.

김주연, 『대중문학과 민중문학』, 민음사, 1980.

김준오, 『시론』, 문장사, 1988.

______, 『한국현대시와 패러디』, 현대미학사, 1996.

김욱동, 『대화적상상력』, 문학과 지성사, 1988.

______, 『바흐친과 대화주의』, 나남, 1990.

김학성, 『국문학의 탐구』, 성균관대 출판부, 1987.

김흥규, 『조선후기 시경론과 시의식』, 고려대 출판부, 1984

______, 『한국문학의 이해』, 민음사, 1986.

박노준, 『조선후기 시가의 현실인식 연구』, 고대민족문화연구원, 1998.

박성봉, 『대중예술의 미학』, 동연, 1995.

박철희, 『한국시사연구』, 일조각, 1980.

신은경, 『사설시조의 시학적연구』, 개문사, 1992.

아놀드 · 하우저 저, 최성만 · 이병진 역, 『예술의 사회학』, 한길사. 1983.

열상고전연구회편, 『한국의 序·跋』, 바른글방, 1992.

장사훈, 『시조음악론』, 서울대 출판부, 1986.

정병헌, 『판소리 문학론』, 새문사, 1993.

조동일, 『 한국문학사상사시론』, 지식산업사, 1993.

조르쥬.바타이유 저, 조한경 역, 『에로티시즘』, 민음사, 1989.

천병식, 『朝鮮後期 委巷詩社 硏究』, 국학자료원, 1991.

유교적 여성관에 따른 老母像

이 성 림

I. 서 론

조선조 사회에 수용된 유가사상은 처음에는 통치원리로 적용되다가 후대로 오면서 사회안정과 체제유지의 이념으로 자연스럽게 정착된다.

고려 말 극도로 문란한 질서를 바로 잡기 위해 절실히 요구되던 윤리 덕목으로서 조선 초에 효율적으로 활용된 것이 전통적 유교윤리였다고 보아 무방할 것이며, 나아가 보다 더 확고히 영속화하고자 유교윤리를 채택, 적극적으로 권장하였다.

이러한 유교적 가치관에 입각한 근본적 통치방식 가운데 禮治의 개념을 상위로 하여 사상적·생활적으로 영향을 받게 되었음은 물론이다. 당연히 실제 여성생활에도 前 시대에 비하여 제약을 받게 되었는데 그것은 고려 말 이래 사회적 혼란을 수습하고 질서를 바로 잡기 위해 여성들의 방종한 행동을 강력하게 규제해야 한다는 생각에서 출발하게 되었던 것이다.

하지만 어질고 현명한 당대 노인여성층은 규제·억압·남존여비의 사고로 생각하기보다는 오히려 당연하다 할 정도로 순리적으로 받아들여 생활 속으로, 즉 家內로 끌어들여 정착시키면서 차츰 안정을 구축하기에 이르렀다. 그것은 內治라는 고유 영역 속에서 모범적으로 위계질서를 지키며 결코 여성의 입장을 격하시키지 않았다는 것을 여러 가지 문헌에서 입증하고 있다.

따라서 본고에서는 종래의 억압적 유교윤리로서 보아왔던 여성에 대한 가치관을 탈피하여 품위 있고 확고한 위치를 지키는 가운데 유유히 지켜져 내려온 유교적 婦德을 생활 속에 실천해 온 여성 노인의 긍정적 이미지를 부각시켜 보고자 한다.

작품을 읽어 내려가는 가운데 노년 계층에서 유교적 윤리관을 거부감 없이 받아들여 유순하고, 검소하게, 모범적으로 사회 습속화 하고자 했음을 알 수 있었다. 이러한 점에서 긍정적 여성 노인상을 찾아볼 수 있으리라고 생각했다.

논의의 근거가 되는 작품은 고전수필 가운데 행장1)과 묘지 형식의 글이다. 행장과 묘지는 글의 성격상 긍정적이고 모범적인 내용을 많이 담고 있어 老害의 의미보다는 오히려 지혜로운 老母의 모습을 찾는데 유익한 고전수필 장르로 논의의 유익성을 제공해 주었다.

Ⅱ. 유교적 여성관

통상 조선시대에 추구하던 이상적인 여성상은 유교적인 婦德을 고루 갖춘 여성 이미지를 뜻한다고 할 수 있다.

남녀유별의 고대사회에서 유교적 도덕관념이 보편화되기 이전에는 오히려 일상생활에서 자유분방하다 할 정도로 제약이 없었던 것으로

---

1) 행장은 기록문학으로, 특히 여성행장에서는 여성을 주체적 존재로 부각시켜 남편이나 자식의 처세에 대한 훌륭한 조언자로 그리는 데서 잘 드러낸다.(김종철, 「글쓰기 교육의 文化的 尺度-女性 行狀의 경우」:『고전수필 어떻게 읽을 것인가』에 수록)

기록2)에 전한다.

　더 나아가 조선조에서 여성에게 강조하고 제도적으로 권장하기까지
한 柔順과 貞節 및 투기하지 말 것 등의 항목을 『삼국사기』의 南毛·俊
貞3) 기록이나 유리왕이야기·온달 이야기 등을 통해 짐작해 보면 여지
없이 자유분방하고 본능적·적극적·정열적이었음을 알 수 있다.

　『高麗圖經』4)에 의하면 이 시대 여성들은 남녀 구별 없이 냇물에서
뒤섞여 멱도 감았으며 쉽사리 이혼하기도 하여 실제로 남편이 죽은 뒤
수절하는 경우가 그리 많지 않았다. 또한 사회적 물의를 일으킬 정도로
극성스러운 사례들도 있었으니 부녀들이 사찰에 올라가 남녀가 함께
기거하는 등 성도덕의 문란사태5)가 야기되기도 했다. 이렇던 종래의
상황에서 가부장권이 확립되고 유교적 예속이 일반화되면서 여성관에
도 전대에 비하여 상당히 제약을 받는 형태로 나타나게 되었다. 조선왕
조 건국 뒤 추진한 여러 가지 정치적·사회적 시책 중에 여성문제에도
관심을 가지게 되었던 것이다. 여성문제로 빚어지는 사회적 물의를 근
절하고 문란해진 性道德을 바로 잡기 위해서는 여성들을 되도록 사회와
외간 남자로부터 격리시켜야 한다고 생각했다. 따라서 그러한 조처를
유교적 가치관이라는 잣대로 정당화시키고 합리화하고자 했던 것이다.

　이렇게 보면, 여성의 대외적인 사회적 지위는 약화되었을지 모르나
가정 내에서의 지위나 영향력은 결코 격하되지 않았다. 특히 正妻의 지위
는 확고하게 보장되어 家內에서는 영향력을 발휘할 수 있는 여건이 충분

---

2) 『三國誌』魏書「東夷傳」, 韓傳편에는 당시 마한 사회에서 長幼와 남녀의 구별이 없는
　 생활이었던 것으로 기록.「高句麗傳」에는 '其俗淫'이라 기록하고 있음.
3) 『三國史記』卷4 新羅本紀 眞興王
　 三十七年春 始奉源花 初君臣病無以知人 欲使類聚羣遊 以觀其義 然後擧而用之 遂簡
　 美女二人 一曰南毛 一曰俊貞 聚道三百餘人.
4) 『高麗圖經』卷22～23 雜俗條.
5) 李能和, 『朝鮮佛敎通史』, 上篇 p.311. 太古普愚條.

하였다. 뿐만 아니라 여성노인의 권위와 위상 확보는 행장이나 묘지문을 쓸 정도면 대단히 점잖고 세도있는, 기품있는 모습으로 나타나고 있다.

조선사회는 엄격한 가부장제를 고수하였기에 전통적 여성의 이미지는 삼종지도와 칠거지악으로 규제화 되면서 모름지기 婦人伏於人이라 하여 다소곳하며 柔順함으로 특성 지어 왔다. 그 유순함은 老年으로 갈수록 강인함과 권위를 지닌 모범적·긍정적 모습으로 이어진다.

이러한 이론적 근거의 제시는 다양한 규범류 전적6)의 제작을 통하여 유교적 여성관 가치형성에 일조를 하고 있다. 규범류 문헌에서 제시하고 가르친 대로의 내용을 잘 실천해 나오고 있었던 할머니(老母)의 이미지가 며느리, 딸로 전수돼 오늘날 든든한 버팀목 역할을 하고 있는 여성의 모습으로 나타나지 않았겠는가라고 생각해 본다.

전통사회에서 중요하게 여겨졌던 항목에 입각하여 老母像이 어떻게 순기능적으로 부각되고 있는지 살펴봄으로써 바람직한 여성상으로까지 제시될 수 있으리라고 본다.

Ⅲ. 다양한 老母像

1. 婦功의 충실한 역할수행

조선조 여성이 실천해야 할 중요한 행위인 四行7) 중 하나가 婦功으로 합리적·생산적·능률적 일 처리를 통하여 생활면에서 專心紡績하신

---

6) 『內訓』,『諺解女四書』,『閨門軌範』,『閨中正言』,『戒女書』,『女範』,『閨閤叢書』 등의 각종 女性敎箴敎養書籍이 편찬되었다.
7) 부인의 행실 네가지, 즉 婦德·婦容·婦言·婦功으로 몸가짐을 바르게 하고 청결하고 단아한 모습, 예에 맞는 언어사용, 부지런히 일하는 여성의 모습을 말한다.

노모상을 보고자 한다.

조선조 여성은 유가사상을 의식화·생활화·행동화하는 실천적 입장을 잘 견지하면서 한 가문을 일으켜 세우는 노모의 역할을 끊임없는 노동력과 부지런함, 근면함을 통하여 수행하였다. 늙어서까지 일손을 놓지 않는 모습으로 주변사람들에게 가세를 일으켜내는 관리·감독의 직분도 성실히 수행하고 있음을 모범적으로 보여주었다.

자녀의 생산과 양육은 물론 전반적인 治家·음식·針線·제사 등 구체적이며 실제적인 생활 면에서의 행동지침을 성실하게 수행해내고 있음을 볼 수 있다.

> 할머니 심(沈)부인께서는 몸소 방아 찧고 밥을 지으시느라 아침부터 저녁까지 휴식을 취할 수가 없으셨는데.....8)

> 늙으신 뒤에도 오히려 때때로 손수 길쌈을 하시면서 항상 탄식하시기를 "옛사람들이 말하기를, 그 집안에 들어가 책 읽는 소리와 베 짜는 소리를 들으면 그 집안은 마땅히 흥성하리라 했는데 의미 깊도다. 그 말이여!"라고 하셨다.9)

이렇게 늙어서까지도 노동을 멈추지 않는 모습을 보이고 있다. 이러한 면은 부녀자가 술 빚고 밥하고 길쌈하는 일은 마치 선비가 붓과 벼루를 가지고 글 쓰는 일, 농부가 농기구를 가지고 농사 짓는 일과 같다고 비유하고 있다.

> 늘그막에는 눈에 병이 와 시력이 좋지 못했으나 오히려 창 쪽의

---

8) 본고에서 인용하는 자료는 이건창·김만중·이이·이황 외 30명이 지음. 박석무 편역 해설의 『나의 어머니, 조선의 어머니』(현대실학사, 1998)의 내용을 말함.
   李建昌, 「先母淑人坡平尹氏行略」, p.17.
9) 洪奭周, 「貞敬夫人行狀」, p.31.

밝은 곳에 앉으셔서 바늘을 붙드시고 실을 살피시면서 몸이야 불편
해도 길쌈만은 계속하셨다. 누군가가 섭양하는 데 방해되지 않느냐
고 물으면 어머님은, "나는 반나절만 손이 한가하면 열 손가락이 각
각 뻗어서 하나같이 가려워도 긁지 못하는 것과 같을 뿐이다."라고
하셨다. 그분께서 늙으실수록 더욱 부지런하셨음이 이와 같았다.[10]

이러한 자세를 견지하신 결과 노년기에는 좋은 세월을 보내셨다고
적고 있다.

할머님은 이미 늙은이이면서도 오히려 여자의 길쌈 일을 붙잡으시
고 때로는 대롱으로 덮은 등불 밑에서 바느질을 하셨다. 자손들이
안 하셔도 될 괴로운 일을 그만 하시도록 청하면, 대답하시기를, "사
나이는 책을 읽고 여자는 옷을 꿰매는 일이 직분이다. 비록 늙었다고
어떻게 스스로 편히만 지낼 수 있느냐. 또 내 성품에 좋아서 하는
일이니 괴로움이라고는 없다."라고 하셨다.[11]

외할머님은 가정 살림을 하시며 온후하지만 조리가 있었으며 길쌈
하는 일에 부지런하며 의복에 검소하였다. 아랫사람들을 어루만지며
은혜롭고 위엄 보이기를 함께 하셨다.[12]

이미 연세가 칠순에 가까웠지만, 오히려 손에는 부업을 폐하지 않
으면서 집안 사람들을 정돈되게 신칙하여 각자가 공력을 들이도록
했었다. 제사지내는 일에는 엄숙하고 어린 종들에게는 자애로워 부
족함이 없도록 하셨다.[13]

할머니건, 외할머니건 모두가 연세 칠십이 가까운 노인임에도 불구하

---

10) 徐有榘, 「本生先妣貞夫人韓山李氏祔葬誌」, p.38.
11) 金鎭圭, 「祖妣行狀拾遺錄」, pp.158-159.
12) 尹拯, 「孺人公李氏遺事」, p.178.
13) 南九萬, 「先妣贈貞敬夫人安東權氏墓誌」, p.183.

고 손에서 일을 놓지 않는 모습을 보이고 있다. 이 자체가 오늘날에도 건강이 허락하는 한에는 좋을 것이라 생각해도 무방할 것이다.

칠십 이후의 연세에도 오히려 바느질을 쉬지 않으면서 아버님에게 의복을 바치고 자신의 옷을 해 입었다. 그리고 모든 일에는 미리 조치를 했기에 일을 당해 군색하고 급박함을 당하는 걱정이 없었던 것이다.

> 80 이후에 기력이 점점 쇠약하셨으나 정신이나 의식은 더욱 밝으셨다. 숙종 8년(1682) 겨울부터 체증이 있으셨는데, 그 다음해 봄에 더욱 병이 무거워져서 6월에 이르러서는 위독한 가운데 심한 이질까지 겹쳐 마침내 실낱같이 숨을 이으셨지만 정신은 총총하셔 임종에도 오히려 자력으로 몸을 바르게 하시고 단정히 누우셔서 편안하게 돌아가셨으니, 삶과 죽음의 순간에도 평상시처럼 조용하셨으니, 『주역(周易)』에서 이른바 "군자(君子)에게는 끝맺음이 있어야 한다."라는 것이 아닐는지.
> 오호라! 어머님은 이미 수를 누리시며 강녕하셨고 덕을 좋아하시다가 세상을 마치셨으니, 어찌 하늘이 도와주시고 복을 주신 것이 아닐 것이랴.[14]

쉬임없이 婦功의 미덕을 실천해 나온 끝에 壽와 康寧까지 누리고 정신을 놓지 않았던 것임을 알 수 있다.

> 늙으실수록 오히려 일손을 놓지 않으시며, "부인의 도리는 오직 부지런히 일하여 자급해야 하고, 요상스러운 것을 만들어 이익만 취하면 이미 올바른 것이 아니다. 재물을 거래하고 재화를 늘리는 일이야 내가 들을 것이 못된다."라고 하셨다.[15]
> 어머님께서 부엌 살림을 전담하신 때로부터는 새벽부터 늦은 밤까

---

14) 丁時翰, 「先妣貞夫人橫城趙氏 世系行蹟記」, pp.200-201.
15) 尹舜擧, 「本生先妣貞夫人成氏墓誌」, p.211.

지 온갖 고생을 다하시면서 스스로 편하게 쉬시는 적이 없었다. 제사
를 지내고 손님을 접대하는 일에도 넉넉하게 장만하지 않으신 적이
없었다. 비록 엎어지고 넘어지는 위급한 난리 통에도 음식 올리는
일에는 더욱 삼가는 모습이었으니, 몸소 칼질하고 요리하는 일은 아
무리 나이가 드셨어도 그만두지를 않으셨다.[16]

노인이면서도 노동행위를 통하여 한 家內를 일으키는 밑거름과 원동
력이 되고 있는데 이는 家勢에 도움이 될 뿐 아니라 후손들에게도 모범
을 보이고 있다. 이렇게 노모임에도 治家의 기본인 길쌈, 음식, 침선
등의 조달과 장만에 전력해 왔던 것이다. 연세 들어서까지도 적극적이
고 일손을 놓지 않는 생활인으로서의 노모상을 볼 수 있다.

2. 考終命의 모습

전통적으로 우리 인간은 무병장수와 부귀영화를 누리는 삶 끝에 커다
란 고통 없이 마무리 짓는 考終命을 五福[17]의 하나로 칠 만큼 생명이
다하는 순간을 귀하게 여겨왔다. 죽음의 순간이 도래했을 때 얼마나
의연하게 당황하지 않는 모습과 자세로 맞이하고 있는가 하는 점이 또
다른 측면에서 老人 이미지 구축에 시사하는 바가 있으리라 생각한다.

대체적으로 건강하게 오래 살고 싶은 소망을 달성한 후 고통받지 않
고 편안히 세상을 떠나고 싶어하는 점은 모든 인간의 소망이다. 이 세상
을 떠날 때 과연 조선조 전통사회의 노모들은 어떠한 모습으로 의연하
게 죽음을 받아들이고 있는지 귀감 되는 바가 많고 특히 이러한 내용들

---

16) 李景奭, 「先妣贈貞敬夫人開城高氏行狀」, p.211.
17) 五福은 통상 '壽 · 富 · 康寧 · 攸好德 · 考終命, 혹은 壽 · 富 · 無病 · 息災 · 道德, 壽
　　· 富 · 貴 · 康寧 · 多男(최정호, 『無思想의 사회, 그 구조와 내력』, 사상, 1989. 여름,
　　pp.34-40.)의 설이 있다.

이 행장이나 묘지 형식의 글에 많이 나타나고 있음은 필연적으로 한 개인의 삶과 죽음을 다루고 있는 글의 성격과도 부합된다고 하겠다.

살아있을 때의 삶의 양식과 내용보다도 훨씬 더 진솔하고 인간의 본 모습을 볼 수 있는 진지하고 본질적인 노인상이라 하지 않을 수 없다. 현대인들에게도 피할 수 없는 이 항목에서 의연하게 죽음을 맞이하고 있는 노모상을 봄으로써 많은 생각을 하게 하고 있다.

마침내 병을 얻어 걸음을 걸을 수 없게 되신 지 무릇 12년 동안을 하루처럼 보내시다가 돌아가시는 날을 당했으니, 오호 통재로다! 병환이 돌이킬 수 없는 지경에 이르자, 여러 아들과 딸들이 둘러앉아 울어대자 어머님께서는 정색하시고, "어리석기도 하구나!"라고 하셨다. 석주가 울면서 하실 말씀을 청했더니, 어머님은 "기운이 이미 고달파서 말을 할 수 없다. 그리고 너희가 있는데 또한 무슨 말을 하겠느냐."라고 하셨다.

석주가 또 울음을 삼켰더니, 어머님이 천천히 말씀하시기를, "네 나이도 이미 50이고 지위 또한 낮지 않은데 오히려 부족한 것이 있단 말이냐?"라고 하셨다. 이씨에게 시집 간 누이가 울음을 터뜨리며, "어머님, 차마 저를 버리고 가신단 말입니까?"라고 하자 어머님은, "이 애도 그립고 저 애도 그리우면 또 어느 때에 갈 수 있을 것이냐?"라고 하시며 잠시 사이에 숨을 거두셨으니, 눈 깜짝할 사이에 모습은 오히려 편안한 것처럼 여겨졌다. 오호라! 차마 어찌 말하랴.[18]

병환이 위독해지시자 약을 올리니 손을 흔들어 가로막으시면서, "목숨이란 약으로 연장할 수가 없는 것이다. 목숨도 이미 충분하게 살았다. 무엇 때문에 그러할 것이냐?"라고 하셨다. 그때 송파의 이모님이 오셔서 병환을 돌보시는데, 비록 기력은 약해지셨어도 정신과 의식은 어둡지 않아 가끔 서로 담소하시고 농담이나 우스갯소리도 하시면서, 조금도 애태우시는 생각이 없으셨다. 대체로 어머님은 유

---

18) 洪奭周, 앞의 글, pp.33-34.

년 시절부터 천성이 뛰어나셔서 일반 세속의 여자들이 지니는 잔다
란 일에 막히고 고루했던 습성이 없으셨고, 견식이 높으신 데다 뜻을
행함이 바르셔서 실제로 옛날 여사(女士)의 풍모가 있으셨기 때문에
정말로 삶을 마치시는 순간에도 능히 그처럼 조용한 모습을 보이셨
었다.[19)]

지극히 의연하고 의젓한 모습으로 삶의 종말을 거부하지 않고 조용히
기품 있게 맞이하고 있는 노인의 모습이다.

다음은 시어머니이신 朴夫人을 모시면서 질병의 크고 작은 경우에
반드시 몸소 정성을 다하셨고 간절하고 지극하게 하신 모범적인 사례
이다.

> 어머님은 정숙하고 밝으셨으며 어질고 은혜로워 바라보면 우뚝
> 서 계시고 가까이 하면 온화하였다. 효도와 공경함에 독실하셔서 시
> 어머님 박부인(朴夫人)을 모시면서 질병의 크고 작은 경우에 반드시
> 몸소 정성을 다하셨고 간절하고 지극하게 하셨다. 박부인께서는 평
> 소에 간소하시고 엄격하셨는데 병환이 위독하시자 어머님을 돌아보
> 시며 말씀하시기를, "나는 이제 죽는구나. 우리 며느리의 은혜를 갚
> 지 못하고 죽는 것이 한스럽구나!"라고 하셨다.[20)]

돌아가시는 노모께서 자신을 돌보아 준 며느리에 대한 치사와 함께
은혜 갚지 못한다고까지 하여 고마운 마음을 잊지 않고 있다. 고마움을
표하고 돌아가시는 모습이 인상적이라 하겠다.

> 마지막 병환으로 누우시자 결별의 말씀도 모두 훈계해 주시는 말
> 씀이었고, 더욱 밝고 절실하였다.[21)]

---

19) 安鼎福, 「先妣恭人李氏行狀」, p.54.
20) 李縡, 「先妣墓誌」, p.73.
21) 李載亨, 「生親孫人許氏家壯」, p.81.

병환으로 누우셔서 돌아가시는 순간까지도 자손들에게 훈계의 말씀
을 늦추지 않는 노모의 모습이다.

현종 10년(1669) 4월 그믐날에 각기 증세의 병을 얻으서 꼬박 7개월
을 보내고 10월 4일 새벽 2시경에 돌아가셨으니 61세의 수를 누리셨
다. 병환이 아주 위독하여 자제들이 약을 올리자 손을 저으시면서
저지하기를, "병이 고치기 어려움을 나 스스로 알고 있다. 어떻게
구구한 약물로 회생할 수가 있겠느냐?"라고 하시고는 운명하실 무렵
에도 정신이나 기운이 편안하시며 조금도 놀라고 슬퍼하는 마음이
없으셨다.22)

어느 누가 스스로의 죽음을 안다고 했던가. 이렇게 초연히 죽음을
받아들이고 있는 천성의 견식이라고 할까. 칭송 받던 옛사람들의 의연
함을 곧이 곧대로 지니고 있는 노인의 모습이라 할 수 있다.

"나는 병이 들어 죽는데 너희 부친은 판서가 되셨으니 사람들은
반드시 나에게 복이 없다고 말하겠구나."라고 하셨으니, 그런 모든
말씀은 꿈결에 하시는 것과 같았다. 여러 차례 계시는 곳을 옮기셨는
데, 아버님은 마침 전의감 제조(典醫監提調)가 되셨으므로 마침내 전
의감의 뒤 여염집으로 옮기셨으나, 끝내 5월 10일에 세상을 뜨셨으니
향년 60세였다. 수십일 동안 병으로 인한 열이 내리지 않고 독한 열이
안에 쌓여 있어 정신이 가물거리고 말씀도 제대로 못하셨는데, 유독
기억하시는 것은 전에 빌려오고 갚지 못했던 것이었다. 비록 멀리는
10년 전의 것으로 몇 되 몇 말까지 모두 잊지 않으시고 하나하나
열거해서 세시며 갚으라고 하셨다. 뒤에 빌려 온 집에 갚을 대가를
보내면서 오래 되어 이미 잊고 지내다가 듣고 나서야 처음으로 알아
차렸으니, 오호라! 이런 것은 정신이나 생각이 맑으셨을 뿐만이 아니
라 반드시 그러한 생각을 가슴에 품고 항상 간절하게 가슴 아파하면

---

22) 吳道一, 「先妣行狀」, pp.116-117.

서 하루인들 생각에서 놓아두지 않았던 까닭에서였다.[23]

가물거리는 정신 가운데에서도 전에 살림이 어려울 때 빌려오고 갚지
못했던 것을 갚으라고 유언을 하고 있다. 정결한 몸가짐 고수 뿐 아니라
정신의 맑음 또한 고매하게 지니고 있음을 알 수 있다.

> "우리 어머님께서 임종하실 때에 나에게 깨우쳐 주시기를, '절대로
> 일반 사람들을 대하여 얼굴에 화내는 모습을 보이지 말라'고 하셨다.
> 그래서 그것을 삶을 마칠 때까지의 훈계로 삼았다"라고 하셨었다.[24]

> 운명하시기 며칠 전에 조용하고 돈독하게 부지런하고 검소하라는
> 것으로 며느리나 손부들에게 당부하셨고 그것 이외에는 아들 하나와
> 손자 세 명이 먼 장독(瘴毒)의 시골에 있는 것만을 염려하시며 말씀하
> 시고 나머지는 마음에 두시고 걱정하시는 것이 없으셨다. 오호 통재
> 로다![25]

화내지 않는 얼굴을 지닐 것이며 조용히 부지런하고 검소하라는 당부
의 말씀을 하시고 세상을 놓으시는 노모의 모습이 근엄하기까지 하다.
한편, 죽음을 예견하는 모습도 보이고 있다.

> 어머님은 우시면서 "우리 어머니와 언니가 모두 80이 되어 돌아가
> 셨다. 내년이면 나도 가겠구나!"라고 하셨으니 이때에 이르러 과연
> 징험이 되었다. 오호 통재로다! 오호 통재로다! 불초한 아들들이 널을
> 받들고 돌아와 그 이듬해인 광해군 14년(1622) 2월 17일에 양주(楊州)
> 의 읍내 동쪽인 도혈리(陶穴里)의 아버님 묘소 왼쪽에 부장하였다.[26]

---

23) 趙持謙, 「先妣行狀」, p.126.
24) 위의 글, p.132.
25) 金萬重, 「先妣貞敬夫人行狀」, p.144.
26) 金尙憲, 「先妣行狀」, p.235.

과연 징험이 되었다고 하여 그렇게 이루어졌음을 시사하고 있다. 죽음과 교통하는 경지까지 이르렀다고 보인다.

> 임종에도 정신은 총총하셔서 유훈을 말하실 때에도 한 마디의 착오가 나지 않으셨다.[27]

대체적으로 조선조 전통사회의 여성이미지는 정신력으로 지탱해 오고 있는 점이 노인에 이르러 죽음을 맞이하는 순간까지도 그 근간으로 버팀목이 되어 주고 있음을 여러 곳에서 보이고 있다.

> 80 이후에 기력이 점점 쇠약하셨으나 정신이나 의식은 더욱 밝으셨다. 숙종 8년(1682) 겨울부터 체증이 있으셨는데, 그 다음해 봄에 더욱 병이 무거워져서 6월에 이르러서는 위독한 가운데 심한 이질까지 겹쳐 마침내 실낱같이 숨을 이으셨지만 정신은 총총하서 임종에도 오히려 자력으로 몸을 바르게 하시고 단정히 누우셔서 편안하게 돌아가셨으니, 삶과 죽음의 순간에도 평상시처럼 조용하셨으니, 『주역(周易)』에서 이른바 "군자(君子)에게는 끝맺음이 있어야 한다."라는 것이 아닐는지.
> 오호라! 어머님은 이미 수를 누리시며 강녕하셨고 덕을 좋아하시다가 세상을 마치셨으니, 어찌 하늘이 도와주시고 복을 주신 것이 아닐 것이랴.[28]

이렇게 삶과 죽음이 평상시의 몸가짐처럼 일관하셨다는 구절에 이르면 마치 성인의 경지에까지 이른 것이 아닌가 할 정도로 강인함과 의연함을 보이고 있다.

조선조 여성들은 죽음을 맞이할 때 반드시 큰아들의 집으로 가서 죽

---

27) 李植, 「先妣貞敬夫人尹氏墓誌」, pp.224-225.
28) 丁時翰, 앞의 글, p.201.

음을 맞이해야 하는 것으로 알고 있었으니, 장자의식에 대한 발로였던 것으로 보인다.

병환이 날로 위독하여 본집으로 돌아오시고자 하셨다. 모시던 사람들이 병환 때문에 곤란하게 여겼는데, 할머님께서 이르시기를, "내가 병들어 있고 이곳 역시 아들의 집이다. 그러나 마땅히 큰아들의 집으로 가서 죽어야 하는 것이다."라고 하셨다. 두 번 세 번 하시는 말씀이 너무 엄격하여 자손이나 며느리들이 어길 수가 없어서 안아서 가마에 눕혀드려 돌아오셨다. 돌아오시자 얼굴에 아주 기쁜 빛을 띠셨고 오래지 않아 돌아가셨다. 비록 병환의 고통 속에 계시면서도 예의에 맞도록 자신을 마칠 수 있었으니 역책(易簀)이라는 말의 뜻에 합당하다고 말할 수 있다.[29]

이렇게 큰아들 집으로 돌아와 기쁜 빛을 띠고 편안하게 죽음을 맞이하셨다는 것이다. 병환의 고통 속에서도 예의범절에 맞는 삶을 고수하고자 하셨던 조선조 여성의 전형을 보는 듯하다.

어머님은 60이 넘은 늙으신 연세에도 들어간 이마에 까만 머리털로 편안하고 고요해서 움직이는 일을 적게 하시면서도, 일반 활동에는 쇠약함이 없으셨다. 돌아가실 무렵에 이르시자 새벽마다 세수하고 머리 빗고 물 뿌리고 청소해서 거처하시는 곳은 반드시 잘 정돈해 놓으셨으며 의복도 반드시 정갈하게 입으셨으며, 사용하시는 그릇이나 용기들도 반드시 깨끗하고 정결하게 하셨었다. 그리고는 곁에서 모시고 반드시는 사람에게 중간에 밖으로 나가는 것을 허락하지 않았으니, 죽고 사는 커다란 변화에는 반드시 미리 조짐이 있게 마련인데, 스스로 알고 계셔서 그렇게 하셨던 것이 아닐는지? 오호 통재로다! 묘소는 연천(連川)의 서쪽 아버님 묘소 오른쪽 언덕에 남향으로 묻혀 있다.[30]

---

29) 金鎭圭, 앞의 글, pp.164-165.

죽음의 조짐을 예견하시고 정결하게 받아들이는 모습을 볼 수 있다. 이렇게 조선조 전통사회에서 죽음을 거부하지 않고 의연하게 받아들이는 노모의 모습이 도처에서 발견되고 있음을 알 수 있다.

역시 수렴하는 삶의 자세에서 긍정적 인생관을 갖고 있다고 생각한다. 이렇게 조선조 여성노인은 죽음마저도 품위 있고 기품 있게 초연히 받아들이는 모습으로 나타나고 있다.

3. 婦德具現의 모범

조선조 전통사회에서의 여성, 특히 어머니의 모습[31]을 다각도로 모색해 본 결과, 여성으로서 가장 모범을 보이는 것을 우선으로 하고 있음을 알 수 있었다.

이처럼 전통사회에서의 여성은 여성으로서 현모양처의 길을 지향하는 큰 테두리를 벗어나지 않으면서 孝女·孝婦의 역할로 자리매김 되어 왔다. 그러나 모범적인 부덕을 구현하는 입장에서의 어머니, 노모상은 종래의 예속적 관계에서 벗어나 훨씬 독자적이고 格을 지키면서 의미를 부여받을 수 있는 입장으로 나타나고 있다.

> 3년상을 양성에서 마치시는데 연세가 칠순이셨지만 아침 저녁으로 제물 바치는 일에 반드시 몸소 준비하여 실행하셨고 며느리들이 대신 행하게 하지를 않으셨다.
> 나의 지위가 높은 계급에 오르자, 항상 가득하면 넘치리라는 걱정을 하시곤 하셨다. 숙종 23년(1697)에 내가 사신(使臣)으로 북경에 갔는데, 그때 어머님은 74세였다. 떠나며 이별하던 무렵, 조금도 슬픈 기색을 보이시지 않고 오직 위로해 주기를 힘쓰시면서, "네가 이미

---

30) 許穆, 「先妣羅州林夫人墓誌」, p.208.
31) 이성림, 「古典隨筆에 表出된 母性이미지」, 명지전문대 교육문제연구소 제8집, 1998.

임금의 녹봉을 먹고 있는데 어떻게 감히 사사로운 정을 돌아보겠느냐. 나 때문에 염려하지 말라. 그러나 네가 배고프고 목마를까는 염려하지 않을 수 없구나."라고 하셨다. 그 뒤 사신(使臣)의 일이 어그러지게 되자 더욱 초조하고 가슴 아파하셨다고 한다.[32]

칠순을 넘으신 연세는 생물학적으로도 힘드실 터인데 3년상의 祭物을 이렇게 몸소 준비하시고 사사로운 정에 의연히 대처하시는 모습은 조선조 유교적 전통에 익숙한 모범적인 노모의 모습이라 하지 않을 수 없다.

> 70의 고령을 지나서도 시부모님이나 부모님에 대한 이야기만 나오면 반드시 두 뺨 사이로 눈물이 흘렀다. 남편 집안으로 약간 촌수가 먼 집안에서 흉한 일을 당했다는 소식만 들어도 문득 눈물을 흘리시며 제대로 식사도 못 하셨다. 남들과 대화를 나누면서도 즐겁고 화락해서 비록 남녀의 천한 종들까지도 훈훈한 마음을 먹지 않은 사람이 없어 자신들이 종이라는 것까지를 잊기도 했었다. 그분의 말씀을 듣고 나온 사람이면 비록 본디 건방진 사람들조차도 숙연해져서 두려워하지 않을 수 없었다.[33]

인정이 많으면서 상대방으로 하여금 감동하게 하는 숙연한 인품을 갖춘 노모의 자세도 나타나고 있다.

> 매일 동이 트면 일어나셔서 세수하고 빗질하고 바느질 도구를 붙잡고 시어머님 곁으로 나아가 물러가라는 명령이 없으면 감히 물러나지 않으셨다. 날이 저물면 잠자리를 정돈해 드린 뒤에야 물러나 주무셨으니, 대체로 하루 동안에 자신의 방으로 물러와 쉬시는 시간

---

32) 崔奎瑞, 「本生妣淑人金氏行狀」, p.110.
33) 洪奭周, 앞의 글, p.29.

은 한두 차례 밥 먹을 시간에 지나지 않았을 뿐인데 노년에도 역시
그렇게 하셨었다.[34)

  아래 두 글은 金萬重의 기록에 더하여 김만중의 둘째 아들인 대제학
출신 金鎭圭가 그 할머니 윤씨에 대하여 쓴 글이다.

>   할머님은 항상 검소한 생활을 자손들이 힘쓰도록 하셨다. 제가 전
> 에 옷에 구멍이 나서 아내에게 깁게 하였으나 아내는 깁기 어렵다고
> 하면서 입지 말도록 하였다. 제가 마침 할머님을 곁에서 모시고 있다
> 가 그런 말씀을 드렸더니 할머님은 손부에게 이르기를, "부인은 마땅
> 히 검소한 것으로 남편을 도와야 하고 세상의 화려하고 사치한 풍속
> 은 삼가고 본받지 말아야 한다. 저들 알지도 못하는 사람들이 대장부
> 의 옷이 기워 입은 옷이라고 비웃은들 무엇이 부끄러울 게 있느냐?
> 의당 곧바로 우리 손자의 옷을 깁도록 해라."라고 하셨다. 그때에야
> 아내가 가르침에 따랐었다. 그리고는 저에게 깨우쳐 주시기를, "너는
> 과거 급제자라고 하더라도 입는 옷을 혹시라도 벼슬하지 않던 때를
> 넘게 하지 말라."라고 하셨다.

>   할머님은 여러 손녀들에게도 또한 조금씩이라도 옛날의 교훈들을
> 알리고 싶어하였다. 제가 전에 반소(班昭)의 『여계(女誡)』를 언문으
> 로 해석해 놓았는데, 할머님은 보시고 아주 기뻐하시면서 손수 한
> 통을 잘 베껴서 저의 딸아이에게 주시면서, "너는 의당 이것을 알아
> 야 한다."라고 하셨다. 그때 70이 넘은 나이셨으니 가르치고 깨우쳐
> 주시는 일에 게으르지 않음이 이와 같았다.[35)

  이처럼 노모로서보다는 한 집안의 어른으로서 올바른 처신과 훈계,
모범적인 언행을 몸소 실천하고 있음을 볼 수 있다. 후손들에게 가르치

---

34) 任聖周, 「先妣遺事」, p.58.
35) 金鎭圭, 앞의 글, p.161, p.158.

고 전수하시는 일에서도 늦추지 않으셨다. 가히, 후손들이 따르기에
마땅한 처신이 아니겠는가.

어머님은 하늘에서 받은 성품이 이미 두터우셨고 학문의 힘이 더
해지셨으니 인애(仁愛)와 안타까워하는 마음, 착함을 즐기고 의로움
을 좋아하는 마음이 젊어서부터 노년에 이르기까지 언제나 한결같았
다. 노년기에 이르러서도 비록 쇠약하고 초췌하여 부지런하기 어려
웠으나, 다른 것에는 생각이 미치지 못하셔도 오직 사람을 착하게
인도하려는 뜻만은 끝내 조금도 줄어들지 않으셨다.[36]

노년기의 초췌함 속에서도 오직 사람을 착하게 인도하려는 그 정신력
만큼은 대단했던 것임을 알 수 있는데, 이러한 모습에서 존경받는 어른
으로서의 자세를 여실히 보여주고 있다.

"슬프다, 나의 늙음이여! 차라리 죽을망정 제사 일은 남에게 줄
수 없다."라고 하셨고, 또 평상시에도, "우리 부모님은 두 분 모두
오래 사시지 못했는데, 나만 홀로 수를 하는구나. 이제 비록 죽는다
해도 무슨 한이 있겠느냐?"라고 하셨다. 병환으로 눕게 되시자, "이번
의 병으로 내가 일어나지 못할 것이다."라고 하셨으니, 대체로 위독
한 병세에도 정신은 총총하여 흐트러지지 않으셨고 얼굴빛도 평상시
와 같아 슬퍼하거나 걱정하시는 뜻이 없으셨다.[37]

위 글은 조선조 여성이 철저하게 실천해야 했던 奉祭祀의 덕목을 돌
아가시기 1년 전, 73세까지 구현해왔던 것임을 보여주고 있다. 노모이
지만 유교적 여성관에 철저히 길들여진 모범적인 자세를 나타내고 있
다고 볼 수 있다.

---

36) 李玄逸, 「先妣贈貞夫人張氏行實記」, p.194.
37) 李景奭, 앞의 글, pp.212-213.

고맙고 감사한 마음을 표현하는 노모의 모습도 아름답게 번져온다.

시어머니 南夫人께서 연세가 90에 가깝고 귀가 잘 들리지 않는 병환이 있어 배부르고 배고프며 춥고 더운가를 스스로 살필 수 없었다. 어머님께서 밤낮으로 곁에 있으면서 옷이나 이불을 때맞춰서 벗겨 드리고 입혀 드렸으며, 죽이나 음식물은 몸소 끓이고 데우며, 한결같은 마음으로 수고하고 애쓰면서 그 절도에 맞게 해드렸다. 어떤 때에는 밤을 새우면서도 잠자리에 들 수가 없었으니, 이렇게 했던 것이 4년이나 되었으나 조금도 게으름을 피우지 않으셨다.
남부인께서는 때때로 누구인지를 판별하지도 못할 때가 있었지만, 오히려 어머님의 지성스러움에 감동하셔서, 언제나 "이 세상에서는 이러한 덕을 갚을 수가 없구나. 나의 수를 네가 누리기를 바라노라." 라고 하셨단다.[38]

이렇게 살아서 갚을 수 없는 德을 남은 며느리에게 전하고자 하는 노모의 모습에서 오늘날 수고를 알아주고 인정해주는 노인 정리표출의 또 다른 면모가 새삼 아쉽다.
요즈음 노인 모시기 힘들어 하는 세상인데 이처럼 마음과 마음으로 알아주고 며느리가 그 수고로움을 지성으로 하고 나면 시어머니는 그 치하의 뜻을 아끼지 않는 처세가 훨씬 돋보인다.

할머니 태정부인 장씨께서 칭찬하시기를, "이 며느리는 氷玉의 지조가 있기도 하지만 그의 총명함도 일반 사람보다 넘는다."라고 했다고 한다. 평생에 남을 해치고 자기만 이롭게 하려는 마음이 없으셨고, 남들이 부귀하고 화려하게 꾸미면서 곱게 사치하느라 서로 높아지려는 사람들을 보고서도 담박하게 여기며 부러워하는 뜻이 없었고, 세상에서 방자하게 남을 흘겨보면서 영리나 추구하며, 하나의 명성만

---

38) 崔奎瑞, 앞의 글, p.109.

얻어도 유쾌하게 여긴다는 말을 듣고서는, 바로 비루하게 여기면서,
"설사 한때의 영화를 얻는다 해도 자신의 마음속으로는 부끄럽지
않겠는가?"라고 하셨다. 전에, "혼인이라는 것은 그쪽의 家世를 중요
하게 여겨야 하므로 마땅히 먼저 그쪽 族世와 家法과 그 며느릿감이
나 사윗감의 어진가 그렇지 않음을 따져야 어떻게 한때의 재산의
많고 적음을 마음에 두어서야 되겠는가?"라고 하셨다. 또 항상 사용
하시는 용품들을 정돈해 두셨고 방안도 깨끗이 청소하셔서 안과 밖
을 정결하게 하시면서 탄식하시기를, "사람에게 비록 허물이 있다
해도 진실로 옛날의 잘못을 바꾸어 새것으로 따를 수만 있다면 잘하
는 것과 무엇이 다르랴?"라고 하셨고 또, "나무 끝에는 봄이 오려는
징후가 있고 닭의 꼬리털에서 가을이 옴을 느낀다."라고 하셨으니
그 분의 높은 식견과 사물을 잘 관찰하는 정도가 그러했었다.[39]

위 글에서도 媤母가 며느리에 대한 칭찬과 격려를 아끼지 않는 기품
있는 처신을 하고 있다. 이런 면은 오늘날에도 본받아야 할 모범적인
자세라 하겠다.

다음은 노년기에 나누는 삶의 아름다움을 보여주고 있는 작품을 보도
록 하자.

노년기에 시골의 고향에 살 때에는 여러 친척 중 나이 많은 부인들
끼리 서로간에 오고가면서 먹을 만한 것 하나만 있어도 반드시 나누
어 먹었고 아무리 조그마한 잔치를 벌여도 함께 즐겼다. 아랫사람들
이 더러 인사차 선물을 놓고 가면 비록 채소나 과일 한 톨을 받았더라
도 그냥 보내지 않고 보답을 했으며, 간단한 것을 가지고 와서도 소중
한 것을 받아 가지고 돌아갔다.[40]

---

39) 李栽, 「先妣贈貞夫人朴氏家傳」, p.86.
40) 金宗直, 「先妣朴令人行狀」, p.264.

　이러한 모습은 인간으로서도 지극히 모범적이고 아름답다고 하겠다. 어떠한 이념의 실천이 아니라, 時·俗과 공간개념을 떠나서 만고에 보기 좋은 노년·노모의 모습이라고 생각한다.

　더 나아가 특히 노년기에 해당하는 연령에는 무엇보다도 건강의 문제가 가장 심각하다 하지 않을 수 없을 터, 그런데 건강관리를 잘 하여 모범적으로 좋은 생활을 해내신 분이 있다.

> 　젊은 시절에는 파리하고 허약하셨고 아이들을 많이 출산하여 일찍 쇠약해지셔서 사람들이 모두 오래 살지 못하시리라고 염려했으나, 자신의 힘으로 건강 비결을 제대로 지켜내어 의복이나 음식의 섭양에도 지킬 것을 위반하여 손상되는 경우가 없었다. 정밀하고 밝으며 총명한 기억력은 80이 넘어서도 그대로였다.[41]

　요즈음에도 간절히 요구되는 덕목이라 하겠다. 건강이란 관리하여 잘 지내면 장수할 수 있다는 지극히 간단한 이치를 말하고 있다.

　다음에는 노모 입장에서도 다 하지 못한 효행에 대한 아쉬움을 토로하고 있다.

> 　할머님은 항상 자손들에게 말씀하시기를, "나는 세상의 부녀자들이 자기 부모 사랑하듯이 시부모 사랑하는 것으로 옮기지 못하는 것을 유감스럽게 생각했다. 나는 젊은 시절에 이런 마음만은 혼자서라도 다하려고 맹세했는데 타고난 운명이 불행하여 시아버님과 시어머님께서 모두 일찍 세상을 떠나셔서 온 마음을 다하고자 했어도 할 수가 없었다. 이제 늙었는데도 오히려 통탄스럽구나."라고 하셨다.[42]

---

41) 李植, 앞의 글, p.224.
42) 金鎭圭, 앞의 글, p.152.

젊어서 효행을 바치고자 했으나 일찍 돌아가신 媤舅姑에 대한 통탄을 적고 있는데, 역시 이 부분은 조선조 유교관에 입각한 여성본분에 있어서 기본을 다하지 못했다는 自愧感을 훑어내고 있다.

모범을 보이는 부분뿐 아니라 이처럼 잘 하지 못했음도 솔직하게 보여주는 점도 본받을만 하다고 하겠다. 살아계신 분에게는 실천적인 행동의 효행으로, 돌아가신 분에게는 정신적인 제사형식으로 다하고자 했음을 알 수 있다.

> 어머님은 이미 연세가 칠순에 가까웠지만, 오히려 손에는 부업을 폐하지 않으면서 집안 사람들을 정돈되게 신칙하여 각자가 공력을 드리도록 했었다. 제사 지내는 일에는 엄숙하고 어린 종들에게는 자애로워 부족함이 없도록 하셨다.[43]

이렇게 모범적인 婦德을 실천한 사례는 行狀·墓誌 곳곳에 산재해 있다. 그것은 조선조 전통사회 여성의 행동덕목 가운데 가장 기본적인 현모양처·효부·봉제사하는 婦德을 철저히 모범적으로 실행해 나온 노모의 이미지를 여러 곳에서 찾아볼 수 있었다.

오늘날에도 본받을 수 있고 귀감되게 하는 부분이 많다고 생각한다.

4. 家督·訓戒하는 노모상

조선조 전통사회에서 여성의 역할이 때로는 엄격한 어머니의 모습으로 나타나기도 한다. 그것은 여성의 주된 생활범주가 家內인지라 총체적으로 집안을 다스리고 훈계하는 몫은 할머니, 어머니, 며느리로 이어져 왔다.

---

43) 南九萬, 「先妣贈貞敬夫人安東權氏墓誌」, p.183.

　이러한 권위 있는 노모의 모습은 어떤 남성보다도 강인하고 존경받는
어르신의 자태 그 자체였다.

> 　마지막으로 병환으로 누우시자, 결별의 말씀도 모두 훈계해 주시
> 는 말씀이었고, 더욱 밝고 절실하였다.44)

> 　노년기의 마지막까지도 부모님을 잊지 못하여 여귀풀[蓼:「詩經」의
> 육아편(蓼莪篇)에 나오는 글귀로 살아서 부모님에게 효도하지 못했던
> 죄를 뉘우친다는 의미가 담겨있음]로 마음을 모으셨던 일이다.45)

> 　할머님은 평소에 질병이 많으셔서 중년 이후로는 항상 침상에 누
> 워 계셨고, 성격 또한 엄격하셔서 마음에 조금이라도 만족하지 못한
> 점이 있으면 곧바로 무섭게 꾸짖으시니, 집안 사람들이 모두 두려워
> 했었다.46)

　병환의 침상에서도 훈계의 말씀을 늦추지 않았고 부모님께 孝行을
다 받쳐야 한다는 것을 은연 중에 계시하고 있는 노모의 모습에서 우리
들은 많은 가르침을 받고 있다.
　너무 엄하시게 질책을 하시는 모습에서 오히려 집안 사람이 두려워했
을 정도였다니 가히, 家督과 훈계에 철저하셨던 것임을 알 수 있는 대목
이라 하겠다.

> 　나의 지위가 높은 계급에 오르자, 항상 가득하면 넘치리라는 걱정
> 을 하시곤 하셨다. 숙종 23년(1697)에 내가 사신(使臣)으로 북경에 갔
> 는데, 그때 어머님은 74세였다. 떠나며 이별하던 무렵, 조금도 슬픈
> 기색을 보이시지 않고 오직 위로해 주기를 힘쓰시면서, "네가 이미

---

44) 李載亨, 앞의 글, p.81.
45) 徐有榘, 앞의 글, p.44.
46) 宋相琦, 「先妣行狀」, p.91.

임금의 녹봉을 먹고 있는데 어떻게 감히 사사로운 정을 돌아보겠느냐. 나 때문에 염려하지 말라. 그러나 네가 배고프고 목 마를까는 염려하지 않을 수 없구나."라고 하셨다. 그 뒤 사신(使臣)의 일이 어그러지게 되자 더욱 초조하고 가슴 아파하셨다고 한다.

그래서 불초는 이러한 이유로 벼슬을 그만두고 물러나 마지막까지 봉양해 드리려는 계획을 세웠으나, 아우나 조카들이 모두 서울에 거주하고 어머님께서 연연해 하실까 보아 결정할 수가 없었다. 어머님께서 그러한 저의 뜻을 아시고는, 불초가 전답을 받아 시골로 내려가게 되자 마침내 다른 가족들은 단호히 버리고 내려오시기로 뜻을 굳히셨다.

새롭게 거처하는 집이 쓸쓸하고 추웠다. 9년 동안이나 먹을 것을 더러 잇지도 못했지만, 편안하게 즐거워하시고 근심을 잊으시면서 털끝만큼의 고민하는 얼굴빛이 없으셨다. 불초는 편안한 마음으로 시골 생활을 할 수 있었고, 하늘이 내려 준 나이를 마칠 수 있었던 것은 참으로 어머님의 큰 덕과 지극한 행실에 힘입었던 것이다.[47]

조선조 여성들은 公·私를 분명히 하는 단호한 태도를 지녔던 것임을 위의 74세 되신 할머니에게서 엿볼 수 있다. 집안에서의 환락한 시절보다는 괴롭고 쓸쓸한 세월을 의지력으로 극복한 것이다.

할머님은 애초부터 가난했지만 재산에는 담담하여 마음을 기울이지 않으시면서 한번도 부녀자로서의 인색한 모습을 보이지 않았다. 비록 소득이 있어도 의롭지 않은 것은 물리쳤으며, 비록 있어도 베풀어 주고 싶으면 나누어 주면서 저장해 두었다가 팔아서 산업을 일으킬 계획은 없으셨다.[48]

할머님은 여러 손자들에게도 스스럼없는 얼굴빛으로 훈계하시고,

---

47) 崔奎瑞, 앞의 글, pp.110-111.
48) 金鎭圭, 앞의 글, p.156.

다른 집의 부녀들이 투기한다는 것을 들으면 매우 옳지 않다고 하시
면서, "남자는 마땅히 예로써 제 몸을 가누어야 하고 부녀는 당연히
투기하지 않는 것을 덕으로 삼아야 한다."고 하셨다.[49]

　할머님께서 남쪽 동네인 옛집에 계실 때에, 이미 일품(一品:정경부
인)의 직품에 봉해지셨으나 자신이 하시던 일이야 가난하던 시절과
다름이 없었다. 거처하시던 방의 종이나 장막도 바로 옛날의 휴지로
하셨고 해지고 더러워 사용할 수가 없었던 것까지 오히려 바꾸지
않으셨다. 옮긴 곳에서 사시게 되자 아들이나 손자로서 그곳에서 사
는 사람에게는 장막조차 그대로 두게 하였다. 뒤에 결혼한 집안에서
그 집에 들어가서 그것을 보았던 사람은 무척 칭찬하고 탄식하시를,
"아무개 부인의 존귀함으로도 검소함이 이와 같았으니 참으로 세상
에 드문 일이로다."라고 하였다고 한다.[50]

이렇게 처음부터 끝까지 모범적으로 집안을 다스려 나가면서 본인에
게도 엄격하게 처신하시는 모습으로 일관하고 있음을 알 수 있다.

　외할머님은 경계해 주시기를, "너의 신랑을 보니 너는 따라가지
못하겠더구나. 너는 그 사람을 잘 섬겨서 부부간에 지켜야 할 예의를
위반하지 말도록 하라."라고 하셨다.[51]

　70 이후의 연세에도 오히려 바느질을 쉬지 않으시면서 아버님에게
의복을 바치시고 자신의 옷을 해 입으셨다. 그리고 모든 일에는 미리
조치를 하셨기에 일을 당해 갑자기 하시다가 군색하고 급박함을 당
하는 걱정이 없으셨다.[52]

마땅히 예의를 지켜 행동해야 할 뿐만 아니라 미리미리 예견해서 일

---

49) 위의 글, p.158.
50) 위의 글, p.160.
51) 尹拯, 「孺人公州李氏遺事」, p.177.
52) 丁時翰, 앞의 글, p.200.

처리를 해 나갔다. 위급하거나 급박함에도 걱정 없이 대처해 나가는 노인의 지혜로움을 은연 중 드러내고 있다.

조선조 전통사회에서 여성이 갖추어야 할 덕목 중에 노비 등 아랫사람을 법도에 맞게 잘 다스리고 거느려야 不和가 없음을 가르쳐 왔다. 위의 예문에서는 外祖母께서 법도대로 위엄을 보이면서 잘 治家해 나왔던 모습을 술회하고 있다.

칠순의 연세에도 집안일을 놓지 않고 공력을 기울여 관리감독하는

---

53) 尹拯, 앞의 글, p.178.
54) 南九萬, 앞의 글, p.183.

일을 늦추지 않았음을 알 수 있다.

그러면서도 아래의 글에서는 며느리와 의논하여서 일처리하는 자애로운 모습과 인정미 넘치는 정감 있는 노모의 다정함을 엿보게 하기도 한다.

> 할아버님은 어머님의 사람됨을 무겁게 여기시고 일의 크고 작음을 구별하지 않고 어머님과 의논하지 않는 일이 없었으며, 벼슬살이의 나아가고 물러남과 같은 부인으로서는 알 바가 아닌 일에 이르기까지도 반드시 상의하시면서 물으셨다.[55]

이렇게 한 집안의 구심체로서, 어른의 몫을 단단히 해내고 있는 노모의 긍정적 이미지를 도처에서 찾아볼 수 있었다. 여성의 본령에 충실하고자 했음은 물론 그것이 젊어서부터 늙어서까지 일관되게 실천해 나오고 있음이 가히 모범스럽고 본받을만 하다 하겠다.

한 집안을 관리감독하는 일은 집안 경제뿐 아니라 노비 부리는 일, 제사 받치는 일, 시부모 모시는 일 등 모든 부분에 해당되며 그것을 노인의 연세에서도 의연하게 잘 해내고 있어 어른으로서 위엄 있고 존경받는 노모상이라 하겠다.

5. 學習을 독려하는 모습

본 항목은 어쩌면 전통적 유교관에 입각한 조선조 여성의 글공부에 대한 부분과는 상치하는지도 모른다. 하지만 글공부하여 그것을 남기고 쓰고 하는 것에는 부정적이었지만-점잖은 사대부가의 부녀자가 할 일이 아니라고 지적한 바 있음-읽어서 적용하고 후손들에게 가르치고 하는 일에는 오히려 적극적이었던 듯하다. 글공부하기를 독려하

---

55) 安鼎福, 앞의 글, p.50.

고 어쩌면 모든 가치관의 상당부문을 자녀교육부문 중 勸學習에 치중
해 왔다고 해도 과언이 아니다.

　여성 교육서의 핵심으로 궁안의 내명부 지침서로 활용하고자 했던
昭惠王后의「內訓」저작 이후 학술적인 저서의 맥이 끊기다시피 했으
나 조선중·후기로 오면서 洪奭周의 어머니 令壽閣 徐氏의 시작품, 徐
杏亭有本의 부인 憑虛閣 李氏가 지은「閨閣叢書」,「淸閨博物志」외 자
작시·부친의 묘지명 등의 내용을 수록한「憑虛閣稿」를 지었고 柳僖의
母夫人 師朱堂 李氏는「胎敎新記」를 짓기도 하였다.

　그러나 본 항목에서는 글공부하기를 독려하고자 했던 노모의 모습을
중심으로 찾아보고자 한다.

　　성품이 문자를 좋아하셔서 대체로 큰 의미는 모두 통하였으니,『천
　　자문(千字文)』을 입으로 저희 자식들에게 가르쳐 주셨고, 당나나 시
　　(詩)인 절구(絶句)도 어머님이 해석하신 바에 따라서 가르쳐 주셨다.
　　불초가 어렸을 때에 어머님 곁에서 책을 읽으면 그냥 기뻐하시며
　　근심을 잊으셨고, 글 읽는 소리를 들으시기를 좋아하셨다. 그리고
　　의롭고 방정하게 살라는 교훈이야 귀엽고 예쁘다는 이유로 지도해
　　주시지 않은 적이 없으셨고, 구차하게 살려는 생각이나 건방진 행동
　　을 하려는 마음의 싹이나 몸의 낌새도 갖지 못하게 하셨다.[56]

　　자손들 책 읽는 것 바라보는 것을 가장 즐겨하셨고 거기에 따라
　　의롭게 살기를 바라셨으며 손수 글공부를 가르쳐 주시기도 했다.
　종래 우리의 교육열이 세계적으로 높은 것은 이미 조선조의 할머
니, 어머니에게서 오래전부터 익혀 내려온 미풍이라 하지 않을 수
없다.
　洪奭周의 어머님도 연세 60여 세이신 데도 律詩·장편시·硬韻詩
등 짓지 못하는 시가 없었으나 손수 글자를 기록하시지는 않으셨으

---

56) 宋相琦, 앞의 글, p.93.

되 아버님 곁에서 앞뒤로 수백편을 얻어내셨고 젊은 시절부터 언제
나 祝牧의 偕隱歌와 蜀淵明의 전원으로 돌아가 지은 작품들을 암송
하시기를 즐겨하셨다 한다.[57]

만년에는 더욱 지나치게 역사책들을 좋아하셔서 손에 책을 놓지 않
으시고는 아들이나 조카들과 더불어 고금의 잘잘못을 이야기하고,
의리의 향배를 논하시면서도 집안의 자잘한 일로 심사를 괴롭히시는
적이 없으셨지만, 그러면서도 집안 살림의 큰 경영을 총람하시고 그
씀씀이를 절제하셨기 때문에 비록 매우 가난하였으나 동쪽집 서쪽집
에서 빌려오는 데에 이르지는 않았다. 사람 중에 더러 빌리러 오는
사람이 있으면 바로 돌보아 주시기는 했다. 현종 8년(1667) 봄에 오래
도록 가뭄이 들었는데, 고체(古體)를 본받아「기민탄(飢民歎)」한편의
시를 지어 자신의 뜻을 그 시에 담으셨다.[58]

연세 들어가면서 책 읽기를 즐겨 시대를 근심하고 세속에 분개할 줄
아는 知的인 노모, 노인의 모습을 드러내고 있다. 생활적, 실천적인 면
과 함께 이렇게 지식적으로도 풍부한 모습이 노인의 기품을 더하게
하고 있다.

어머님의 연세가 이미 60이 넘으셨고 손자아이들로 어머님을 따라
어리석음을 깨우치던 애들이 몇이나 있었는데 대체로 이들을 즐겁게
맞이하시며 수고롭게 여기지를 않으셨다. 성품은 책을 좋아하셔서 늙
으실 수록 그만두지 않으시고, 더욱 역대의 나라가 다스려지고 어지
러워졌던 것과 이름난 신하들의 언행에 대한 글들을 보시기 좋아하
셔서 때때로 자손들에게 말씀해 주셨으며, 절대로 글을 쓰시거나 시
를 읊는 것에 대해서는 마음에 두지도 않으셨다.[59]

---

57) 洪奭周, 앞의 글, pp.30-32의 내용.
58) 吳直一, 「先妣行狀」, pp.115-116.
59) 金萬重, 「先妣貞敬夫人行狀」, p.141.

60이 넘은 연세에도 노모는 여러 손자들에게 글공부 가르치는 것을 늦도록 즐겼다고 한다. 역대 역사적 사건, 모범적인 사례를 잘 배워 익혀서 후손들에게 들려주고 있는 노인의 모습은 상상만 해도 후손들의 삶을 윤택하고 풍요롭게 해주는 듯하다.

文筆을 즐기는 지성인의 모습으로서 노인의 이미지가 한결 기품 있어 보인다고 하겠다.

> 여러 손자들에게 훈계하시기를 학업에만 열심히 힘쓰고 과거에의
> 합격여부는 중요하지 않게 여기며 개의치 말라고 하셨다.[60]

위 글에서도 노인의 깊은 속뜻을 알 수 있다. 어떤 명리를 좇아 과거에 급제하기 위한 공부가 아니라 오로지 인격수양을 위하여 학업에 게을리 하지 말라고 타이르고 있는 모습이다. 할머니의 인격을 가늠해 볼 수 있는 대목이다.

> 할머님께서 몸소 자획을 가르치셨고, 돌아가시기 얼마 전에 손자
> 아이들에게, "너희 아비처럼 부인에게 글씨 쓰기를 배웠는데도 필법
> 이 저 정도일 수 있겠느냐?"라고 하셨다.
> 할머님은 언제나 구양수(歐陽修)의 어머니가 수절(守節)하면서 아
> 들 가르쳤던 일을 칭찬하시기 좋아하셨고, 또 소동파(蘇東坡) 형제의
> 어짊을 찬탄하시면서, "나에게도 역시 두 아들이 있는데, 그런 사람
> 들의 아름다움에 짝하기를 원하노라."라고 하셨다.[61]

의욕만 가지고 교육이 이루어지지 않음을 위의 글을 통하여 알 수 있다. 할머니께서 글을 읽고서 옛 사람들의 善行 사례를 알고 있었기에

---

60) 丁時翰, 앞의 글, p.201.
61) 金鎭圭, 앞의 글, p.154.

예를 들어가며 후손들을 독려하기도 하고 지도할 수 있었던 것이다.

또 전에 여러 손자들에게 이르시기를, "너희들은 마땅히 문학(文學)에 힘써야 하고 가난을 걱정해서 살림 늘리는 일에 마음을 기울여서는 안된다. 사람이 비록 가난하더라도 굶어 죽는 일이야 아주 드문 일이다."라고 하셨다. 또 웃으시면서, "나의 성품이야 어벙해서 부녀자이면서도 재산 늘리는 일을 좋아하지 않고서 오직 문학만을 귀하게 여겼으니 아마도 내가 전생에는 남자였었나 보다."라고 하셨다.

할머님은 손자아이들을 가르치시고 훈계하시면서 비록 엄하게는 하셨으나, 어떤 경우 책을 읽는 사이의 쉬는 시간에는 손자들과 함께 아이들 놀이를 하셨는데 놀이의 대부분은 글이나 역사적인 것들로 하셨었다. 놀고 쉬게 하면서도 문자에서 떠나지 않으셨기에 할머니에게서 글을 배운 사람은 전혀 염증을 느끼거나 권태를 느끼지 않았었다. 또 그처럼 껴안고 인도해 주셨기 때문에 여러 꼬마 손자들도 두려우면서도 애정을 느껴서 저절로 찾아와 쭉 둘러앉아 모시면서도 또한 감히 게으름을 피우지 못했다. 또 여러 꼬마 손자들이 함께 곁에 있으면서 책을 읽으면 책읽는 소리가 뒤섞여 요란하여, 어떤 이는 늙은이의 고요한 섭양에 방해가 되리라 말하였지만, 할머님은, "나는 그러한 글소리가 기쁘기만 하다."라고 하시면서 아무리 많은 글소리에도 시끄럽게 여기지를 않으셨다.

할머니는 여러 손자들에게 이르시기를, "과거에 합격하고 합격하지 못하는 것은 운명이다. 선비로서야 의당 모든 것이 자기 자신에게 있을 뿐이다. 비록 과거에 합격하지 못해도 참으로 글만 잘할 수 있으면 부끄러워할 일이 없다. 남자로서 글을 못한다면 그보다 더 큰 부끄러움이 없느니라."라고 하셨다.

할머님은 여러 손자아이들이 공부하는 일을 힘쓰게 하시면서도, 더러 오만방자한 짓을 하는 사람을 보면 곧바로 꾸짖고 금지시키시면서, "행실이 없고서야 글을 어디에 쓸 거냐. 이 아이는 마땅히『소학(小學)』을 가르쳐야겠구나."라고 하셨다.[62]

---

62) 위의 글, pp.157-159.

처음부터 끝까지 글공부하는 분위기, 책 읽는 소리 즐겨하기, 재산 늘리는 것보다 공부하는 일이 더 중요하다고 역설하는 부분, 공부 많이 하고 글 많이 읽은 사람의 자세에 대한 이야기 등으로 채워져 있음을 알 수 있다. 돌아가기 한 달 전까지도 어린 손자들에게 몸소 글을 가르쳤다고 되어 있다.

이만큼 조선조 전통사회에서의 여성들이 글 짓고 남기는 일은 금기시하였던 것을 철저히 지키면서, 오로지 글 읽고 가르치는 것에 의미를 부여하면서 실천해 나왔던 지성적인 노인의 모습 구현에도 한 몫 했음을 잘 알 수 있다.

Ⅳ. 결 론

고전수필 영역 중 行狀과 墓誌 형식의 글 중에서 여성 노인, 노모의 긍정적 모습을 유교적 여성관에 비추어 정리하고자 하였다. 행장과 묘지글은 교술장르의 본령에 속한다 할 정도로 내용상에서 충실하게 그 몫을 다하고 있음을 확증할 수 있었다. 그것은 글의 내용과 형식 자체가 禮와 德을 갖추어 올리는 글이기 때문이기도 하다.

조선조 유교적 관점에 입각한 여성상은 여러 가지 규범류 문헌의 제작 과정을 통하여 이미 검증한 바 있기에 이론의 토대를 마련할 수 있었다. 禮道와 충효를 몸소 실천한 현모양처의 전형으로서 자리매김하고 있는 종래 여성관의 범주를 크게 벗어나지 않은 모범적인 여성 老人像을 찾아볼 수 있었던 점이 얻어진 성과였다.

통상 노인세대를 부양대상으로만 생각해오던 사고에서 보다 더 유연하게 오히려 노인도 때로는 주체적인 사고의 틀을 지니고 그것을 실천해 나올 수 있었다는 면도 새롭게 부각시킬 만하다는 점을 입증할 수 있었다.

때로는 조선시대 존경받는 여성, 권위 있고 위엄 있는 기품을 갖춘 노모의 모습까지도 작품상에 드러나고 있어 그 점은 어쩌면 행장과 묘지라는 글의 특성상 지극히 긍정적이고 좋은 면만을 부각시켜 기록했기 때문이 아닌가 라고 생각한다. 그러나, 그러한 점을 감안하고서라도 이제까지 노인에 대한 부정적 시각에서 벗어나 노인들이 훨씬 능동적 주체적 삶을 허락하는 한까지는 살아냈던 것으로 보여진다.

버지니아 울프가 "늙는다는 것은 인생의 최고의 향기를 더해주는 힘, 즉 체험을 얻는 것"이라 했다는데 체험을 통한 일생에서 우러나올 수 있는 전적인 것을 앞에서 살펴보았다.

노년의 인식능력이 뛰어남을 전 항목에 걸쳐서 골고루 나타내고 있음도 찾아볼 수 있는 성과였다. 그것은 『法句經』에서 말하는 "백발이 나이를 말하는 것이 아니라 지혜가 나이를 말한다."는 것처럼 욕심부리지 않고 지혜로운, 지성적인 면모까지도 느낄 수 있었던 것이다.

끝으로 드러나는 婦功의 측면, 婦德具現의 모습, 家督·訓戒하는 모습, 그리고 내면적 음성인 考終命에 임하는 자세, 글공부를 익히고 후손들에게 가르치는 과정에서 조용히 내실을 기하고자 하는 모습도 남겨주는 바가 컸다.

노년기는 인생의 마지막 단계에서 불가피하게 드러날 수밖에 없는 여러 가지 부정적인 老害의 요소가 있음에도 불구하고 본고에서는 긍정적인 측면에서 보고자 했다.

우리 나라 풍속을 적지 않게 지배했던 『곡례』에서도 노년을 위한 배려가 보이고 있으며 공자도 나이 70에는 하고자 하는 대로 언동을 해도 궤도에 벗어나지 않는다고 했으며, 曾子는 70에 비로소 저술활동을 했

다고 한다. 할 수 있다는 신념을 찾아낸 노인들의 자각이 무기력하고
老害로 여기는 사회적, 가족적 통념과 맞서온 결과였다고 보인다.

　조선조 유교사회에서 전통적으로 형성된 여성을 향한 가치관이 커다
란 거부감 없이 받아 들여져 몸소 실천하고 더 나아가 확대된 노년의
인식능력까지도 보여주었다.

　이러한 작업을 통하여 슬기롭고 지혜로운 처신 가운데 자신의 몫을
당당하고 기품 있게 찾아갈 수 있는 여성노인, 老母의 모습을 찾을 수
있다. 老害를 자제하고 살아온 老母의 모습이 때로는 오늘날에도 공감
되고 귀감이 되는 부분이 많아 교술과 監戒의 측면을 높이 사고자 한다.

참고 문헌

아드리엔느 리치, 김인성 옮김, 『더 이상 어머니는 없다』, 서울 : 평민사,
　　　1995.
안동민속박물관 학술총서5, 『안동의 한글 제문』, 1998.
이건창 · 김만중 · 이이 · 이황 외 30명 지음. 박석무 편역 해설, 『나의 어
　　　머니, 조선의 어머니』, 서울 : 현대실학사, 1998.
이우성, 임형택 역, 『이조 한문 단편집』, 서울 : 일조각, 1976.
이성림, 『한국문학과 규훈연구』, 서울 : 관동출판사, 1995.
장덕순, 『한국수필문학사』, 서울 : 새문사, 1995.
전영진 편저, 『규중문학』, 서울 : 홍신문화사, 1995.
조수익 엮음, 『한국한문수필선』, 서울 : 민족문화추진회, 1993.
최강현, 『한국수필문학신강』, 서울 : 서광학술자료사, 1996.
최강현, 『조선시대 우리 어머니』, 서울 : 박이정, 1997.

최시한, 『수필로 배우는 글 읽기』, 서울 : 고려원, 1994.

허문섭 외 옮김, 『패설문학전집』, 서울 : 학문사, 1994.

김경수 외, 「고전수필이란 무엇인가」『고전문학의 이해』, 서울 : 우리문학
　　　사, 1993.

정양완, 「규범류를 통해서 본 한국여성의 전통상에 대하여」, 『한국여성의
　　　전통상』, 서울 : 민음사, 1985.

황의열, 「韓國碑誌類硏究」, 성균관대 박사논문, 1996.

최송설당 가사의 특성과 유교이념

원 종 인

Ⅰ. 서 론

조선조 가사문학은 대부분 개화기 이후 소멸하여 이제는 단지 연구적 성격의 독서물로 한정된 과거의 문학이지만,[1] 규방가사는 현재까지도 창작되면서 그 명맥이 이어지고 있는 현재성의 여성문학이다. 고전문학의 다른 장르들이 근대문학의 영향을 받아 대부분 변모되었던 1930, 40년대에도 규방가사는 정체성을 잃지 않고 오히려 왕성하게 생산되었다. 그중 최송설당의 가사는 20세기에 들어와서 창작된 대표적인 규방가사라고 할 것이다. 가사문학 장르가 발생한 이래 개인이 창작한 작품으로 최송설당 가사가 그 양에 있어서 압도적이라 할 수가 있다.

조윤제는 『한국시가사강』의 「규중가도」란에서 "최근의 것에는 최송설당의 가사 오십수가 있다"라고 언급하였다.[2] 그리고 심재완은 「최송

---

1) 김대행, 「가사의 종언과 문학의 본질」(『고시가연구』, 전남고시가연구회, 1993), p.1.
2) 조윤제, 『韓國詩歌史綱』(을유문화사, 1954.), p.434.

설당의 가사」라는 소논문에서 본격적으로 서지적 연구에 착수하여 선편을 잡았다.[3] 학계에 본격적으로 알려지게 된 것은 이때부터라고 할 수 있다. 그는 논문에서 최송설당 가사 49편 모두를 전재하고 최송설당의 생애와 업적, 송설당집과 한시문, 가사 작품을 간략하게 소개하였다. 그러나 이 글은 최송설당 가사에 대한 해제적 성격의 글로, 본격적인 연구논문으로 보기는 어렵다.

그리고 김준영은 「내방가사론 서설」에서 "이조말 여류작자 최송설당은 혼자 50편의 가사를 썼다. 그중에는 한 편의 가사가 10구 정도로 된 짧은 것도 있지만 총 편수로 보아서는 가사 작가 중 제일인자다."라고 평가하고 있다.[4] 리동윤은 「조선조 여류시인 송설당의 문학세계」에서 사회주의적 사실주의 시각에서 최송설당의 문학을 살펴보았다.[5] 허철회는 「최송설당의 시가연구」에서 최송설당의 한시와 함께 가사를 분석하고 한시와 가사를 비교하여 논의한 바 있다.[6] 한석수는 「최송설당의 문학세계와 현실인식-언문사조를 중심으로」에서 표현기법과 작품세계를 다루고 있다. 다만 아쉬운 점은 사회활동가와 민족교육자로서의 최송설당의 면모가 강조되다 보니, 실제로 그의 문학세계 역시 이러한 점들에 지나치게 초점이 맞춰지고 있다는 점이다.

본고에서는 최송설당 가사의 내용을 분석하여 가사의 특성을 통해 드러난 최송설당의 문학세계와 가치관을 고찰하고자 한다.

---

3) 심재완, 「최송설당의 가사」(『국어국문학연구』 제3집, 청구대학 국어국문학회, 1959), pp.101-105.
4) 김준영, 「내방가사론 서설」(『민족문화논총』, 노산문학회, 1979), p.60.
5) 리동윤, 「조선조 여류시인 송설당의 문학세계」(『한길문학』 1991년 가을호, 통권 제10호, 한길사, 1991)
6) 허철회, 「최송설당의 시가연구」(『한국문학연구』 제15집, 동국대학교 한국문학연구소, 1992)

Ⅱ. 최송설당의 생애

최송설당은 1855년 8월 29일 경북 금릉에서 최창환과 경주 정씨 사이에서 삼녀 중 장녀로 태어나 1939년 6월 16일 84세를 일기로 영면하였다.

본관은 화순인데 선조들은 대대로 평안도 선천에서 세거하였는데 그의 증조대에 홍경래의 난을 만나 전라도 고부로 내려왔다가 뒷날 금산(지금의 김천)에 정주하게 되었다.

최송설당의 생애를 크게 3기로 나누어 보면, 제1기는 1855년에 태어나서 가정에서 한글과 한문을 수학하고 부친이 별세하는 1886년까지 성장과 수신기로서 성실의 철학을 익히던 시기이고, 제2기는 1887년부터 치산을 하고 상경하여 궁에 들어가 선조의 설원을 한 뒤 104년간 실전되었던 선묘를 봉심하고 궁을 나오고 모친이 별세하는 1917년까지 치산과 설원기로서 가문의 명예를 회복하는 시기이며, 제3기는 1918년 이후부터 송설학원을 탄생시키고 작고한 1939년까지 육영사업과 애국기로서 어머니의 유훈을 궁행한 시기로 나눌 수 있다. 좀더 자세히 살펴보면 다음과 같다.

최송설당의 어린시절은 안동 김씨의 60여년간의 세도정치로 민심이 피폐해질 대로 피폐해진 가운데 산발적인 민란이 일어났지만 조직화할 만한 지도세력이 형성되지 못한 불안한 시기였다. 민심은 결국 안동김씨 세도정권의 몰락을 가져오는 결과를 낳았으며 대신 대원군의 세도정권이 들어서게 된다. 하지만 1811년에 있었던 홍경래난으로 인해 최송설당의 가문은 이미 멸문지화를 당한 후였다. 이 때문에 송설당의 일생은 남다른 역정으로 점철된다. 선조의 억울한 누명을 벗기고 가문을 빛내야 한다는 부친의 말을 늘 들었던 송설당은 아들이 없는 집안의

장녀로서 가문의 원한을 푸는 일을 할 수만 있다면 어떤 일이라도 하리
라는 강한 소망을 품고 자라났다.

　가난한 가세로 인해 친정을 돕고자 혼인을 했던[7] 그는 남편이 죽자
친정으로 돌아오게 된 후 가문을 일으키기 위한 여정을 시작한다. 어려
서 부친으로부터 글을 배운 송설당은 아들이 없는 집안의 장녀로서
가문의 명예를 되찾을 것을 가슴 깊이 맹세하고 부친이 1886년 세상을
떠나자 가문을 일으키기 위한 재력 모으기에 몸을 던진다.

　누에치기, 명주 짜기, 삼베 짜기, 삯바느질, 음식 장사 등으로 어느
정도 재산이 모아지자 39세(1894년)에 한양으로 상경한다. 무교동에서
음식점을 하며 궁중에 닿는 인맥 만들기에 열중한 결과 고종의 은총을
받은 엄비를 알게 된다. 그 후 엄비가 영친왕을 출산할 때 일체의 출산
준비를 최고급으로 해 올리며 영친왕의 보모가 된다. 그때 송설당의
나이 42세로 중년이었다. 그 후 4년 뒤 고종으로부터 조상이 신원되면
서 가문의 억울한 누명을 벗고 조상들의 한을 풀어주게 된다. 송설당은
영친왕이 일본으로 볼모가 되어 갈 때까지 궁녀로서 권문세가들과 사
귀면서 부를 축적하여 고향에 땅을 사는 등 대지주가 되기에 이르고
말년에는 국가와 민족을 구출하는 길은 민족교육에 있음을 절감하고
봉사와 희생의 정신을 발휘하여 1931년 2월 5일에 송설학원의 설립인
가를 받는다. 결국 모은 재산을 모두 육영사업에 희사하고 교육을 통한
인재양성에 힘쓰게 된다.

　송설당은 항상 조그맣고 까만 책상을 앞에 두고 한서를 열심히 읽고,
또한 「구운몽」, 「옥루몽」, 「삼국지」 등 고대소설을 많이 준비하여 놓았

---

7) 『김천고보 60년사』에는 결혼하지 않은 것으로 나오지만 경상북도 도청 홈페이지에는
　"흉년을 만나 어머니와 동생들이 끼니라도 잇게 하는 길은, 밥술이나 끓이는 집으로
　시집가서 친정식구 먹여 살리는 수밖에 없었다. 교동 사는 백모라는 집으로 시집을
　갔다. 그러나 얼마 안 있어 남편 백씨가 죽었다. 다시 친정으로 돌아왔다."라고 써있다.

다가 侍者들로 하여금 읽도록 하였다고 한다.[8] 책상 옆에는 紙筆墨이 놓여 있었고 평생 동안 책을 가까이하고 내재적 아름다움을 가꾸었다고 한다. 결국 독서를 통한 창작 열의는 한시와 국문가사로 표출되었는데 『松雪堂集』 3권3책은 한국여류문집으로는 높이 평가되며, 송설당의 문학적 향기를 느낄 수 있다.

Ⅲ. 『松雪堂集』과 「諺文詞藻」

최송설당은 1922년 12월 1일 조선조 여성으로서는 드물게 생전에 개인문집 『松雪堂集』3권3책을 간행하였다. 그의 나이 67세 때였다.

『송설당집』에 게재되어 있는 모든 글은 발간 무렵인 1921년 이전에 쓰여진 것[9]이 아니라 1914년 전에 지은 것이며, 1908년 정주·선천에 있는 조상의 묘소를 찾고 석물을 설치한 시기를 전후하여 이들 작품을 집중적으로 지은 것이라고 판단된다. 왜냐하면 서문은 앞서 언급한 대로 거물 정치인인 金允植이 썼는데 '甲寅仲春八十翁淸風金允植序'라고 끝을 맺고 있다. 김윤식은 서문에서 다음과 같이 송설당의 시문을 기리고 있다.

> 또 베를 짜는 여가에 때로 문자를 익혀 규중의 머리꾸미개가 문득 붓 아래의 비단이 되었으니, 그 가운데 「송설당집서」를 보면 글을 더 다듬고 꾸미지 않아도 저절로 법도에 맞아 이치와 뜻이 탁 트였다. 율시와 절구며 여러 작품은 아울러 무르녹고 고아하여 한점 인공의 기운이 없으니, 봄에 흐드러지게 피는 꽃이 사람의 솜씨를 말미암지

---

8) 「츄야감회」 칙상에 져소셜이 아마도 너벗인듯
9) 류연석, 『한국가사문학사』(국학자료원, 1994), p.414.

않아도 붉고 흰 색채를 이루는 것과 같다. 국문가사에 이르면 더욱 뛰어나 격조가 깊고 담박하며, 말의 뜻이 화락하고 아름다워 푸른 바다의 늙은 용이 다른 용의 턱 밑에 있는 명주를 희롱하여 영롱한 명주의 빛이 파도 사이로 숨어서 비치는 듯하다. 부인께서는 배우지 않았는데도 이와 같을 수가 있는지, 공부를 하지 않고서도 이와 같이 할 수가 있는지 모르겠다.[10]

이렇듯 이미 서문을 쓸 당시에는 『송설당집』에 실려 있는 한시와 국문가사가 모두 완성되어 그것을 김윤식이 읽고 평가를 할 수가 있었던 것이다. 이것을 보면 이 서문을 쓴 시기는 甲寅年인 1914년이다. 그런데 『송설당집』의 발행연도를 1922년 또는 1921년[11]이라고 하는데 김윤식의 서문을 미루어 생각하면 이 책에 실린 작품들은 이미 1914년 봄에 완성되었고, 무슨 사정에서였는지 모르지만 8년 뒤인 1922년에야 발간이 된 것임을 알 수 있다.[12] 『송설당집』은 당시 세계의 각 도서관으로 보내어졌는데 현재는 일반인은 거의 모를 정도의 희귀본이 되었다. 『송설당집』에 실려있는 모든 글은 앞서 살펴본 송설당의 생애 제2기, 즉 작자의 가장 화려하고 안정된 시기에 쓰여진 것으로 그동안 잠재되어 있던 송설당의 문학적 재능이 발현되어 우수한 시문을 창작할 수 있었던 것으로 짐작된다.

---

10) 又 機杼之暇 時習文字 閨中巾辺 便成筆下錦繡 而觀其松雪堂自序 文不可雕飾 自成 規度 理義疎暢 律詩及絶句諸作 幷濃艶古雅 無一點煙火氣 如爛漫春비 不由人工紅 白成章 至若國文歌詞 尤爲長處 而調格沖淡 辭意和婉 如滄海老龍 戲他頷下明珠 玲 瓏寶彩 隱映於波濤之間 未知夫人不學 而能如是乎 不工而能如是乎
11) 한석수, 「최송설당의 문학세계와 현실인식-언문사조를 중심으로」(『한중인문학연구』 13집, 2004), p.288.
    "『송설육십년사』(송설동창회 외, 1991, p.322)에서는 1922년 12월에 『송설당집』을 발간하여 세계 각국의 도서관에 보냈다고 하였으나, 류연석(『한국가사문학사』, 국학자료원, 1994, p.339)은 1921년에 이 책이 간행되었다고 하였다." 재인용
12) 위의 논문, p.288.

『송설당집』券之一은 총76면으로 한시문을 수록하였는데「思親」,「松雪堂原韻」 등 총167제에 258수다. 詩體는 오언절구, 칠언절구, 오언율시, 칠언율시, 배율 및 고체시 등으로 다양하며 한시가 주류를 이루고 있다. 券之二는「諺文詞藻」곧 한글가사「챵숑」등 49편이 수록되어 있다. 券之三은 부록으로 당대 명사들이「松雪堂原韻」에 次韻한 시와 題詞로 칠언절구 7수, 오언율시 3수, 칠언율시 151수를 비롯하여 송설당에 대한 詩, 賦, 序, 記, 設, 銘, 上樑文, 表, 傳 등을 수록하였고 松雪堂集 後跋文을 두었다.「松雪堂原韻」에 次韻者들만도 160여 명에 이르고 있다.

그의 삶과 의식을 살펴볼 수 있는 자료로 문집 券之二에 모두 실려 있는 국문가사「諺文詞藻」가 주목된다. 제목은 50개이지만 실제 작품 수는 49수이다. 그것은「41. 루더션묘봉심급립셕긔스」는 개별 작품의 제목이 아니라 그 아래「숑셕티지뎡쥬션쳔션묘봉심」외 5편의 작품을 총괄하는 명칭인데 이것을 작품 이름으로 오인했기 때문이다.[13]

작품 분석에 앞서「諺文詞藻」에 수록된 국문가사를 차례대로 대강 살펴보면 다음과 같다.

순서	제목	내용	구수
1	챵숑(蒼松)	소나무의 절개를 자신의 호에 비유	37
2	빅셜(白雪)	만고불변의 송설을 기림	23
3	즈슐(自述)	지나온 삶의 여정 회고	176
4	슐지(述志)	여자로 태어난 한과 후생에는 장부로 태어나 유방백세하겠다는 포부	30
5	견민(遣悶)	노송처럼 인생도 영원하기를 바람	16
6	셔회(敍懷)	인생의 무상함을 탄식	18
7	감회(感懷)	나무를 보고 늙어감을 한탄	16
8	우음(偶吟)	인왕산의 자연을 보고 느낀 정회	22
9	츄감(秋感)	영휘원을 참배하고 엄비에 대한 그리움을 표현	20

---

13) 위의 논문, p.289.

10	감은(感恩)	영휘원을 참배하고 엄비의 유덕을 기리며 슬퍼함	46
11	근친(覲親)	부모 형제를 만난 감회	18
12	한양성중유람(漢陽城中遊覽)	한양의 승경 찬양과 산천, 궁궐, 동식물원, 박물관을 구경한 감회	64
13	김히회고(金海懷古)	10년만에 김해를 유람한 감회	50
14	츈풍억향원(春風憶鄕園)	새봄을 맞아 고향과 어머니를 그리워함	23
15	약슈동(藥水洞)	어머니를 모시고 약수동을 찾아가 만수무강을 기원	29
16	발환경뎨(發還京第)	금릉으로 근친한 후 귀경하는 감회	21
17	중양(重陽)	중양절에 나들이 하며 느낀 감회	18
18	츄야감회(秋夜感懷)	가을밤 소설을 벗 삼아 밤을 지새는 고독감	34
19	한션(寒蟬)	매미의 울음을 통해 장생불사함을 선망	30
20	실솔(蟋蟀)	잠을 방해하는 귀뚜라미의 소리를 책망	25
21	란초(蘭草)	난초의 군자다움과 매란국죽송을 예찬	10
22	국화(菊花)	국화의 절개를 예찬하고 늙음을 한탄	47
23	분죽(盆竹)	대나무의 지절을 기림	37
24	홍미(紅梅)	홍매를 사랑하고 그리워하는 정	19
25	목단화(牧丹花)	모란의 부귀로움을 칭송	30
26	영도스상련화(永導寺賞蓮花)	연꽃의 군자다운 기상과 충성심을 예찬	35
27	무궁화(無窮花)	자손이 번성하기를 기원	14
28	봉선화(鳳仙花)	봉선화의 어여쁘고 고운 태도를 기림	21
29	향일화(向日花)	해바라기의 일편단심을 예찬	18
30	히당화(海棠花)	인생무상을 한탄하고 형제들의 화락을 당부	26
31	명월(明月)	달의 특징을 노래함	60
32	회우(喜雨)	가뭄 끝에 내리는 비를 기림	29
33	농자대본(農者大本)	농부들의 괴로움과 수확의 보람	54
34	셕류(石榴)	석류의 모양과 풍미를 예찬	28
35	파초(芭蕉)	파초의 춘색예찬과 늙음의 한탄	15
36	슈선화(水仙花)	수선화의 맑은 태도를 예찬	10
37	청암스(靑岩寺)	인생무상을 한탄	37
38	금릉풍경(金陵風景)	금릉의 지형 풀이	40
39	청포도(靑葡萄)	청포도를 예찬하고 형제 자손이 번성하기를 기원	40
40	탄락엽(歎落葉)	낙엽을 보고 백발을 한탄	14

41	루디션묘봉심급립셕긔스 (屢代先墓奉審及立石記事) 송셕티지뎡쥬션쳔션묘봉심 (送錫台之定州宣川先墓奉審)	조카 최셕태가 정주, 선천에 가서 실전 선묘를 봉심하고 돌아온 감회	13
42	션묘립셕경영 (先墓立石經營)	실전 선묘를 찾아 입석한 감회	30
43	숑운동운석(松雲洞運石)	증조가 신원되자 묘전에 석물을 마련하며 느낀 감회	20
44	빅현급봉학산셩묘 (白峴及鳳鶴山省墓)	백현, 봉학산 선묘에 석물을 안치하고 성묘한 감회	46
45	무골산셩묘(舞鶻山省墓)	무골산 선묘에 석물을 안치하고 조상을 생각함	37
46	갈현셩묘(葛峴省墓)	갈현의 고조 묘소를 찾아 석물을 설치 후의 감회	37
47	숑뎡감회(松亭感懷)	송정에 마련한 자신의 유택을 보고 느낀 감회	38
48	ᄌ감(自感)	자신의 사후에 자신을 기억하기를 바람	8
49	동지야(冬之夜)	늙음을 한탄하고 선묘 봉심의 완성을 기원	19

위의 표를 참고로 작품의 배열 순서대로 살펴보면 1, 2는 송설당이라는 자신의 호의 의미 속에 작자의 충절을 먼저 표현하고, 3부터 18까지는 송설당의 가문 내력과 삶을 술회하며 서술하는 내용으로 전개된다. 현재의 늙음에 대한 아쉬운 감정을 토로하며 작자는 힘들었던 삶과 엄비에 대한 회고, 사친과 향수 등도 담담히 서술하고 있다. 19부터 40까지는 귀뚜라미와 같은 곤충에서부터 국화, 수선화, 무궁화와 같은 화초에 이르기까지 자연물의 비유를 통해 가문, 국가, 자연, 인생, 사람살이에 대한 자신의 생각을 풀어나간다. 그리고 41에서부터 46까지는 선조의 묘를 봉심하고 입석하며 느끼는 가문의식과 감회를, 47과 48에서는 자신의 유택을 보고 느낀 감회와 자신의 사후에 기억하기를 바라는 내용으로, 마지막 49에서는 늙음을 한탄하고 선묘 봉심을 완결하겠다는 내용으로 마무리하고 있다.

최송설당의 가사는 대체로 유교이념에 뿌리를 둔 가문의식, 민족의

식, 여성의식이 두드러지며, 작자가 耳順이 넘어 지은 작품들이라 곳곳
에 인생무상과 탄로의 감정이 나타난다. 이제 실제 작품을 살펴보기로
한다.

Ⅳ. 최송설당 가사의 특성

1. 가문의식과 효

최송설당의 가사에 나타난 가문의식의 기저에는 유교적 이데올로기
인 효의식이 자리하고 있다. 그것은 어린 시절 송설당은 우연히 뜰에서
부모님이 주고받던 이야기를 듣고 가문의 부흥과 설원을 필생의 목표
로 삼고 이에 정진할 것을 다짐하였는데 이것이 작품으로 표현되었다.

어린 시절 뜰에서 부모님이 주고받는 말을 들으니 증조부 호군공
이 수우당선생 8세손으로서 순조대왕 신미년(1811년)에 소인배들의
미움을 받아 홍경래란에 연루되어 돌아가셨고 조부는 급제하였으나
연좌되어 고부로 귀양가 거기서 돌아가신 지가 몇 십년이 지나 오늘
에 이르렀으니, 생각하면 이 단자가 모든 일을 극복하고 분신하여
억울함을 알리지 않으면 어찌 조상을 생각해 덕을 닦는다 하리오.
다행히 잉태가 있어 꿈에 기이한 징조를 보여 오직 바란 바는 대를
이을 아들이었는데 낳고 보니 사내가 아니라 우리 문족의 억울한
죄를 어느 날에야 씻을까 비록 살았으나 죽은 것이요, 죽어도 눈을
감을 수 없다 라고 하였다. 이 말을 듣고는 문득 놀래어 마음속으로
두려워하며 '내가 남자로 태어나진 못했으나 어버이의 뜻을 이루지
못하랴. 선조를 위하여 원통함을 씻는데 어찌 남자 여자가 다르랴!'
하고 친의를 이루기로 맹세하였다. 시집갈 나이가 되매 스스로 경계
하되 만약 시집을 가면 그 일의 뜻을 이루기 어렵다고 다짐하였다.[14]

효는 인류의 근본이다. 효도를 하는 데는 남녀의 구별이 없지만 부모
가 원하는 가문복권은 당대 사회적 여건상 여성으로서는 이루기 힘든
과업이었다. 신원설치에 온 인생을 건 이유는 결국 부모님의 한을 풀어
드리는 것이 자식의 도리라고 생각한 효의식에서 비롯된 것이다. 이렇
듯 효심은 가문의식으로 이어지게 되고 그가 매달린 목적 또한 효도의
한 방법으로 출발하였다. 가문의식과 효심을 표현한 작품으로 「슌지」,
「근친」, 「츈풍억향원」, 「약수동」, 「무궁화」, 「해당화」, 「청포도」, 「송셕
티지뎡쥬션쳔션묘봉심」, 「션묘립셕경영」, 「숑운동운셕」, 「빅현급봉학
산셩묘」, 「무골산셩묘」, 「갈현셩묘」 등이 있다.

우리부모 나를나셔 구로[15]ᄒ여 기르실제
손바닥에 진주처럼 품가온디 명월처럼
스랑키도 기지업고 익기기도 한량업다
유월염천 뎌운날과 엄동설한 치운찌에
의복음식 쳘을짜라 아모쏘록 몸이편케
장성토록 길넛스니 니아모리 여자라도
부모은혜 이즐소냐 하물며 우리부모
쳐음으로 나를낫코 연생이녀 ᄒ신후에
생남익망 다시업셔 우리조상 종손으론
우리집이 맛집이요 우리부모 소생으론
니가맛쌀 명색이라 엇지감히 소홀ᄒ리
(중략)

---

14) 崔松雪堂, 『松雪堂集』 券之三 「松雪堂傳」
　　子方韶齡也 倒庭問聞曰 曾祖護軍公 以守愚堂先生 八世孫 純祖辛未 見忤群小 竟卒
　　景來獄死 祖及第 公坐謫高阜 辛于配所者 幾十星霜 于玆 顧此單子 未克奮身鳴冤烏
　　可曰念厥聿修也 幸有孕而夢協異兆 惟期待者 嗣續之有人 乃生罪男 吾門坎坷 何日
　　湔雪 雖生死爾死難瞑目也 聞궤 愕然 祗懼于內曰 我生不男 親意莫遂那 爲先雪冤
　　계 女男之殊 永矢而遂親意 年及 自戒於心 若委於人 事難遂.
15) 구로(劬勞) : 힘을 들여 낳아서 길러주신 어버이 은혜.

조부이상 륙셰분묘 뎡쥬션쳔 뫼셧스니
쳔리원졍 먼먼길에 하일하시 츠져가셔
셩알ㅎ고 도라오리 디하에 도라간들
션조령젼 엇지가며 너가눈을 감을소냐
우리부친 탄식말삼 쥬쥬야야 귀에져져
니아모리 어리기로 일시나 이즐손가
침션으로 의지ㅎ야 쥬야가 상관업시
고싱으로 지너갈졔 악의악식 써릴손가
지셩이면 감텬이라 부친뫼셔 상의ㅎ고
식산으로 업을ㅎ니 진애태산 일반이라

「즈술」16)

위 작품에서는 가문의 불행으로 불우한 어린 시절을 보내게 된 가족
사에 대한 슬픔과 부모에 희생에 대한 고마움을 표현하고, 집안을 일으
켜야 하는 맏딸로서의 무거운 책임감을 엿볼 수 있다. 송설당의 삶의
지표는 부모의 은혜에 보답하기 위한 효심에서 출발하여 부모님 살아
생전에 부모의 한을 풀어드리는 것으로 목표를 삼고 있다. 힘들 때마다
부모를 생각하는 그의 절실한 마음은 자식으로서 당연히 부모가 원하
는 것을 이루도록 힘써야 한다는 책임감으로 가득하다.

무졍ㅎ다 가는세월 그뉘라셔 만회ㅎ리
학발친당 배알ㅎ고 안행제매 상봉코져
노류명화 기약터니 녹음방초 다지너고
어언간에 계하되여 임우복염 심혹ㅎ다

---

16) 崔松雪堂, 『松雪堂集』 券之二 「諺文詞藻」: 본고에 인용한 송설당의 작품은 『松雪堂
集』을 기본자료로 하였으며, 『송설당의 시와 가사』(정후수 외, 어진소리, 2004)를
참고하였다. 원문에는 한글 위에 한자를 병기하였고 句만 띄어 썼으나, 본고에서는
편의상 3·4 또는 4·4조로 띄어쓰기를 하였으며, 이후 인용한 모든 작품의 各註는
생략하기로 한다.

경부선 져기차로 쏜살갓치 사행ᄒ야
반천리정 져금릉을 순식간에 당도ᄒ니
정거장변 오동그늘 청풍고인 완연ᄒ다
제매붕우 환영ᄒ야 악수탐탐 반겨ᄒ고
백발친당 질기심은 태산대해 유경일듯

「근친」

이니몸은 어이ᄒ야 천리향원 못가고서
야야몽혼 왕리홀제 모당제절 안강ᄒ고
동싱ᄌ미 평안ᄒᆫ가 간절ᄒᆫ 이심회가
몽즁에도 못니져라

「츈풍억향원」

금릉고향 내려가셔 모당젼에 배알하고
형뎨합셕 깃분졍의 엇더타 비할손야
약슈동에 령약슈가 연년익슈 ᄒ단말을
고로샹젼 들엇기로 구십모당 시위하고
약슈동을 향하가니 금릉ᄌ고 명승디라
긔암괴셕 업슬소냐 젼일보든 져바위가
약슈를 등에실고 나를보고 반기ᄂᆫ 듯
사모바위 할미바위 망쥬셕이 이아닌가
억만년 의구ᄒ여 긔약을 일치말고
장싱약슈 인도ᄒ야 너와함끠 만만슈를
우리친당 드러쥬소

「약수동」

　「근친」에서는 모친과 제매들에 대한 안타까운 그리움을 보여주고 있
다. 이미 늙어버린 모든 사랑하는 이들의 모습을 그리며 곧바로 고향으
로 달려가는 애틋함을, 「춘풍억향원」과 「약수동」에서는 모친의 평안함
과 만수무강하시기를 기원하는 효심을 피력하고 있다.

        히당화야 히당화야 져휜초를 네아느냐
        빅발ᄌ친 현슈발원 북당츈우 심엇더니
        여름업는 곳보시고 불초녀식 싱각ᄒᄉ
        탄식ᄒ고 흔ᄒ신들 쓸데업는 외론신셰
        ᄉ졍업는 이셰월이 셔산일락 어이ᄒ리
        히당화야 히당화야 샹톄지화 네아느냐
        화목헐ᄉ 우리형뎨 동긔일신 련흔가지
        부모이슬 가치바다 방비무셩 일반이라
        슈유라도 잇지마러 셰셰쟝츈 피오리라

「히당화」

　어머니의 송설당에 대한 걱정을 짐작할 수 있는 내용의 가사이다. 여자로서 남자들이 하는 일을 못할 것은 없지만 마음먹은 책임을 다하려다 보니 여자로서의 인생은 살지 못하는 점이 어머니께 걱정을 끼치는 것 같아 송설당은 항상 '불초여식'의 죄스러운 마음을 갖고 있다. 이처럼 송설당의 가문의식은 부모님을 위해 조상의 신원을 한다는 효심에서 나왔지만, 이율배반적으로 여자로서의 인생을 포기하여야만 하였다.

        네바탕이 아름답기 ᄉ랑하고 귀히여겨
        네가본시 셰뿌리라 두뿌리를 키여내여
        김산함평 두향원에 난와보니 심우기는
        우리형뎨 우리ᄌ손 너와갓치 번셩ᄒ고
        너와갓치 쟝원ᄒ야 빅쳔셰 무궁ᄒ계

「청포도」

        압마당에 심은화목 네일홈이 무궁화니
        ᄌ손화발 무궁지라 ᄌ손위히 심엇구나
        한가지가 시로도다 곳한송이 시로피고

쏘흔가지 도드면셔 쏫한송이 쏘피이니
무궁무진 돗는가지 무궁무진 쏫송이라
무궁무진 이셰월에 무궁무진 번셩흐다
우리ᄌ손 너와갓치 무궁무진 번셩흐계

「무궁화」

송설당이 추구했던 가문의식이 표현된 작품들로 가문의 번성을 바라는 마음이 절절히 나타나 있다. 이와 같이 자연물을 통해 그 소재가 갖고 있는 속성을 적절히 활용하여 송설당이 그리고 있는 가문의식이 자연스럽게 우러나온다.

우리부친 미진여흔 폐부에 식여두고
동동촉촉 지니건만 세수에 분골흐야
긔십년을 미황터니 갑인년 츈이월에
뎡쥬션쳔 쳔리길을 질ᄋ셕티 발송흐야
ᄉ디이상 팔더죠의 일빅ᄉ년 실견션묘
봉심흐고 도라오니 텬운이 순환되고
신명이 도으신가

「송셕터지뎡쥬션쳔션묘봉심」

야식이 침침훌계 왕ᄉ를 싱각흐면
쳡쳡슈심 지향업다 니졍셩이 부죡흐야
션인의 씨친흔을 위로치 못함인지
가을비가 지리흐야 셕물운반 넘려러니
뎡쥬션쳔 먼먼길에 무스히 도착흐야
션산하에 안비흐니 텬우신죠 이아닌가

「션묘립셕경영」

우리중조 쳘텬지원 ᄌᄌ손손 유흔터니

최송설당 가사의 특성과 유교이념 145

텬일이 죠림ㅎ사 광무오년 신원되니
명명유혼 봉안코즈 의디관곽 갓츄어셔
금천군 숑운동에 면봉ㅎ야 미셧셰라

「숑운동운셕」

망쥬셕 장디셕을 좌우로 모신후에
쳥작셔슈 위한ㅎ고 친척이 운집ㅎ야
쥰여물로 음복ㅎ고 왕스를 츄감하미
졍화도 무진ㅎ고 감회도 무궁ㅎ다

「빅현급봉학산셩묘」

쳐창아심 쳘상ㅎ야 동인을 위로후에
박여찬가 회좌ㅎ야 달야토록 진진셜화
션묘슈호 부탁ㅎ고 시벽셔리 찬바람에
갈현산소 향ㅎ갈졔 비창흔 니회포가
솟는 것이 눈물이라 뉘라셔 아라볼가
타일쳔디 부친젼에

「무골산셩묘」

위의 가사는 조상숭배와 가문유지에 관한 것들로 모두 신원설치 이후
의 작품들이다. 백여 년간 흩어져 있던 선조의 무덤을 찾아 상석과 비석
을 모두 세우는 등 가문 다시 세우기를 완료한 때인 만큼 가문을 일으켰
다는 성취의식으로 인한 자신감이 나타나며, 부친이 이것을 보지 못하
고 운명하신 것을 아쉬워하고 있다. 이렇듯 송설당의 가문의식의 배면
에는 부모님을 향한 효심이 자리하고 있으며, 이러한 효의식의 바탕은
유교이념이다.

2. 민족의식과 충절

송설당의 시를 이해하는데 있어 자신이 직접 쓴 「송설당기」를 보면
작품에 표현된 충절의 의미를 짐작할 수 있다.

옛날 우리 선조 수우당 선생께서 기축옥사에 화를 입어 자손이
이로 인해 낙향하였고, 선부군 역시 남하하셨다. 내가 시골에 떨어져
태어났을 때는 바람에 실려온 씨앗같은 솔이었고 자라서 근심 걱정
에 얽매었으나 벗어날 길 없었을 때의 나는 석벽에 뿌리를 서린 소나
무였다. 또한 한양에서 떠돌며 슬픔과 추모의 정을 이기지 못했을
때의 나는 겨울 산마루에 우뚝 선 외로운 소나무였고, 통쾌하게도
선조의 누명을 벗겨 양춘이 회복하였을 때의 나는 우로에 노대한
소나무였다. 한편 나라의 은혜를 갚지 못해 근심 밤낮으로 송구해
보국할 뜻이 간절했을 때의 나는 밤마다 내리는 눈이었으며 호호백
발로 거울을 대하니 만사가 상전벽해처럼 느껴졌을 때의 나는 하루
아침에 천 길이나 쌓인 눈이었다.[17]

이 글에서 송설당은 자신의 생애를 松과 雪의 여러 가지 모습으로
대비시켜 자신의 호를 삼게 된 동기를 서술하고 있다. 또 다른 표현을
살펴보면 '겨울이 온 뒤에도 본 바탕을 더럽히지 않는 나무로서는 역시
눈 가운데 솔이 있다. 이런 까닭에 헤아리지도 않고 외람되이 이로써
호를 삼았다.'[18] 라고 하여 松雪로 호를 삼은 까닭을 설명하였다. 송설

---

17) 崔松雪堂,『松雪堂集』券之一「松雪堂記」
　　昔吾先祖守愚堂先生 被己丑獄事 子孫因鄕焉 先俯君亦南下 余落於鄕而生時 余風前
　　子來之松也 長而憂虞 纏縻 脫不得時 余嚴酸盤根之松也 伶仃漂泊家漢陽時 余冬嶺
　　孤秀之松也 快伸先寃 陽春復回時 余雨露老大之松也 抑又膽掃邱園不勝愴慕時 余霏
　　霏載塗之雪也 國恩未答憂心 忡忡時余陰崖未消之雪也 朝夜抵懼志切 報國時 余因天
　　夜到之雪也 晧髮對鏡萬事滄桑時 余一朝千莖之雪也.
18) 崔松雪堂,『松雪堂集』券之一「松雪堂集序」
　　其歲寒而不渝素質者物忘有雪中松故不量濫而以是爲號焉.

이란 호의 의미로서 임금에 대한 변함없는 충절과 그것은 곧 나라와 백성을 생각하는 민족의식이 충절에서 비롯됨을 표현한 것이다. 송설당의 이러한 의식을 잘 드러낸 작품으로 「창송」, 「빅셜」, 「향일화」, 「희우」, 「파초」 등이 있다.

엄동셜한 찬바람에 굿센졍신 렁락ㅎ여
격갑창염 특연ㅎ니 신즈츙졀 네아니냐
네지죠와 네츙심은 셰한후에 더욱안다
우로은퇴 아니며는 네가엇지 싱쟝ㅎ며
풍샹질고 아니며는 네가엇지 늘것스며
빅운명월 아니며는 네가엇지 한가ㅎ리
우로[19]텬은 갑ㅎ랴고 죵남산하 풍셜즁에
인왕북악 바라보고 국궁ㅎ고 셧는모양
가지가지 츙졀이오 닙시닙시 츙심이라
류슈광음 변쳔흔들 네빗네뜻 곳칠손야
풍샹질고 늘근몸이 본식본심 불변ㅎ니
쳔죵만죵 초목즁에 너갓튼류 쏘잇는냐
빅운명월 됴커니와 빅셜즁에 빗이는다
창숑빅셜 두글즈를 샹합하니 숑셜이라

「창숑」

젼일보던 고뎌쳥탁 하나업시 미몰ㅎ니
변쳔시더 져러ㅎ고 문명셰계 이러흔 듯
긔즁에 독립창숑 더욱히 유식ㅎ야
양츈을 화답ㅎ니 만고불변 숑셜인가

「빅셜」

조선 초기 사육신의 위국충절의 시조를 보는 듯하다. '굳센정신' '신

---

¹⁹⁾ 우로(雨露) : 임금의 은혜.

ㅈ튱졀' '닙시닙시 튱심이라' '본식본심 불변ㅎ니' '만고불변 숑셜인가'
의 구절에서 알 수 있듯 변치 않는 충절로 일관한다. 왕실과 민족에
대한 그의 애착은 송설당 가문의 복권이라는 은혜를 내려준 왕실과의
친밀감과 유대감에서 비롯된 것이며, 고향의 발전에 대한 남다른 관심
은 민족의식으로 표출된다.

> 향일화는 튱신화라 키도크고 헌앙ㅎ다
> 니마당에 심은뜻을 그뉘라셔 짐작ㅎ랴
> 달과갓치 둥근곳이 ᄒᆡ를향ᄒᆡ 기우리니
> 아참ᄊᆡ는 향동ᄒᆞ고 져녁ᄊᆡ는 향셔ᄒᆞ여
> 한ᄊᆡ라도 일치안코 튱심셩의 직혀간다
> 곳닙마다 빗누르니 즁앙졍식 이아닌가
> 임을향ᄒᆞ 일편단심 슈유인들 옴길손야
> 슉상한풍 소슬한데 화엽이식 불변ᄒᆞ니
> 뒤뜰에 셜즁고송 네가덕실 니벗인 듯

「향일화」

> 비가왓네 비가왓네 큰가뭄에 비가왓네
> 구년지슈 흔을마라 비가와야 풍년이라
> 반도강산 곳곳마다 ᄊᆡ지말고 나리소셔
> ᄉᆞ야농형 흡죡ᄒᆞ게 니릴ᄊᆡ로 나리소셔

「희우」

> 나무마다 락엽이요 튜초상심 챵연ᄒᆞ다
> 그가온디 독티츈식 네가뎡녕 파초인가
> 파초션을 잇지마소 입시마다 부치지어
> 치셰명샹 기다리셰

「파초」

「향일화」는 임금을 향한 신하된 자의 변함없는 충절이, 「희우」에서는 풍년이 들어 국태민안을 기원하는 간절한 마음이 담겨있다. 「파초」에는 다음 세대의 명재상을 기다리는 우국의 충정이 표현되어 있다. 작품의 대부분이 현실적이고 우국적인 정서를 담고 있는데 이런 사상적 바탕에는 유교이념이 있다.

송설당은 전통사회를 유지하는 가장 중요한 덕목으로 충효사상을 들고 있다. 송설당은 '소나무·해바라기·국화·목단화' 등 화훼의 속성을 통해 충절을 기림으로써 나라를 잃은 한과 민족에 대한 충심을 간접적으로 표현한 것이다.

3. 여성의식과 평등

자신이 뜻을 서술한 「슐지」를 살펴보면 최송설당이 인식한 당대의 여성의식을 알 수 있다.

<blockquote>

반도강산 삼천리에 이천만중 운운한중
나도민족 일분즈로 일편령디 갓췻건만
인간삼락 됴타훈들 니몸에는 관계업다
풍상고락 부지즁에 어언광음 류순이라
빅발이 공도되니 홍진만스 뜻이업니
우리훤당 만셰후에 삼상을 맛치거든
만겁즁에 잠긴신톄 칠원호뎝 화희가셔
츠셰상에 싸인훈을 명명훈신 상뎨전에
츠례츠례 발원호야 빅두산하 남향나라
삼천리 화쥬세계 효즈츙신 젹션가에
쟝부몸이 되야나셔 스서삼경 륙도삼략
츠뎨셥렵 능통커든 이부쥬소 스승삼고
요순우탕 님군맛나 국가스업 다훈후에

</blockquote>

동서양의 위인으로 류방빅셰 ᄒᆞ야볼가

「슐지」

　이 가사에서는 송설당의 뜻, 곧 의지를 표명하고 있는데 여자로 태어났으나 현실적 제약으로 다가오는 여성의 한계를 극복하고 남녀평등의 가치관을 펼치고 있다. '삼죵지의 지즁ᄒᆞ나 니몸에ᄂᆞᆫ 관계업다.'라고 외치며 삼종지도 칠거지악의 유교적 여성관에 반기를 들고 진정한 여성해방의 기치를 내거는 모습도 볼 수 있다. 그 당시 사회도 엄연히 남존여비의 사상과 관습이 횡행하고 있었지만 송설당은 과감히 뛰쳐나오고 있는 것이다. 그리고 그는 남자의 세계에 대한 동경이 가득하다.

> 쟝부몸이 되야나셔 ᄉᆞ셔삼경 륙도삼략
> ᄎᆞ뎨셥렵 능통커든 이부쥬소 스승삼고
> 요슌우탕 님군맛나 국가ᄉᆞ업 다ᄒᆞᆫ후에
> 동셔양의 위인으로 류방빅셰 ᄒᆞ야볼가

「슐지」

　그래서 여성으로 태어났지만 남자 못지않은 기개와 호연지기를 느낄 수 있다. 그의 삶을 들여다보면 패기가 남자보다 뛰어나고, 개화기 지식인 여성의 면모를 느낄 수 있고, 국가와 민족을 근심하고 우려하는 대목을 여러 군데에서 발견할 수 있으며 명예를 후세에 전하고 싶은 의지가 단호하다. 따라서 송설당은 여성이되 남성 사대부적인 기상과 기품을 작품에 담았다.

> 지셩이면 감텬이라 부친뫼셔 상의ᄒᆞ고
> 식산으로 업을ᄒᆞ니 진애태산 일반이라
> 슬푸다 이니몸이 녀ᄌᆞ몸이 ᄒᆞᆫ이로다

임오삼월 십일일에 죵뎨광익 립후ᄒᆞ사
셔씨문에 취쳐ᄒᆞ야 부모량친 식ᄉᆞ범졀
효셩으로 봉양ᄒᆞ고 션형향화 계졀ᄒᆞ니
엇지아니 깃ᄲᅳ리오

「ᄌᆞ슐」

그러나 송설당의 작품에는 전통적인 여성의식과 근대적인 여성의식이라는 상반된 두 가지의 여성의식을 접하게 된다. 앞서 살펴본 「슐지」에서의 사대부적 기상은 간데없고 슬하에 삼녀뿐인 부모님께 조상향화를 받들게 할 從弟를 양자로 들이고 '녀ᄌᆞ몸이 흔이로다'라고 한다. 송설당의 의식 속에는 여자로 태어난 것에 대한 원망보다는 무엇이라도 할 수 있는 자신감을 펼 수 없게 하는 세상규율에 대한 원망이 잠재되어 있다.

송설당은 자신이 쓴 「송설당서」에서 '조상의 원을 씻는 일에 어찌 남녀를 따지겠는가, 맹세코 죽을 때까지 반드시 풀어드리리라' 하였다. 이 말은 당시 정치, 사회적 제도 안에서는 혁명적인 발상이며 무모하기까지 한 생각이었다. 인간은 누구나 같은 권리를 갖고 태어났다는 평등의식은 그를 당당하게 인생의 주체, 사회의 주체로 서게 한 원동력이 되고 있으나 작품에는 상반된 여성의식으로 인한 모호성이 나타나고 있다.

4. 인생무상과 탄로

작자의 나이 육십이 넘어 지은 가사 작품들이어서 다양한 제재 속에 인생무상이 작품의 곳곳에 노출되어 있고 늙음에 대한 한탄이 많이 표현되고 있음을 알 수 있다. 늙음에 대한 인식은 흔히 젊음에 대한 예찬이나 현재적 쾌락의 중시로 나타나는데, 최송설당에게는 한탄 그 자체로 끝맺고 있는 것이 특징이다. 「탄락엽」「감회」「견민」「셔회」

「한양셩즁류람」, 「김히회고」, 「쳥암수」, 「송뎡감회」, 「동지야」 등의 작품
에서 자신의 늙음을 한탄하고 인생무상을 슬퍼하는 마음을 드러내고
있다.

> 로장은 무용이라 긔력이 졈쇠ᄒ니
> 로댱이쟝 허언일세 마음까지 줄어간다
> 담비ㅅ디로 벗을삼아 이리져리 거닐다가
> 앞뒤뜰을 비회ᄒ며 화초슈목 덤고ᄒ니
> 어졔아참 피든꼿시 금일저녁 락화되고
> 지나간봄 시닙시가 이가을에 황엽이라
> 화초수목 너의들은 써가오면 회싱ᄒ나
> 가련하다 우리인싱 한번가면 자최업다
>
> 「감회」

> 방초방초 록음방초 희다져셔 져문날에
> 왕손은 귀불귀라 한번가면 못올인싱
> 만단심회 지향업셔 장우단탄 졀노는다
>
> 「셔회」

　「감회」와 「셔회」에는 모두 화초수목과 인간을 대비시켜 인생무상을
읊고 있다. 즉 어제 아침에 피던 꽃이 오늘 저녁에 지는 단명성, 봄의
새잎이 가을에는 누른 낙엽이 되는 무상함을 형상화하고 있다. 그리하
여 한 번 가면 못 올 인생이라 장탄식을 한다.

> 어리셕다 숑셜당아 슬푸도다 숑셜당아
> 츄풍소식 미신커든 져락엽을 자셰보소
> 만뎡슬슬 져소리예 인싱빅발 지쵹ᄒ다
> 룡쳔검 드는칼노 오는빅발 베련마는
> 빅발베힐 칼이업셔 락엽보고 탄식ᄒ다

   륙십인간 허숑호일 어니곳에 호소호리
   일월갓튼 희화씨는 오는년갑 머무소셔

「탄락엽」

   유실무실 오동실과 유스무스 양류스는
   각기한쎄 쑨이언만 한갈갓혼 져로송은
   스시쳥쳥 푸르럿다 우리인싱 너와갓치
   하날님끠 발원호여 한번오면 가미업게

「견민」

 그래서 「탄락엽」에는 '어이이리 쌜리샹봉'하는 백발을 '룡쳔검 드는 칼노 오는빅발 베려마는'이라고 표현하고 있는데 이러한 표현은 우탁의 '탄로가'를 연상시킨다. 특히 세월의 흐름을 용천검으로 막으려는 발상은 해학적이기까지 하다. 시적 자아는 용천검을 무기로 늙음이라는 자연법칙과 대결하는 듯하지만 아무리 용천검이라도 백발을 벨 수는 없어 '가련하다 우리인싱 한번가면 자최업다'라고 하며 아쉬운 심정으로 늙음을 수용하고 있다. 그리하여 「견민」에서는 한 때뿐인 '오동실과 양류사'와는 달리 사시청청한 노송처럼 영생할 수 있도록 해달라고 하느님께 간절히 발원하고 있는 것이다.

   빅팔염쥬 목에걸고 목탁을 두다리며
   삼시공불 지극호니 만스가 부운갓고
   아미타불 쑨이로다 초로갓튼 니평싱이
   인간고락 부지즁에 무정홀스 륙순일세
   창망호다 져운산아 황국단풍 구츄시에
   후스긔약을 잇지마소

「쳥암스」

석양을 등에지고 슈쟝디20)를 츠즈가니
져문것이 경공락죠 솟는것이 밍샹눈물
이락죠 이눈물을 후천년에 뉘가다시
비감히도 쓸디업고 탄식훈들 무엇흐리
고금스가 일반이기 니회포를 니가위로

「송뎡감회」

인생은 왔다가 가는 것, 그래서 송설당은 사후에 壽藏地로 정해 둔 자신의 유택을 돌아보며 스스로의 회한을 스스로 위로하고, 잊지 말라는 훗날의 기약을 하고 있다. 송설당 가사의 대부분이 조상의 명예를 회복하고 자신감이 넘치는 시기에 쓰여졌지만, 耳順을 넘긴 나이에서 오는 늙음에 대한 한탄과 변화하는 세태에 대한 무상감이 충절을 표현한 「국화」나 효의식을 표현한 「휘당화」와 같은 작품에도 함께 표현되고 있다.

법당졍뎐 굉쟝흐고 단쳥치식 화려흔데
삼층포단 탁즈우에 안여반셕 높이안져
십이시로 등향다미 가진공양 밧들더니
홀디에 디위변쳔 박물관에 드단말가
감즁연 씁은손에 흥하사수 미진케라

「한양셩즁류람」

연화쳥향 요젹흐데 쥬렴밧게 빗친명월
명비일문 니회포라 헌창흔 뎡뢰각은
젹막히 븨여잇고 웅쟝흐든 셩텹들은
곡곡면면 퇴락흐고 굉걸흐든 져남문은
농상회스 거쳐되고 이릉상에 푸른풀은

---

20) 슈쟝디(壽藏地) : 생전에 만들어 놓은 자기 자신의 무덤

왕손흔이 집헛구나

「김히회고」

「한양성중류람」에서는 한양의 풍수지리를 살피며 명당자리를 말하고 동물원과 식물원 그리고 박물관을 차례로 돌며 느낀 소감을 계속 나열하고 자신이 보고 경험한 것을 예찬하고 있는 가운데, '홀디에 디위 변천 박물관에 드단말가'라는 구절을 통해 변화하는 세상에 대한 무상함이 표현되어 있다.

「김히회고」에서 김해는 가야의 도읍지로 왕손들의 한이 깊게 맺혀있는 곳임을 서술하고 있다. 철로를 통해 구포역에 당도하면서부터 김해의 선암나루, 활천, 초선대, 가락성, 연자루, 봉황대, 함허정, 총뢰각, 남문 성조암, 홍봉암 등의 절경을 배경으로 김해의 옛 자취를 회상하며 세월의 무상한 변천을 노래하고 있다. 특히 남문이 '농상회사거처'됨을 아쉽게 여기고 있다. 작품에서 푸른 풀만 무성한 것을 한 맺힌 모습으로 형상화하고 있어 주목된다.

V. 결 론

이상으로 최송설당 가사의 대강을 살펴보았다. 이미 언급한대로 송설당의 가사는 1910년을 전후하여 집중적으로 쓰여졌다. 이 시기는 국권을 일제에 빼앗긴 민족적으로 매우 불행한 때였으며 송설당 자신도 격변하는 현실을 몸소 부딪쳐 나갔다. 송설당은 가난한 선비의 딸로 태어나 장년이 될 때까지 현실과 부딪치며 많은 시련을 겪으며 살아왔기에 당시의 여느 여성과 비교할 때 경륜의 폭과 인생의 깊이가 남다르다고 할 수 있다. 타고난 자질이 뛰어나고 남다른 인생을 산 송설당이기에 耳順이 넘은 나이에 주옥같은 49편의 가사 작품을 쓸 수 있었던 것이다.

최송설당은 작품을 통해 전통사회를 유지하는 중요한 덕목으로 충효를 들고 있으며, 충효에는 상하와 남녀의 구분이 없다는 인식을 하고 있다. 그의 부모에 대한 효의식은 가문의식으로 확대되었다. 충절의식은 가문의 명예를 회복시켜준 왕실에 대한 충정에서 비롯되었으나, 그것은 진정한 민족의식으로 표현되며 나아가 육영사업에 모든 것을 바치게 된다. 그러나 그의 여성의식은 당대의 유교적 이데올로기에 맞물려 상반된 두 가지의 의식이 혼재되어 나타난다. 또한 耳順이 넘은 나이에서 오는 늙음에 대한 한탄과 변화하는 세태에 대한 무상감이 작품의 곳곳에 표현되고 있음을 알 수 있었다.

따라서 「諺文詞藻」의 가사 작품을 통해 최송설당의 가치관과 의식의 많은 부분이 불행한 가족사와 유교이념에 기인한다는 점을 확인할 수 있었다. 이것은 아무리 근대문명의 세례를 받고 근대의식을 갖고 있던 송설당이지만, 어린시절 수학한 한학의 영향과 당시까지도 양반가 부녀자를 얽매고 있던 유교 교육의 영향은 송설당의 의식 속에 뿌리깊이 잠재해 있었기에 유교이념의 영향에서 벗어날 수는 없었던 것이다. 그리고 그가 육영사업에 평생을 바친 이유 역시 부모에 대한 자식의 도리로서, 국가에 대한 국민의 도리로서 행해지고 있음을 짐작할 수 있는데 이것 또한 유교이념의 영향이라고 볼 수 있는 것이다.

참고 문헌

류연석, 『한국가사문학사』, 국학자료원, 1994.

정후수 외, 『송설당의 시와 가사』 어진소리, 2004.

최송설당, 『松雪堂集』, 조선인쇄주식회사, 1922.

김준영, 「내방가사론 서설」, 『민족문화논총』, 노산문학회, 1979.

리동윤, 「조선조 여류시인 송설당의 문학세계」, 『한길문학』 1991년 가을
　　　　호, 한길사, 1991.

심재완, 「최송설당의 가사」, 『국어국문학연구』 제3집, 청구대 국어국문학
　　　　회, 1959.

한석수, 「최송설당의 문학세계와 현실인식」, 『한중인문학연구』 13집,
　　　　2004.

허철회, 「최송설당의 시가연구」, 『한국문학연구』 제15집, 동국대 한국문
　　　　학연구소, 1992.

여성에 대한 유교적 기술방식 시고

박 현 숙

I. 서 론

열녀와 충신이 말해지는 사회는 열녀와 충신이 없는 사회라는 노자식 어법에 따르면, 여성이 어떻게 역사적으로, 사회적으로 차별되었는지를 세세하게 말하며 분노를 들어내건, 여성이 남성보다 못하지 않다는 증거를 찾아가면서 스스로를 위로하건 간에, 그러한 논의가 존재한다는 자체가 무엇인가 혐의를 갖게 한다. 그렇다고 혐의를 벗어던지기 위해 겨우 무르익기 시작한 여성에 대한 논의를 그만둘 수는 없다. 우리는 아직도 현실 속에서 여성을 대하는 시각이 어딘지 부자연스러우며 성숙한 인간이 가질 수 있는 상식선을 벗어난다는 것을 종종 느낄 때가 있다. 여성에 관한 논의가 진행될수록 여성이나 남성은 무엇인가 불쾌한 느낌에 사로잡히게 된다. 그 불쾌한 느낌을 외면하지 않고 집요하게 파고들어가는 것이 문제해결의 시작이라고 생각한다. 고전문학에 나타난 여성상을 다룰 때, 우리는 여성들이 너무 억압적인 제도 하에서 주체적인 삶을 살 수 없었다는 인상을 갖고 있다. 조선후기의 대표적 실학자 이덕무는 "옛적부터 시를 짓는 사람과 시를 해설하는 사람이 있었는데 시를 짓는 사람은 비록 항간의 부녀자나 아이들이라 하더라도 안 될 것이 없지만, 시를 해설함에 있어서는 슬기롭고 통달하여 감식력이 있 는 사람이 아니면 안된다"[1]라고 하였다. 이를 확대 해석하면 여성의 지적 능력을 부정하는 발언이라고 할 수 있다. 여성에 대한 이러한 인식 을 토대로 유교적 사회에서 남성들은 의도적으로 여성을 교육에서 소 외시키고 여성의 삶을 부모와 남편 그리고 자식에게 종속시키는 제도 (三從之道)를 만들어 내었다. 또한 여성에게 인간으로서의 감정을 극도 로 억압해야만 하는 부덕을 강요하였다. 목석같은 인간성을 제시하는 계녀서나 내훈 같은 책을 보면 여성들이 어떻게 살았을까 하는 의문이 들곤 한다. 그러나 여성의 생활상을 엿보게 하는 단편들이나, 민요, 사 설시조, 후기가사들을 살펴보면 여성들이 매우 적극적이며, 생동적이 었음이 드러난다. 사회적으로 요구되는 이념적 여인상과 실제 생활 속 에 존재했던 여인들, 어느 정도 자유롭지 못했던 여인들에게 대리만족 의 대상으로 제공되던 여성영웅 소설속의 인물들을 연구자들의 필요에 따라 재단하다 보니, 제도의 희생자, 비련의 주인공들이라는 동정어린 시각을 낳거나[2], 한정된 공간에서나마 자신의 능력을 펴나가는 여성영 웅들이었다는 상반된 결론이 도출되는 것이다. 이는 원형으로서의 여 인상과 사회가 표준으로 제시하는 여성상 및 생활 속에 실재했던 여성 상이 구별되지 않고 있는데 기인하는 것이다. 이 글은 유학자 김부식이 저술한 삼국사기에 기술된 평강공주와 일연 스님의 삼국유사에 실린

---

1) 이덕무, 「청비록서」 (민족문화추진회 편, 『청장관전서』Ⅶ, 1983), p.7.
   自古有作詩者 有說詩者 作詩者 雖委巷婦儒 無所不可 說詩者 非明睿特達有鑑識者
   不能焉
2) 이석래, 『이조의 여인상』(을유문화사, 1984)

선화공주의 이야기를 비교하여 유교적 여성상이 어떻게 주입되었는지를 고찰하려고 한다.

Ⅱ. 길을 열어나간 평강공주

삼국사기는 유교적 합리주의를 지향하는 김부식의 저술이다. 그 속에 우리가 익히 잘 안다고 생각하는 '평강공주' 이야기가 온달조에 기술되어 있다. 이야기의 주체는 평강공주이지만 온달의 죽음과 함께 평강공주에 대한 기술은 끝이 난다. 총명하고, 합리적이고, 능력 있는 평강공주는 온달의 죽음과 더불어 역사에서 사라진다. 이를 통해 우리는 유학자들의 총명한 여성에 대한 의도적 배제 의식을 읽을 수 있다[3]. 좀 장황하지만 먼저 온달의 이야기를 인용해 보면 아래와 같다.

온달은 고구려 평강왕 때의 사람이다. 얼굴이 파리하여 우습게 생기었지만 마음씨는 명랑하였다. 집이 가난하여 항상 밥을 빌어다 어머니를 봉양하였는데, 떨어진 옷과 해어진 신으로 시정 간을 왕래하니, 그 때 사람들이 지목하기를 바보 온달이라 하였다. 평강왕의 어린 딸이 울기를 잘하므로 왕이 희롱하여 "네가 항상 울어서 내 귀를 시끄럽게 하니 커서는 사대부의 아내가 될 수 없고 바보 온달에게나

---

3) 성백효 역주, 『시경집전』권 18, 「대아」 첨앙 (전통문화연구회, 1993), p.344.
　　哲夫成城　명철한 지아비는 나라를 이루거늘
　　哲婦傾城　명철한 부인은 나라를 전복시키느리라
　　　　　　「중략」
　　婦有長舌　부인이 말을 많이 함이여
　　維厲之階　난의 계제로다
　　총명한 여성에 대한 유학자들의 부정적 언급은 매우 많으나, 위의 시를 통해서도 총명한 여성에 대한 남성들의 경계심을 알 수 있다.

시집보내야 하겠다” 하며 왕은 매양 말하였다. 딸의 나이 이팔이 되
매 상부 고씨에게로 시집보내려 하니 ① 공주가 대답하기를 “부왕께
서 항상 말씀이 너는 반드시 온달의 아내가 된다고 하셨는데 지금
무슨 까닭으로 전의 말씀을 고치시나이까? 필부도 식언을 하지 않으
려 하거늘 하물며 지존이겠습니까? 그러므로 왕자는 희언이 없다고
하는 것입니다. 지금 대왕의 명령은 잘못된 것이오니 소녀는 감히
받들지 못하겠습니다” 하였다. ② 왕이 노하여 이르기를 “네가 나의
가르침을 따르지 않는다면 정말 내 딸이 될 수 없다. 어찌 함께 있을
수 있으랴? 너는 갈데로 가는 것이 좋겠다.”고 하였다.

　이에 공주는 팔찌 수십 개를 팔꿈치에 매고 ③궁궐을 나와 혼자
길을 가다가 한 사람을 만나 온달의 집을 물어 그 집에 이르렀다.
맹인 노모가 있음을 보고 앞으로 가까이 가서 절하고 그 아들이 있는
곳을 물으니 노모가 대답하기를 “우리 아들은 가난하고 추하여 귀인
이 가까이할 인물이 못됩니다. ④ 지금 그대의 냄새를 맡으니 향기가
이상하고 손을 만지니 부드럽기 풀솜과 같은즉 반드시 천하의 귀인
이요. 누구의 속임수로 여기에 오게 되었소. 내 자식은 굶주림을 참지
못하여 산으로 느릅나무 껍질을 벗기러 간 지 오래인데 아직 돌아오
지 않았소” 하였다. ⑤ 공주가 나와 걸어서 산 밑에 이르러 온달이
느릅나무 껍질을 지고 오는 것을 보고 공주가 더불어 소회를 말하니
온달이 성을 내며, “이는 어린 여자의 행동할 바가 아니다. 반드시
사람이 아니라 여우나 귀신이다. 내 곁으로 오지 말라”하며 그만 돌
아보지도 않고 갔다. 공주는 ⑥혼자 돌아와 사립문 아래서 자고 이튿
날 다시 들어가서 모자에게 자세한 것을 말하였는데 온달은 우물쭈
물하며 결정을 내리지 못하였다. 그 어머니가 말하기를 “내 자식은
지극히 누추하며 귀인의 배필이 될 수 없고 내 집은 지극히 가난하여
귀인의 거처할 곳이 못되오”하였다. 공주가 대답하기를 ⑦ “옛사람
의 말에 한 말 곡식도 방아 찧을 수 있고 한 자 베도 꿰맬 수 있다고
하였습니다. 마음만 같다면 어찌 부귀한 후에야 함께 지낼 수 있겠습
니까”하고 이에 금팔찌를 팔아 전지 주택 노비 우마 기물 등을 사니
용품이 다 갖추었다. 처음 말을 살 때에 공주는 온달에게 이르기를
“아예 시장인의 말을 사지 말고 꼭 국말을 택하되 병들고 파리해서

내다파는 것을 사오도록 하시오" 하였다. 온달이 그 말대로 하였는데 공주가 먹이기를 부지런히 하여 말이 날마다 살찌고 또 건강해졌다. 고구려에서는 항상 봄철 3월 3일이면 낙랑언덕에 모여 전렵을 하고 그 날 잡은 산돼지 사슴으로 하늘과 산천신에 제사를 지냈는데 그날이 되면 왕이 따라 나섰다. 이에 온달도 기른 말을 타고 따라갔는데 그 달리는 폼이 언제나 앞에 서고 포획하는 짐승도 많아서 그와 같은 사람이 없었다. 왕이 불러 그 성명을 물어보고 놀라며 또 이상히 여겼다. 이 때 후주의 무제가 군사를 보내어 요동을 치니 왕이 군사를 거느리고 나가 배산 들에서 맞아 싸울 새 온달이 선봉장이 되어 날쌔게 싸워 수십여 명을 베매 온달로 제일을 삼지 않는 자가 없었다. 왕이 가탄하여 이 사람이 나의 사위라하고 예를 갖추어 맞이하여 작위를 주어 대형을 삼았다. 이로해서 은총과 영화가 더욱 우악하고 위엄과 권세가 날로 성하였다. 양강왕이 즉위하자 온달이 아뢰기를 "신라가 우리 한북을 빼앗아 군현을 삼았으니 백성들이 통탄하여 일찍이 부모의 나라를 잊은 적이 없습니다. 원컨대 대왕께서는 우신을 불초하다 하지 마시고 군사를 주신다면 한 번 가서 반드시 우리 땅을 되찾아 오겠습니다."하였다. 왕이 허락하였다. 떠날 때에 맹세하기를 계립현과 죽령 이서의 땅을 우리에게 귀속시키지 않으면 돌아오지 않겠다하고 나가 신라 군사들과 아단성 아래서 싸우다가 유시流矢를 맞아 넘어져서 죽었다. 장사를 행하려 하는데 영구가 움직이지 아니하므로 공주가 와서 관을 어루만지면서 "사생이 이미 결정되었으니 아아 돌아갑시다"하고 드디어 들어서 장사지냈는데 대왕이 듣고 비통해 하였다[4].

위의 기술 중 밑줄 친 부분을 통해서 드러난 평강공주의 특성은 첫째 자율적이고, 활동적이며, 독립적인 특성이 두드러진다. 밑줄친 ①에서 평강공주는 자신이 옳다고 여기지 않는 일은 아버지의 명령이라도 따를 수 없다고 밝힌다. 평강공주의 이러한 특성은 궁에서 귀하게 자란

---

4) 김부식 저, 이병도 역주, 『삼국사기 하』 권 45 (을유문화사, 1985), p.342.

철딱서니가 세상물정을 모르기 때문에 저지를 수 있는 유아적 고집과
는 다르다. 그녀는 온달어머니로 대표 되는 세상사람들의 보편적 의식
을 자신의 확고한 가치관으로 설득시키고 자신의 뜻을 관철한다.(④)
그녀는 무척 논리적이며 집요한 성격이었다. 평강공주는 자신의 주장
을 무턱대고 강요하는 것이 아니라 상대방이 말하는 것을 듣고 그에
적절한 대응을 하기에 상대방은 논리적으로 궁지에 몰리게 되고, 평강
공주에게 설복되거나, 공주를 추방하는 반응을 보인다.

둘째 평강공주는 목표의식이 강하다. 자신에게 닥친 문제를 해결하기
위해 주변사람들의 방해를 극복하고, 심지어는 먹고 자는 일까지 아랑
곳하지 않고 문제 해결에 집중한다. 평강공주는 궁에서 자랐으면서도
혼자 길을 가다가 한 사람을 만나 온달의 집을 물어서 찾아간다. 그녀는
아버지의 격노와 온달 어머니의 거절, 온달의 외면을 극복하고(③④⑤
⑥), 자신의 신념대로 일을 추진하여 성취한다.

셋째 평강공주는 통찰력이 있다. 그녀는 궁에서 나올 때 앞날에 대비
하여 자신의 보물 팔찌 수십 개를 가지고 나온다. 이는 자신이 처할
앞날에 대한 통찰력이라고 할 수 있다. 그녀의 현실적인 통찰력이 두드
러지는 부분은 온달에게 말을 사오라고 시키면서 당부하는 말을 통해
서이다. 그녀는 눈에 보이는 것으로 사태를 파악하는 것이 아니라 일의
맥락과 합리적인 추론으로 일을 해결하는 것이다. 현실에 대한 이러한
대응의 진가는 그녀를 추방한 아버지가 공주부부를 예를 갖추어 맞아
들이는데서 나타나다. 평강공주는 서두르거나 흔들림 없이 자신의 문
제를 해결함으로 아버지가 자신을 인정하게 만든다. 결국 평강공주는
아버지와의 대결에서 자신의 능력으로 문제를 해결하고 승리자가 된
것이다. 이를 좀더 일목요연하게 항목화하면 아래와 같다.

1. 문제의 발생: 평강공주가 결혼문제로 아버지와 대립하다 궁에서
   쫓겨남
2. 첫 번째 위기: 팔찌를 들고 혼자서 궁을 나와 온달을 찾아감
3. 두 번째 위기: 온달의 어머니에게 거절당함
4. 셋 번째 위기: 온달에게 거절당함
5. 일차적 준비: 온달과 결혼하고 자신의 팔찌를 팔아 생활방도를
   차림
6. 이차적 준비: 말을 사서 열심히 키워 준마를 만듦
7. 자신의 존재 증명: 사냥에서 온달이 뛰어난 것을 본 왕은 온달의
   성명을 묻고 고개를 갸웃거림
8. 문제해결: 왕이 예를 갖추어 평강공주부부를 맞이하고 작위를줌

이러한 과정이 진행되는 동안 평강공주는 울거나 주저앉은 적이 없으며, 온달의 집을 찾아가기 위해 행인에게 길을 물은 적을 제외하고 남의 도움을 받거나 누구와 함께 행동한 적이 없었다. 온달이 사온 말도 직접 부지런히 먹여 건강한 말로 바꾸어 놓는다. 평강공주는 문제 해결을 위하여 차근차근 단계를 밟아나가 결국에는 아버지에게 인정을 받고 문제를 해결한다. 여기서 아버지의 승인은 평강공주가 다시 아버지에게 귀속되는 것을 의미하지 않는다. 평강공주는 부왕이신 아버지가 잘못되었다는 것을 증명하고 그 결과 아버지가 내미는 화해의 손길을 받아들이는 것이다.

그러나 김부식은 이러한 평강공주를 온달의 죽음과 함께 역사 기술에서 삭제하였다. 우리는 이후 평강공주가 어떤 삶을 살았는지 알 수 없다. 이는 아무리 능력이 있어도 여성은 그 자신의 공로로 홀로 설 수 없으며, 자신의 생각을 관철하려고 할 때 그녀가 속했던 사회로부터 추방당할 수 있다는 사실을 깨닫게 될 뿐이다. 평강공주와 온달과의 관계에서 시종 주도권을 쥔 자는 평강공주이다. 그러나 역사는 온달조

에 평강공주 이야기를 기록하였고, 온달의 죽음과 동시에 기록을 중단
하였다. 여성은 누구의 딸, 누구의 아내라는 범주에서의 공적만 평가하
고, 여성의 일생을 그 속에 묶어 두려는 유학자들의 생각이 암암리에
드러난 것이라고 생각된다.

Ⅲ. 선택에 순종적인 선화공주

삼국시대에 남성과의 혼인으로 궁에서 쫓겨나는 공주가 또 하나 있
다. 선화공주가 그러하다. 그러나 선화공주의 추방은 자신의 선택이
아니라, 자신도 모르게 주어진 것이었다. 선화공주는 영문도 모르는
상태에서 그에 대해 저항도 하지 않고 주어진 삶과, 다가온 남자에게
순종하였기 때문에 다시 왕족으로 복귀하고, 부모에게 큰 재물을 드리
며 행복하게 살게 된다. 이는 평강공주와는 완전히 다른 문제 해결방식
이라고 할 수 있다. 먼저 이야기를 살펴보면 아래와 같다.

제30대 무왕의 이름은 장이다. 그 어머니는 과부가 되어 서울 남쪽
못 가에 집을 짓고 살았는데 못 속의 용과 관계하여 장을 낳았다.
어릴 때 이름은 서동으로 재주와 도량이 커서 헤아리기 어려웠다.
항상 마를 캐다가 파는 것으로 생업을 삼았으므로 사람들이 서동이
라고 이름 지었다. 신라 진평왕의 셋째공주 선화가 뛰어나게 아름답
다는 말을 듣고는 머리를 깎고 서울로 가서 마을 아이들에게 마를
먹이니 이내 아이들이 친해져 그를 따르게 되었다. 이에 동요를 지어
아이들을 꾀어서 부르게 하니 그것은 이러하다.
선화공주님은 남몰래 얼어두고 서동방을 밤에 몰래 안고 간다.
동요가 서울에 가득 퍼져서 대궐 안에까지 들리니 백관들이 임금에
게 간해서 공주를 먼 곳으로 귀양 보내게 하여 장차 떠나려 하는데

①왕후는 순금 한 말을 주어 노자로 쓰게 했다. 공주가 장차 귀양지에 도착하려는데 도중에 ②서동이 나와 공주에게 절하면서 모시고 가겠다고 했다. 공주는 그가 어디서 왔는지는 알지 못했지만 그저 우연히 믿고 좋아하매 서동은 그를 따라가며 잠통했다. 그런 뒤에 서동의 이름을 알았고, 동요가 맞은 것도 알았다. 함께 백제로 와서 모후가 준 금을 꺼내놓고 살아갈 계획을 세우려 하자 서동이 크게 웃고 말했다. "이게 무엇이오?" 공주가 말했다. "이것은 황금이니 백년의 부를 누릴 것입니다." "나는 어릴 때부터 마를 캐던 곳에 황금을 흙덩이처럼 쌓아 두었소" 공주가 이 말을 듣고 크게 놀라면서 말했다. ③"그것은 천하의 가장 큰 보배이니 그대는 지금 그 금이 있는 곳을 아시면 그것을 우리 부모님이 계신 대궐로 보내는 것이 어떻겠습니까?" "좋소이다." 이에 금을 모아 산더미처럼 쌓아놓고 용화산 사자사의 지명법사에게 가서 이것을 실어 보낼 방법을 물으니 법사가 말한다. 내가 신통한 힘으로 보낼 터이니 금을 이리로 가져오시오. 이리하여 공주가 부모에게 보내는 편지와 함께 금을 사자사 앞에 갖다 놓았다. 법사는 신통한 힘으로 하룻밤 동안에 그 금을 신라 궁중으로 보냈다. 진평왕은 그 신비스러운 변화를 이상히 여겨 더욱 서동을 존경했으며 항상 편지를 보내어 안부를 물었다. 서동이 이로부터 인심을 얻어서 드디어 왕위에 올랐다.

어느날 무왕이 부인과 함께 사자사에 가려고 용화산 밑 큰 못가에 이르니 미륵삼존이 못 가운데서 나타나므로 수레를 멈추고 절을 했다. ④부인이 왕에게 말한다. "모름지기 여기에 큰 절을 지어주십시오 그것이 제 소원입니다." 왕은 그것을 허락했다. 곧 지명법사에게 가서 못을 메울 일을 물으니 신비스러운 힘으로 하룻밤 사이에 산을 헐어 못을 메워 평지를 만들었다. 여기에 미륵삼존의 상을 만들고 회전과 탑과 낭무를 각각 세 곳에 세우고 절 이름을 미륵사라 했다. 진평왕이 여러 공인들을 보내서 그 역사를 돕게 하니 그 절은 지금도 보존되어 있다.[5]

---

5) 일연 저, 이민수 역, 『삼국유사』 (을유문화사, 1984), p.157.

선화공주는 서동이 퍼트린 헛소문 때문에 아버지와 신하들의 일방적인 결정에 아무 말 없이 쫓겨나게 된다. 그러한 일에 선화공주가 어떻게 대응했는지 알 수 없다. 삼국유사의 기사를 읽고 유추하면 선화공주는 말없이 대궐에서 나오려 했던 듯하다. 또한 평강공주가 대궐을 떠날 때 자신의 금팔찌를 손목에 걸고 나온 것과 다르게 선화공주는 모후가 주는 금덩어리를 받아들고 나온다.(①) 금은보화라면 선화공주 역시 자신의 몫이 없지 않았을 것이다. 그러나 선화공주는 자신의 앞날을 대비하여 최소한의 재물도 챙기지 않았다. 그녀의 어머니가 준 황금을 가지고 나왔을 뿐이다.

또한 평강공주는 온달을 찾아 갔지만 선화공주는 찾아온 서동을 믿고 따라간다.(②) 서동은 기록에도 보이는 것처럼 마를 캐다 팔던 하층민이다. 그는 황금이 무엇인지 모를 정도로 무지하고, 공주가 예쁘다는 소문을 듣고 자신이 넘볼 수 있다고 생각할 정도로 무모하다. 그런데도 선화공주는 그를 보고 믿고 좋아했다. 그리고 귀양지로 가지 않고 서동을 따라 갔다. 어떤 의미에서 선화공주는 현실을 직시하고 합리적으로 계획하는 능력이 떨어진다고 할 수 있다.

모든 일에 평강공주는 자신의 계획대로 일을 추진하면서 온달에게 지시하는 모습을 보이는 반면 선화 공주는 자신보다 신분도 낮고, 아는 것도 없는 서동에게 늘 부탁하고, 허락을 구하는 방식을 취한다.(③④) 선화공주는 부모에게 쫓겨났지만 부모로부터 완전히 독립하지도 못하였다. 이는 황금을 보고도 자신이 살 방도를 찾지 않고 부모에게 보내고, 결국 부모의 후원에 의해 남편을 성공시키는 것에서도 나타난다. 평강공주와 선화 공주의 행동방식을 비교하면 이 둘의 차이를 알 수 있다.

비교 항목	평강공주	선화공주
남편 선택	평강공주가 온달을 선택	서동이 선화공주를 선택
자기 주장	부모에게 쫓겨날 정도로 강함	자기 주장없이 처분에 따름
앞날 대비	자신의 팔찌를 걸고 나옴	모후가 주는 금을 갖고 나옴
조력자	없음	서동, 지명법사, 부모

평강공주는 유별난 독립심과 자기주장 때문에 부모로부터 절연 당하였지만 언제나 움직이고, 설득하고, 행동하면서 자신의 문제를 해결하고 자신의 지위를 되찾았다. 남편도 자신이 선택했다. 실현이 쉽지 않지만 설득하여 자신의 주장을 관철하였다. 그러나 선화공주는 처음부터 자신의 의지는 없었다. 추방하면 쫓겨나고, 남자가 찾아오면 맞아드리고, 조력자들의 도움으로 자신의 문제를 해결한다. 순종적인 선화공주는 조력자들의 계속적인 출현으로 문제를 해결하였다. 이는 역사기록을 읽는 독자들에게 순종적이지만 무능한 여성이 사회적으로 거부되어진 존재라기보다는 보호받는 것은 아닌가 하는 느낌을 준다. 선화공주는 남편에 대한 순종과 자신을 쫓아낸 부모에게 대한 효도, 그리고 이로 인한 부모의 후원으로 남편을 성공시키고, 자신도 행복한 일생을 살아간다.

시종 자신의 능력으로 삶을 꾸려간 평강공주가 온달의 죽음이후 역사에서 사라진 것처럼 선화공주도 무왕의 성공이후 더 이상 역사기술에 등장하지 않는다. 그러나 독자는 그 이후의 삶에 궁금증을 갖지 않는다. 통상의 이야기처럼 무왕과 함께 행복하게 잘 살았을 거라는 종결감을 갖게 하기 때문이다.

결국 두 이야기를 통해서 여성의 행복은 여성자신의 능력에서 나오지 않는다는 것을 알 수 있다. 여성은 불합리한 현실에서도 부모와 남편에게 순종할 때 여러 조력자를 만나고, 그들을 통해 자신의 행복을 달성할 수 있다는 환상을 갖게 한다.

요즘도 여성의 행복은 남편이 벌어다 주는 돈으로 살림이나 하면서 유복하게 사는 것이라는 인식이 남아 있다. 그러한 인식을 강화 시키는 담론이 공공연하게 유포되기 때문이다. 유학을 이념으로 하는 사회에서 여성들의 자발적 행동력을 막고, 남성에게 의존하도록 하기 위해서 역사 기술물을 통해서도 이러한 남성들의 생각이 유포되었을 것이다. 이것을 평강공주와 선화공주의 이야기를 통해서 다시 확인할 수 있다.

Ⅳ. 결 론

한 명의 여성에게는 여러 가지 속성이 존재하고, 사회적으로 권장되어지는 속성을 강화시켜 나가고, 그렇지 못한 요소를 스스로 억제하는 측면이 있다. 또한 역사 기술물은 규범적 인물에 대한 찬양과 부정적 인물에 대한 폄하적 기록을 통해 사회의 규범을 강화하고, 규범적 인물을 양산하는데 도움을 준다. 기본적으로 유학자들의 역사기록에 등장하는 여성의 수는 매우 적고, 기록되어진 여성은 효녀나, 열녀로 유교적 규범을 충실하게 내면화한 여성들뿐이다. 합리적이고, 독립적인 평강공주와, 수동적이고 순종적이며 의타적인 선화공주에 대한 역사기술을 비교하여 암암리에 순종적인 여성상을 고취하려는 역사 기술상의 의도를 살펴보았다. 이를 통해 기록물에 대한 비판적 인식과, 바람직한 여성상을 어떻게 만들어 나가야 하는가를 모색하려고 한다.

참고 문헌

김부식 저, 이병도 역주, 『삼국사기 하』권 45, 을유문화사, 1985.
일 연 저, 이민수 역, 『삼국유사』, 을유문화사, 1984.
성백효 역주, 『시경집전』권 18, 「대아」 첨앙, 전통문화연구회, 1993.
이석래, 『이조의 여인상』, 을유문화사, 1984.
이덕무, 「청비록서」, 민족문화추진회 편, 『청장관전서』Ⅶ, 1983.

퇴계시에 나타난 유가적 사유와 선비 형상

이 정 화

I. 서 론

『論語』에는 공자가 강조하는 시의 기능적 측면이 잘 나타나 있다. 공자의 詩觀에 의하면, 시를 통해 인간의 도리를 터득하여 자신의 삶을 바르게 실천궁행할 수 있다는 것이다.[1] 즉, 學詩는 성정 순화의 기본이 되어 유가들의 수양 방법의 하나로 제시된 것이기도 하다. 퇴계 또한 시를 읽는 것이 心學에 필요하며, 그것을 읽지 않는다면 큰 잘못이라 여겼는데[2], 시를 읽으며 성정을 함양한다는 것에 의의를 두었기 때문에 더욱 그러하였다.

그는 시를 지을 때에도 마음을 바르게 하는 데에만 온 힘을 기울였다. 시가 高格을 귀히 여기는 까닭은 그 바탕이 성정에 있기 때문이라 생각하였을 뿐 끝내 그는 시인으로 자처하지 않았는데, 及門諸人들에게 시

---

[1] 『論語』「陽貨」. "子曰, 小子, 何莫學夫詩? 詩, 可以興, 詩, 可以觀可以羣, 可以怨, 邇之事父, 遠之事君, 多識於鳥獸草木之名."
[2] 『退陶先生言行通錄』卷1.

짓는 법을 가르친 일도 드물고, 시의 이론에 대해서 언급한 것도 역시 드물었다.3)

그는 '한 번 문인으로 불리우면 족히 볼 것이 없다'고 생각하기까지 하였지만, 아름다운 경물을 만난다거나, 시심이 발동할 때는 시 짓는 것을 서슴지 않았다.4) 그가 시 짓는데 공을 들였다고 한 것은 그에게 詩作은 곧 성정을 함양하는 것이 되므로 華彩를 멀리 하고 枯淡한 마음을 표현해야 했기 때문이라 하겠다.5)

본고는 『논어』를 근거로 하여 제작된 퇴계시를 연구대상으로 설정하는 한편, 성현의 가르침을 삶의 지표로 세우고 학문하는 삶에 대해 인생의 의미를 두었던 퇴계의 마음이 그의 詩作에 수용된 양상을 각각 자연, 학문, 인간으로 나누어 살펴보고자 한다.

Ⅱ. 자연의 마음과 安貧樂道

퇴계시에서는 산수자연 속에서 생활하는 것이 대자연의 기상을 함양하는 데에 있음을 읊는 경우를 빈번히 볼 수 있다. 이럴 때, 그의 전원생활은 물질의 困窮과 마음의 獨樂이 대비된 가운데 이원적으로 묘사되기도 한다. 또, 그는 '幽居一味'를 체득하는 경지 역시 世人 없이 한적하게 지내는 가운데에서 樂山樂水하는 것까지 가능할 때에 이루어지는

---

3) 王 甦(李章佑 譯), 『退溪詩學』(中文出版社, 1997), p.19.

4) 『退陶先生言行通錄』卷5. "先生喜爲詩, 平生用功甚多. … 詩於學者, 最非緊切, 然遇景值興, 不可無詩矣."

5) 『退溪先生文集內集』卷49 「與鄭子精」. "君惟以誇多鬪, 靡逞氣, 爭勝爲尙. 言或至於放誕, 義或至於尨雜. 一切不問, 而信口信筆, 胡亂寫去, 雖取快於一時, 恐難傳於萬世. 況以此等事爲能, 而習熟不已, 尤有妨, 於謹出言, 收放心之道, 切宜戒之. 仍取古今名家著, 實加工, 而師效之, 庶幾不至於墜墮也."

것임을 밝히고 있다.

廣瀨	광뢰(개울)

廣瀨橋邊白石多	넓은 여울 다리 기슭엔 흰 돌도 많은데
鳴鷗來往碧波斜	울면서 오고가는 白鷗는 푸른 물결에 비껴나네.
春風日日尋遊屐	봄바람 불면 날마다 놀이 나가고
煙雨時時理釣蓑[6]	가랑비 내리면 이따금 도롱이 입고 낚싯줄 드리우네.

퇴계는 공자와 마찬가지로 자연을 즐기는 것도 수양의 방법이 됨을 깨달아 이를 실천하려 하였다. 위의 시에서는 자연을 벗 삼아 즐기는 생활의 한 단면을 보여 주고 있다. 이는 『논어』에 나타난 曾晳의 마음과 일치하는 것이기도 하다. '공자가 자로, 증석, 염유, 공서화 등에게 만약 어떤 사람이 너희들의 학덕을 알아준다면 어떻게 할지 그 뜻을 말해보라고 하였는데, 증석은, 봄철에 봄옷을 갖추어 입고 친구들 몇몇과 함께 沂水의 맑은 물에서 목욕을 한 다음 舞雩臺에서 시원한 바람이나 쏘이고, 시를 읊고 노래를 부르며 돌아오겠다고 하자, 공자는 증석의 말을 따르겠다'[7]고 한 것을 긍정적으로 수용한 것이다. 산수자연 속에서 생활하는 것이 世上事에 초연한 것에만 의미를 둔 것이 아니라, 오히려 더 뜻을 높여 대자연의 기상을 함양하는 데에 있음을 말한 것이다.

夏日林居卽事	여름날 숲 속 집에서 즉흥적으로 쓰다

---

6) 『退溪先生文集續集』, 卷2.
7) 『論語』「先進」. "子路曾晳冉有公西華侍坐, 子曰, 以吾一日長乎爾, 毋吾以也. 居則曰 不吾知也, 如或知爾則何以哉? … 春者, 春服旣成, 冠者五六人, 童子六七人, 浴乎沂, 風乎舞雩, 詠而歸. 夫子喟然歎曰, 吾與點也."

窄窄柴門短短籬　　　　좁디좁은 싸리문에 낮디 낮은 울타리라

草庭苔砌雨新滋　　　　뜨락의 섬돌이끼 비가 내려 새롭구나.

幽居一味無人共　　　　조용히 사는 이 맛 함께 즐길 사람 없어

端坐悠然只自怡8)　　　　단정히 앉아서 혼자서 즐긴다오.

　　이 시는 대문과 울타리도 없이 자연과 더불어 살아가는 山翁의 삶을 보여주고 있다. 바깥짝에서 그는 '草苔'와 같이, 완상할 자연물은 있어도 交談할 世人이 없음을 고백하지만, 또다시 그는 이토록 한적한 전원에 살며 '幽居一味'의 묘미를 체득하게 되어 獨樂의 이치를 깨달았음을 밝히고 있다. 다시 말해 '幽居一味'를 아는 경지는 世人 없이 한가하게 지내며, 樂山樂水하는 것까지 가능할 때에 이루어진다고 하겠다. 특히 '獨坐悠然'하는 그의 모습은 『논어』의 '어진 사람은 산을 좋아하며 고요하다'9)고 하는 풍모를 보이고 있어서 유유자적하고 침착한 것이다.

立秋日 溪堂書事(一)　　　　　　立秋에 계당에서 쓰다(1)

宿霧初收曉日鮮　　　　묵은 안개 갓 걷히자 새벽 해 밝아오니

寒溪幽壑共蒼然　　　　찬 시내 외진 골짝 모두 다 蒼凉하구나.

病中軀體纔溫攝　　　　병중에 있는 몸은 겨우 調攝을 하고

窮裏田園半廢捐　　　　빈궁 속에 田園은 묵은 것이 반이로세.

滿壁圖書常獨樂　　　　벽에 가득한 圖書는 내 홀로 즐기는 것

一庭烟草爲誰憐　　　　왼 뜨락 성한 풀은 누굴 위해 애처로운지.

秋來又約同襟子　　　　가을 오니 마음 맞은 벗들과 언약하여

明月淸風上釣船10)　　　　맑은 바람 밝은 달에 낚싯배에 오르련다.

---

8) 『退溪先生文集內集』, 卷3, 「夏日林居卽事 二絶」 其一.

9) 『論語』 「雍也」. "子曰 知者樂水, 仁者樂山, 知者動, 仁者靜, 知者樂, 仁者壽."

10) 『退溪先生文集內集』, 卷2, 「立秋日 溪堂書事 三首」 其一.

이 시에서 그의 전원생활은 물질의 困窮과 마음의 獨樂이 대비된 가운데 이원적으로 묘사되어 있다. 이 시에 등장하는 경물은 곤궁함 속에서 病魔로 고생하는 자신의 모습이 투영된 것이어서 寒氣의 蒼凉함이나, 애처로운 존재로 묘사된다.

頷聯 下句에서는 농기구가 없다든지 아니면, 남한테 전답을 맡길 정도의 경제적 여건이 뒷받침되질 않으므로 땅 뙈기마저도 묵히며 사는 삶임을 보여준다. 이를 통해 그가 마치 簞瓢로 살아가는 顔回와 같이, 다만 최소한의 의식으로 충족하며 살고 있음을 알 수 있다.

『논어』에 의하면, 공자는 빈궁한 생활에 만족하는 안회를 칭찬하여, 막대한 致富에 성공한 子貢보다 더 고귀하게 평가하면서, 최저의 생활에서도 최고의 이상을 변치 않아야 함을 권장하였다.[11] 퇴계 또한 공자의 뜻에 합치하는 삶을 살고자 하였으므로, 그의 이상인 성학의 완성을 위해 뜻을 굽히지 않고 생활한다.

따라서 이 시에 담긴 의취는 '獨樂'으로 압축되어 있으며, 이것은 곧 학문에 몰두하는 즐거움이 자신의 뜻한 바이며, 전원생활을 통해 이를 실현하고 있다는 것을 밝힌 것이다. 溪堂의 秋日을 그려내는데 마음 쓰는 일이 없어 전편에는 寒窮과 독서의 樂이 있을 뿐이다.

巖栖軒	암서헌

曾氏稱顔實若虛	曾子는 顔子더러 實若虛라 칭했는데
屛山引發晦翁初	屛山이 처음으로 晦翁을 引發했네.
暮年窺得巖栖意	巖栖의 깊은 뜻 늘그막에야 알았으니
博約淵氷恐自疎[12]	博約 淵氷 스스로 소홀할까 두렵구려.

---

11) 『論語』「雍也」, 「先進」 참조.
12) 『退溪先生文集內集』, 卷3, 「陶山雜詠 十八絶」 其二.

이렇듯 퇴계는 경물시를 제작하면서도 변함없이 修己의 뜻을 밝히고 있는 것이다. 안짝의 '曾子, 顔子, 屛山, 朱晦翁'은 옛 성현을 대표하는 인물을 예로 든 것이다. 이 시는 實景이 전혀 나타나지 않으며, 바깥짝의 '巖栖意'에서 알 수 있듯이, 의취를 말하려 쓴 것임을 알려줄 뿐이다.

'實若虛'에 담긴 의취는 虛靜한 마음을 뜻한다고 하겠다. 孔子처럼 자아에 대한 모든 집착, 즉 아집이 없는 상태가 바로 이것이다. 이렇게 되면, 거친 밥을 먹고 물을 마시며, 팔을 굽혀 베개 삼고 있어도, 걱정이 없으며, 즐거움을 유지할 수 있다.13)

Ⅲ. 학자의 마음과 知行合一

참 유자는 덕을 위주로 실천하는 학문, 즉 지행합일의 학문을 해야 함을 설파하는 시들에서는 대체로 퇴계가 생각하는 학자로서의 사명감을 읽을 수 있다. 이를 통해, '仁'의 정신을 펼친 공자의 가르침을 계승하고 있는 점으로 보면, 學孔子的 思惟로 침잠해있는 그의 마음을 헤아릴 수 있다.

次韻 權生應仁 山居	권응인의 山居 시에 차운하다
誰無窮巷一簞瓢	누군들 궁벽한 마을에서 어렵게 살지 않겠나만
樂處如今難獨遙	즐겁게 사는 사람을 지금 보기 어렵다네.
錯信眂顔前古訓	顔回처럼 살라는 옛 말을 잘못 알고서
心齊終日坐寥寥14)	하루 종일 心齊한다고 묵묵히 앉아만 있다네.

---

13) 『論語』 「述而」. "飯蔬食, 飮水, 曲肱而枕之, 樂亦在其中矣."
14) 『退溪先生文集續集』, 卷2, 「次韻 權生應仁 山居」 其二.

이 시에서는 儒者들의 안심찮은 귀거래를 비판적으로 인식하면서 스스로 성찰의 계기로 삼고 있다는 것이 특징적이다. 일찍이 孔子는 귀거래가 쉽지 않다는 것을 피력하였는데, 『논어』에서 '세상에 등용이 되면 理想을 실행하고, 버림을 받으면 은거해서 있을 사람은 오직 나와 안회만이 가능하다'[15)는 말이 그것이다. 好學하는 顔回만이 귀거래가 가능하다고 한 까닭은 眞儒는 덕을 위주로 실천하는 학문, 즉 지행합일의 학문을 해야 하기 때문인 것이다. 공자는 거개의 儒者들이 출세를 한다 해도 실행할 이상이 없고, 不遇해져도 영달할 획책만 도모함을 비판하였던 것이다. 안회의 삶은 영달을 목적으로 한 귀거래가 아니어서 빈궁한 생활에 만족할 수 있었음을 직시하고 안회의 삶을 되새기며 반성하고 있다.

和陶集飮酒(十四)	도연명집의 음주시에 화답하다(14)

舜文久徂世	舜·文王 떠난 지 오래되어
朝陽鳳不至	조양의 봉황새가 오지도 않고.
祥獜久已遠	상서로운 기린마저 멀리 갔으니
叔季如昏醉	온 세상이 깜깜하여 취해 버렸네.
仰止洛與閩	낙양과 민중을 우러러보니
羣賢起鱗次	뭇 어진 이 연달아 일어났구려.
吾生晚且僻	우리는 늦게 나고 땅마저 외져
獨昧修良貴	양식을 닦기에는 너무 어둡네.
朝聞夕死可	아침에 도 들으면 저녁에 죽어도 좋다
此言誠有味[16)	이 한 구절 진실로 맛있는 말씀.

---

15) 『論語』「述而」. "子謂顔淵曰, 用之則行, 舍之則藏, 惟我與爾."
16) 『退溪先生文集內集』, 卷1, 「和陶集飮酒 二十首」 其十四.

퇴계 당시 이미 도가 사라져 혼탁한 世故들이 유행하므로, 이 시를 통해 그는 성현을 간절히 그리워하는 심정을 읊고 있다. 성현에 대한 간절한 그리움은 '吾生晚且僻 獨昧修良貴'로 까지 치닫게 된다. 이 시구에서 그리움의 절정을 보게 된다. 그는 마치 聖賢께 스스로를 변방에서 살 수 밖에 없는 모자라는 小生이라 아뢰듯 묘사하고, 그것은 자신의 운명적 아픔임을, 나아가 조선인들이라면 공유할 아픔임을 나타내고 있다.

'朝聞夕死可 此言誠有味'는 그가 『論語』의 '아침에 도를 들으면 저녁에 죽어도 좋다'[17]를 근거로 한 것이다. 퇴계는 삶의 의미가 반드시 無病長壽나 延命에 있지 않을 뿐만 아니라, 죽음과도 바꿀 수 있을 정도로 切緊한 도의 깨달음에 있다고 講論하신 공자의 말씀을 되새기며 작금의 어두운 마음을 진정시키고 있다. 이 시구는 성인의 도, 즉 '仁'의 정신을 펼친 공자의 뜻을 기리는 퇴계의 마음이 내재해 있다. 「和陶集飲酒二十首 其十四」는 옛 성현에 대한 그리움의 정서가 주조를 이룬다. 나아가서 이 시는 성현의 발자취를 단지 책을 통해 살필 수밖에 없는 조선인의 아픔을 담고 있다.

觀瀾軒	관란헌
浩浩洋洋理若何	넘실넘실 저 이치 어떠한가
如斯曾發聖咨嗟	이와 같단 한탄을 공자님이 말하셨네.
幸然道體因玆見	다행히 도의 전체를 여기에서 보셨으니
莫使工夫間斷多[18]	잠시나마 공부를 사이 뜨게 말아다오.

---

17) 『論語』「里仁」. "朝聞道 夕死可矣."
18) 『退溪先生文集內集』, 卷3, 「陶山雜詠 十八絶」 其八.

첫째 시의 起句는 의태어 '浩浩洋洋'을 사용하여 물이 흐르는 모습을 묘사하고 있다. 이것은 君子의 修養이 물의 漸進性과 같다는 데에서 유래한 말이다.19) 『논어』에는 '공자가 강가에 서서 이르기를, 흘러가는 것은 이와 같은가. 밤낮을 가리지 않고'20)로 되어 있다. 承句의 '如斯曾發聖咨嗟'를 통해, 그는 밤낮을 가리지 않고 흐르는 물처럼, 스스로 끊임없이 공부하며 노력해야 함을 비유하고 있다. 특히 '聖咨嗟'에 나타난 탄식은 학문의 길이 강물 흐르듯 무궁함에도 불구하고, 점차 노쇠해지는 生을 절감한 고뇌의 소리라 하겠다. '幸然道體因玆見, 莫使工夫間斷多'에서 그는 근원이 풍부한 물을 통해 '道體'를 보며, 이처럼 '間斷'이 없이 공부하겠다는 자세로 마음을 추스르고 있다.

이 시를 통해, 그는 『논어』에 나타난 학문의 이치와 수양의 의미를 되새긴다. 「觀瀾軒」에서 그는 흘러가는 물을 보고 道體를 깨닫는다. 그는 학문의 길이 이처럼 무궁함에도 불구하고, 점차 노쇠해지는 자신의 생을 절감하며 고뇌하고 있다.

Ⅳ. 군자의 마음과 溫柔敦厚

퇴계는 직접 性理文字를 언표에 드러내면서 설리시를 제작하고 있지만 스스로 체험적인 삶의 문제와 마주하게 될 때 情感의 流露를 감추지 못한다. 이럴 때, 그는 스승의 정감을 師弟間의 교유하는 즐거움뿐만 아니라 제자를 아끼는 마음으로 표출하기도 한다. 퇴계의 삶이 인간미를 느끼게 하는 것은 그가 온유돈후한 성정을 지녔기 때문이다.21)

---

19) 諸橋轍次, 심우성 옮김, 『공자 노자 석가』(동아시아, 2001), p.35.
20) 『論語』「子罕」. "子在天上曰 逝者如斯夫 不舍晝夜"

止宿寮　　　　　　　　　　　　지숙료

愧無鷄黍謾留君　　계서를 장만함이 없이 그대 만류한 것 부끄럽군
我亦初非鳥獸羣　　내 또한 처음부터 새 짐승 떼가 아니었네.
願把從師浮海志　　스승 따라 바다 떠갈 그 뜻을 가지고서
聯末終夜細云云22)　마주 앉아 밤새도록 이야기나 실컷 하세.

「止宿寮」시 역시『논어』에 내포된 삶의 가치를 보여 주는 것으로, 이는 師弟間의 交遊 속에서 이루어진다. 起句의 ‘愧無鷄黍謾留君’은, 孔子가 子路를 대접한 일을 미루어 보며, 소찬으로 제자를 맞이하는 미안함을 오히려 ‘愧’로 표현한 것이다.

承句의 ‘我亦初非鳥獸群’을 보면, 세상에는 ‘鳥獸’ 즉 禽獸와 같은 무리들이 많이 있지만 그들처럼 道義 없이 살아갈 수는 없다. 따라서 퇴계는 스승에 의해 올바른 가치관을 갖고 살아가는 제자로서 과격한 子路를 예시하게 된다. ‘願把從師浮海志, 聯末終夜細云云’에서 알 수 있듯이, 孔子가 뗏목을 타고 해외로 떠날지라도 유일하게 동행할 의리를 가진 子路를 심지 굳은 제자로 대하고 있다. 이 같은 제자라면 퇴계는 얼마든지 밤을 지새우며 가르칠 수 있다고 하여, 스승의 정감은 제자와 함께 있는 즐거움으로 나타난다. 「止宿寮」에서는 심지 굳은 제자와 그 스승의 즐거운 만남을 형상화하고 있다. 그 속에서 퇴계는 禽獸 같은 무리들에 의해 제자 또한 덕을 잃을까 염려하고 있다.

---

21) ‘퇴계는 사람을 대할 때에는 貴・賤・賢・愚를 가리지 않고 예를 다하였다. 아무리 미천한 사람이 오더라도 반드시 뜰에 내려가 맞이하였으며, 자신이 덕과 지위가 높다고 하여 한 번도 자존하지 않았다. … 손님이 오면 貴賤을 가리지 않고 인정과 정성을 다하였다. 無貴賤賢愚, 無不盡其禮. 客至雖微, 皆下階迎之. 未嘗以老貴而自尊也. … 賓客之來, 不問貴賤, 必設酒飯, 盡其情款, 雖家用不足, 亦然.’(『退溪先生言行通錄』卷1「言行通述」)
22)『退溪先生文集內集』, 卷3,「陶山雜詠 十八絶」其十.

黃星州仲擧挽詞(一)　　　　　성주 황중거 만사(1)

早騁詞華晩改求　　문장으로 드날리다 늦게야 길을 바꾸어
仕中爲學欲兼優　　벼슬 살며 학문하여 아울러 넉넉코자 하였네.
勤劬積日千痾集　　勤苦가 날로 쌓여 온갖 병이 모여드니
歸去中途萬事休　　돌아오던 도중에 萬事는 다 끝났네.
陶舍宿心違講習　　陶舍의 강습은 먹은 마음 어기었고
錦溪幽抱失藏修　　錦溪의 藏修는 포부도 헛일이라네.
朱書每與人同讀　　매양 朱子 글을 남과 함께 읽을 적에
幾憶平生淚共流　　추억하는 눈물을 몇 번이나 흘릴 것인가.

　　퇴계는 제자 錦溪 黃仲擧의 죽음을 추모하고 있다. 금계는 농암의
孫壻가 된 이후 퇴계를 만났으며, 그의 마을을 오가며 가르침을 받았다.
금계는 향촌의 부임지에 갈 때마다, 그곳의 서원을 신축하거나 보수하
여 마을 사람들의 교육을 도모했다. 퇴계가 별세하기 7년 전에 그가
이미 졸하니, 퇴계는 행장을 지어 제자의 삶을 빛내주었다.
　「黃星州仲擧挽詞」를 통해 그는 '勤苦' 때문에 졸한 제자의 학문 정신
을 드높이고, 시련에 굴하지 않은 삶을 稱揚하였다. 첫째 首의 首聯
下句의 '仕中爲學欲兼優'에서, 退溪는 『논어』의 '벼슬하여 넉넉하면 배
우고, 배워서 넉넉하면 벼슬한다'[23]를 근거로 하여, 벼슬길에 오른 제자
가 학문을 멀리하지 않아 고결한 삶을 살았음을 나타냈다.

次韻權生好文　　　　　권호문의 시에 차운하다

適洛人皆走越如　　洛에 간단 사람이 越로 닫는 그 격이라
應緣澆薄喪眞餘　　응당 세파에 휩쓸리어 참을 잃은 탓이겠지.
吾心正似天開鏡　　내 마음은 하늘이 거울을 열었다면

───────────────────

23) 『論語』「子張」. "仕而優則學, 學而優則仕."

古學還同日照書　　옛 학문은 해가 글을 비추는 것과 같아.
博約淵源寧有雜　　博約의 淵源에 雜駁함이 어찌 있으리오
明誠宗旨不容踈　　明誠의 宗旨는 성글음을 용납 않네.
可憐才力能馳騁　　치달리는 힘과 재주 귀엽기도 하지마는
只恐當前本領虛[24]　앞에 당한 본령이 허술할까 두려울 따름
　　　　　　　　　이네.

詩題에 소개된 권호문은 퇴계의 長兄 이잠의 외손자이다. 「陶山及門
諸賢錄」에 의하면 권호문은 詩文에 조예가 깊었던 문인으로 알려져
있다. 이시는 30년 연하 외손이자 제자이기도 한 그에게 애중히 화운한
것이다.

首聯 上句의 '適洛人皆走越如'와 尾聯 下句의 '只恐當前本領虛'이 수
미상응을 이루고 있다. 그가 이를 통해 강조한 의미는 본말이 전도되는
상황을 만들지 말고 항상 본길로 향하라는 바람인 것이다. 頸聯에서는
본길을 가는 방법을 일깨워주고 있다. 퇴계는 이것을 '博約'과 '明誠'으
로 요약했다. '博約'은 물론 『論語』의 '文에서 널리 배우고, 요약하기를
禮로 하면 또한 어긋나지 않을 것이다'에서 온 것이다.[25] 이 내용은
文을 널리 배우고 예로써 이를 요약하여야 잡박하지 않게 되어 도에서
어긋나지 않는다는 뜻이다.

頸聯 上句의 '博約淵源寧有雜'에서 알 수 있듯이, 군자의 도에는 잡념
이 자리할 수 없다.

次黃仲擧元日韻　　황중거의 원일시에 차운하다

---

24) 『退溪先生文集內集』, 卷2.
25) 『論語』「雍也」. "子曰, 君子博學於文, 約之以禮, 亦可以弗畔矣夫."

拙朴由來得自天　　순박하고 졸한 것은 본래 지닌 천성인데
追尋芳躅每欣然　　젊을 때 일 추억하면 언제나 흐뭇하네.
聰明此日非前日　　총명은 이 날이 전날과 다르지만
習氣今年似去年　　싯귀는 금년이 예년과 꼭 같구려.
透得利關聞上蔡　　名利關 벗어난다 上蔡의 말 들었다면
驗來學力說伊川　　學에서 얻은 힘은 伊川의 증험일레.
吾儕更勉躬行處　　우리들이 몸소 행할 그 곳에선
莫向人前枉執鞭26)　　남 앞에 나아가서 함부로 執鞭말 것.

이 시는 立志할 때의 마음가짐을 명심하며 항상 初志一貫해 있음을 고백한 것이다. 首聯의 '拙朴'에서 알 수 있듯이 그는 세상살이에 능수능란하여 약삭빠르게 살아가기보다는 소박함을 좇아 세상살이에 서툴다는 것을 겸허하게 인정하고 살았다.

이점이 그로 하여금 학자의 길을 걸으며 내면적인 성찰을 추구하는 것을 가능케 하였다. 首聯 上句의 '追尋芳躅每欣然'을 통해, 스스로 박졸함을 인정하고 내면적인 완성을 이루기 위해 성학에 몰두해온 세월을 흐뭇하게 바라보고 있다.

頷聯에 이르면, 세월이 흐를수록 젊은 날의 총기는 점점 흐려지지만 지금 시를 짓기 위해 발분한 기운은 예전과 다름없이 힘차고 즐겁다는 것이다. 즐거운 마음이란 頸聯에서 말했듯이, 名利를 떠나 학문의 세계에 몰입하면서 생긴 건강한 마음자리인 것이다. 名利와 같은 人慾은 수양에 저해되는 것이다. 마찬가지로 尾聯 下句의 '執鞭'도 인욕을 卑近한 예로써 보인 것으로, 이것 또한 그가 할 일이 아니라는 것이다.

다시 말하면, '執鞭'은 고상함과는 상관없는 천한 일임을 대유한 것이다. 그는 오직 인간의 富는 천명일 뿐, 枉己從人하여 아무리 천한 일을

---

26) 『退溪先生文集內集』, 卷2.

한다고 해서 쉽게 구해지는 것이 아님을 암시하고 있다.

『논어』의 '부를 구해서 되는 것이라면 나 또한 채찍을 잡는 일이라도 하겠지만, 그렇게 해서 구하지 못하는 것일진대 내가 좋게 여기는 것을 따르겠다'에서 유래한 것이다.[27] 요지는 富貴하려고 자신의 뜻을 굽혀 다른 사람을 좇아가지 말자는 것이다. 尾聯을 통해 그는 제자와 더불어 이러한 정신으로 의기투합할 수 있기를 바라고 있다.

V. 결 론

지금까지 살펴본 바에 의하면, 『論語』를 근거로 하여 제작된 퇴계시 는 각각 자연, 학문, 그리고 인간이라는 세 축에서 유가의 思無邪 精神 을 고취하고 있음을 확인할 수 있었다.

퇴계는 공자와 마찬가지로 樂山樂水하는 생활도 수양의 방법이 됨을 깨달아 이를 실천하려 하였다. 그는 증석의 말을 빌어, 산수자연 속에서 생활하는 것이 世上事에 초연한 것에만 의미를 둔 것이 아니라, 오히려 더 뜻을 높여 대자연의 기상을 함양하는 데에 있음을 말하는가 하면, 심지어 「立秋日 溪堂書事」의 경우, 溪堂의 秋日을 그려내는데 마음 쓰 는 일이 없어 시의 전편에는 안회의 寒窮과 독서의 樂을 표출할 뿐이다.

또한, 공자가 강가에 서서, '흘러가는 것은 이와 같은가. 밤낮을 가리 지 않고'[28]라고 하였던 것처럼, 퇴계 역시 흘러가는 물을 보고 道體를 깨닫는다. 「觀瀾軒」에서 그는 학문의 길이 이처럼 무궁함에도 불구하 고, 점차 노쇠해지는 자신의 생을 절감하며 고뇌하고 있다.

---

27) 『論語』「述而」. "子曰, 富而可求也, 雖執鞭之士, 吾亦爲之. 如不可求, 從吾所好."
28) 『論語』「子罕」. "子在天上曰, 逝者如斯夫. 不舍晝夜."

「和陶集飮酒(十四)」에서도 이러한 학자의 마음이 강조되어 있는데, 그의 마음은 '吾生晚且僻 獨昧修良貴'에 까지 치닫다가도, 결론적으로, 아침에 도를 들으면 저녁에 죽어도 좋다는 공자의 말씀이 진실로 맛있는 말씀이라는 사실을 일깨운다는 점에서 그러하다.

한편, 퇴계는 설리시를 제작할 경우에서도 스스로 체험적인 삶의 문제와 마주하게 될 때 情感의 流露를 감추지 못하는데, 이를 통해 그의 인간미를 살펴볼 수 있었다. 즉, 공자가 자로를 대접한 일을 빗대어, 스승의 정감을 표출하는가 하면, '執鞭'에 얽힌 공자의 가르침을 제자에게 전하며 師弟間의 교유하는 즐거움을 나눌 뿐만 아니라, 「黃星州仲擧挽詞(一)」등을 제작하여 제자를 아끼는 마음을 애절하게 표출하기도 한다.

참고 문헌

『論語』, 성균관대학교 대동문화연구원, 1971.

이 황 , 『(增補) 退溪全書』, 성균관대학교 대동문화연구원, 1987.

______ , 權五鳳 編, 『退溪詩大全』, 포항공과대학, 1992.

______ , 辛鎬烈 譯, 『국역 퇴계시』, 한국정신문화연구원, 1990.

금장태, 『퇴계의 삶과 철학』, 서울대학교출판부, 1998.

王 甦, 李章佑 譯, 『退溪詩學』, 中文出版社, 1997.

柳正基, 『論語新講』, 일신서적출판사, 1992.

이장희, 『朝鮮時代 선비硏究』, 박영사, 1989.

이정화, 『退溪門人의 學退溪精神과 樓亭題詠에 反影된 繼承樣相』, 『퇴계학과 한국문화』제 37집, 경북대 퇴계연구소, 2005.

______, 『退溪 李滉의 言行論에 대한 考察-'東學' 관련 書冊을 中心으로』,『
    韓民族語文學』제46집, 한민족어문학회, 2005.
______, 『退溪의 삶과 詩世界의 變轉過程硏究』,『민족문화논총』제30집, 영
    남대 민족문화연구소, 2004.
諸橋轍次, 심우성 옮김, 『공자 노자 석가』, 동아시아, 2001.

「원왕생가」와 「彌陀證性偈」에 나타난 정토사상

조 연 숙

I. 서 론

　신라시대 불교는 모든 사회이념의 주축인 동시에 호국 신앙으로서의 성격을 지닌 것이었다. 또 전 사회적으로 불교 대중화 운동이 크게 전파됨에 따라 일반 대중의 포교를 위한 불교 노래가 상층에서 하층 서민에 이르기까지 널리 창작, 유포되었다. 「원왕생가」와 원효의 「彌陀證性偈」는 바로 이러한 맥락에서 이해할 수 있는 작품이며, 둘 다 신라시대 정토왕생신앙을 노래하고 있다는 점에서 주목할 만하다.[1]

　또한 「원왕생가」가 불리워진 문무왕대는 661년에서 681년에 이르는 기간으로 원효가 생존했던 시기이며, 「원왕생가」 관련설화에 원효의 이름이 직접 거론되고 있다는 점에서 이 두 작품에 대한 고찰은 의미있

---

[1] 김상현은 「원왕생가」와 원효의 「彌陀證性偈」, 「도천수대비가」와 의상의 「白花道場發願文」, 「보현십원가」와 의상의 「一乘發願文」을 비교·고찰해 볼 필요가 있다고 하여 그 연구 가능성을 시사하였다. (「향가와 게송과 불교사상」, 화경고전문학연구회편, 『향가문학연구』, 일지사, 1993, pp.254-255.)

는 일이 될 것이다. 물론 하나는 향가 형식이고 다른 하나는 게송의 형태로 전해지는 것이 다르지만, 사상적 배경이 거의 비슷하다는 점에서 두 작품에 나타난 정토사상을 비교해 볼 수 있다.

따라서 본고에서는 「원왕생가」와 「미타증성게」에 나타난 정토사상을 서원자의 위치와 願의 대상, 정토삼부경의 수용 양상면에서 비교 고찰해 봄으로써 두 작품의 특성을 좀더 분명히 하고자 한다.

II. 「원왕생가」와 「미타증성게」에 나타난 정토사상

1. 서원자의 위치

1) 「원왕생가」

「원왕생가」에서 서원자를 누구로 볼 것인가 하는 문제는 곧 「원왕생가」의 작자가 확정되어야만 논의 가능한 일이다. 「원왕생가」의 작자에 대한 기존 논의는 광덕처설, 광덕설, 원효설, 작자실명설(전승가요설) 등이 있다. 광덕처설은 양주동[2]이 "其婦芬皇寺之婢盖十九應身之一德嘗有歌云" 부분을 "其婦芬皇寺之婢 / 盖十九應身之一德 / 嘗有歌云"으로 끊어 읽어도 아무 무리가 없으며, 또 「원왕생가」의 歌意가 여성의 애끓는 기원의 노래를 방불케 한다고 하여 「원왕생가」의 작자를 광덕처로 단정한 이래 김종우, 정주동, 정익섭[3] 등이 이를 지지하였다.

---

2) 양주동, 『국학연구논고』(을유문화사, 1962), pp.130-133.
3) 김종우, 「원왕생가와 정토문」(『향가문학연구』, 선명문화사, 1974)
   정주동, 「원왕생가에 대한 異說考」(『경북대논문집』 제13집, 1969)
   정익섭, 「원왕생가의 작자고」(『호남문화연구』 제9집, 전남대 호남문화연구소, 1977)

이에 대해 김동욱[4]은 관련설화에 광덕은 '德'으로, 엄장은 '莊'으로, 광덕의 처는 '其婦'라는 지시격으로 쓰이고 있음과, 광덕 처를 관음의 19화신 중 하나로 본다면 그가 일부러 정토왕생을 희구할 필요도 없을 것이니 "其婦芬皇寺之婢 / 盖十九應身之一 / 德嘗有歌云"으로 끊어 읽어야 한다고 하며, 작자가 광덕임을 주장하였다. 이 논의는 이후 김운학, 박노준, 정상균, 황패강, 조동일, 양희철[5] 등의 지지로 이어졌다.

다음 김사엽[6]은 문무왕대를 중심한 통삼 신라의 미타교에 있어서 정토교의 경전 注疏를 가장 많이 저술하였고, 이교도들의 원행을 위해 삽관법을 지어 지도하였으며, 범부의 득도방편으로 '歌·舞'를 창안하여 포교에 응용하는 등 백방 진력한 弘敎의 제일인자, 원효대사야말로 이 노래의 작자일 것이라고 추정하였다. 그리고 범부를 위한 「무애」가 있었으니 상배를 위한 노래도 지었을 것인데 그것이 바로 「원왕생가」일 것이라고 하여 「원왕생가」의 작자를 원효라고 주장하였다.

이 후 최철[7]은 『삼국유사』의 기록에서 '有歌'와 '作歌'는 성격이 전혀 다른 것임을 지적, '作歌'는 한 작가에 의해 창작된 작품의 경우에 쓰이며, '有歌'는 전승된 노래를 의미한다고 하였다. 그리고 「원왕생가」의 관련 설화에는 '嘗有歌'라는 기록이 있는 것으로 보아 「원왕생가」는 전승가요로서의 성격을 띠며, '嘗'자는 전래되었다는 뜻을 한층 더 깊게

---

4) 김동욱, 「신라정토사상의 전개와 원왕생가」(『중앙대논문집』 제2집, 1957), pp.97-98.
5) 김운학, 『신라불가문학 연구』(현암사, 1976)
   박노준, 「원왕생가고」(『국어국문학』 제85호, 1981)
   정상균, 「원왕생가」(『한국고대시문학사연구』, 한신문화사, 1984)
   황패강, 「원왕생가 연구」(『삼국유사와 문예적 가치해명』, 새문사, 1982)
   조동일, 『한국문학통사 1』(지식산업사, 1984)
   양희철, 「원왕생가의 작자 일별」(『인문과학논집』 제9호, 청주대 인문과학연구소, 1990)
6) 김사엽, 「원효대사와 원왕생가」(『향가의 문학적 연구』, 계명대 출판부, 1979), pp.227-228.
7) 최 철, 『향가의 본질과 시적 상상력』(새문사, 1983), p.253.

설명해 준다고 하였다. 이러한 작자 실명설은 이후 윤영옥, 성기옥, 김 승찬, 박기석[8] 등이 지지하였으며, 필자 역시 「원왕생가」를 당시 널리 불려지던 작자 미상의 불교가요로 보고자 한다.

작자 논의에서 많은 지지를 얻고 있는 '광덕설'을 주장하는 논자들은 광덕이 수행과정에서 "明月入戶 時昇其光 加趺於上" 했다는 설화 속의 '明月'과 「원왕생가」의 달을 연관시켜 광덕을 작자로 추정하기도 하였 다. 그러나 이 대목은 앞뒤 문맥을 좀 더 면밀히 살펴야만 그 진의를 파악할 수 있다. 전후 문맥은 다음과 같다.

但每夜端身正坐 一聲念阿彌陀佛號 惑作十六觀 觀旣熟 明月入戶 時
昇其光 加趺於上 竭誠若此 雖欲勿西奚往
(『삼국유사』 卷第五 感通 第七 廣德嚴莊)

위 내용을 보면 '명월'은 아무 때나 창으로 들어오는 것이 아니다. 매일 밤 단정하게 앉아서 한결같이 아미타불을 외우고 혹은 십육관을 지으며, 그 관이 이미 익숙해질 때 창으로 들어오는 것이다. 이 부분은 『無量壽經』에 나오는 48원 중 제18, 19, 20원을 그대로 반영한 것으로 볼 수 있다. 매일 밤 단정히 앉아 일성으로 아미타불을 부른 것은 "어떤 중생이든지 지극한 마음으로 내 불국토를 믿고 좋아하여 와서 태어나 려는 이는 내 이름을 열 번만 불러도 반드시 왕생하게 될 것"[9]이라는

---

8) 윤영옥, 「원왕생가」(『신라시가연구』, 형설출판사, 1980)
　　성기옥, 「원왕생가의 생성배경연구」(『진단학보』 제51집, 1981)
　　김승찬, 「신라의 정토왕생사상과 향가」(『인문논총』 제28집, 부산대학교, 1985)
　　박기석, 「원왕생가와 광덕엄장 설화의 관련 양상」(『한국고전시가작품론1』, 백영정병 욱선생 10주기추모논문집, 집문당, 1992)
9) 『무량수경』, 正宗分
　　設我得佛 十方衆生 乃至十念 若不生者 不取正覺 雖除五逆 誹謗正法
　　이하 정토삼부경의 번역은 법정역, 『정토삼부경』(민족사, 1995)을 참고했다.

제18 念佛往生願을 형상화한 것으로 볼 수 있다.

다음 명월이 창으로 들어오면 그 빛을 타고 그 위에 가부좌를 했다는 것은 후에 자세히 서술하겠지만, 『觀無量壽經』에 나오는 三輩 중 '上輩에 나는 관'을 형용한 것으로 볼 수 있다. 즉 상품상생자가 극락에 왕생할 때 "관세음보살은 금강대를 가지고 대세지보살과 함께 그의 앞에 가고, 아미타불은 큰 광명을 놓아 수행자의 몸을 비추면서 여러 보살들과 함께 손을 내밀어 영접한다"10)는 것인데 이는 수행자의 임종시 아미타불의 내영을 상징하는 것이다. 또한 이 대목은 "보리심을 내어 여러 가지 공덕을 닦고 지극한 마음으로 원을 세워 내 불국토에 태어나려는 중생들은 그들이 임종할 때에 내가 대중과 함께 가서 그를 맞이하게 될 것"11)이라는 제19 臨終現前願과도 통하는 내용이다.

또 이처럼 정성을 다하면 비록 서방으로 가고자 하지 않은들 어디로 가겠느냐는 마지막 부분은 "시방세계 중생들이 내 이름을 듣고 내 불국토에 태어나고자 하는 중생은 반드시 왕생하게 될 것"12)이라는 제20 植諸德本願을 그대로 드러낸 것이다. 따라서 관련 설화에 나오는 명월은 명월 그 자체를 이야기한 것이라기보다는 '其光'이 더 중요한 의미를 지닌 것으로 보아야 하며, 이는 아미타불의 임종 내영을 형상화한 것으로 볼 수 있다. 그러므로 「원왕생가」에 나오는 달은 「정읍사」에 나오는 달과 같이 단순히 기원의 매개자로 보는 것이 옳다고 본다.

---

10) 『觀無量壽經』, 正宗分, 上輩觀
    觀世音菩薩 執金剛臺 與大勢至菩薩 至行者前 阿彌陀佛 放大光明 照行者身 與諸菩薩 授手迎接
11) 『무량수경』, 正宗分
    設我得佛 十方衆生 發菩提心 修諸功德 至心發願 欲生我國 臨壽終時 假令不與 大衆圍遶 現其人前者 不取正覺
12) 『무량수경』, 正宗分
    設我得佛 十方衆生 聞我名號 係念我國 植諸德本 至心廻向 欲生我國 不果遂者 不取正覺

이렇게 광덕이 완벽한 수행을 하는 상배에 속한 인물로 그려지고 있
는데 반해 엄장은 하배로서의 면모를 여실히 드러내고 있다. 엄장이
광덕의 장사를 지낸 후 광덕 처에게 동침을 요구하자, 광덕의 처는 10여
년 동안이나 청정하게 수행한 광덕의 태도를 들어 엄장을 꾸짖는다.
그리고 엄장은 서방과는 정반대인 동방으로나 갈 수 있을 것이라고
하였다. 이런 문맥으로 볼 때 엄장은 이름만 사문일 뿐, 실제로는 인간
의 기본적인 욕망도 버리지 못한 가장 미숙한 신앙 상태에 있는 인물이
라고 할 수 있다. 즉 그는 종교적 발심도 하지 못한 우매한 중생의 전형
이다. 그런 그가 관음보살의 화신인 광덕 처의 도움으로 원효에게 나아
가 삽관법을 닦아 극락왕생하게 되는 것이다. 이렇게 볼 때 광덕은 가장
완벽한 수행을 실천하는 상배자를, 엄장은 발심도 하지 못한 하배자를
대표하는 인물이라고 볼 수 있다.

그리고 이런 견해는 이들의 생업과도 연관지어 볼 수 있다. 먼저 광덕
은 분황사 서쪽 마을에 은거해 신을 삼는 것을 업으로 삼았다. 여기서
'신'은 단순한 도보 수단이 아니라 중생으로 하여금 이를 신고 건너가게
하는 '濟度'의 수단으로 이해할 수 있다. 즉 광덕은 서방정토를 연상시
키는 분황사의 '서쪽'에 은거하며 도를 닦아 중생을 제도할 방법을 강구
하다가 자신이 먼저 극락에 왕생하는 것을 본보기로 보여준 것이다.
이에 반해 엄장은 남악에 암자를 짓고 '大種刀耕'[13], 즉 나무를 베고
밭을 일구어 농사를 짓고 사는 일반 백성의 전형적인 삶을 보여주는
사람이다. 불교에 뜻만 두었을 뿐 엄장은 종교적으로는 발심도 하지
못한 당시 기층민 사회를 대변하는 인물로 볼 수 있으며, 「원왕생가」는
이런 우매한 중생을 구제하기 위한 포교가로서 당시 널리 불려지던

---

13) '大種刀耕'은 火種刀耕의 잘못이라고 본다. 이는 나무를 베어 불태우고 씨를 뿌린다
는 뜻이다.

노래로 볼 수 있다.

따라서 「원왕생가」는 “其婦芬皇寺之婢 / 盖十九應身之一 / 德嘗有歌云”으로 구독하여 ‘일찍이 이런 정토사상을 반영하는 노래로 「원왕생가」가 있었고, 이 노래를 광덕이 불렀던 것’으로 보아야 온당하다고 본다.

「원왕생가」를 당시 널리 유포된 불교가요로 본다면, 이 작품의 서원자는 이 노래를 부르는 모든 사람이 될 수 있다. 이 작품을 관련 설화와 분리해서 보면, 시적 화자는 굳이 광덕이나 광덕 처라고 고집할 이유가 없다. 작품상 광덕이나 광덕 처의 염원이라는 구체적 개별성이 잘 드러나지 않기 때문이다. 「원왕생가」를 일단 관련 설화와 분리하여 시의 내부 문맥만으로 유추할 경우 노래가 보이는 시적 자아의 성격이 그러한 개별성을 뛰어넘고 있다. ‘특정한 개인’이라기보다 ‘모든’ 개인들의 종교적 갈망, 사적 혹은 개인적 발원이라기보다는 보편적 혹은 집단적 발원으로서의 기원가적 일반성이 더 짙게 드러나고 있는 것이다.[14] 따라서 「원왕생가」의 서원자는 완벽한 수행과정을 거쳐 극락에 왕생하는 광덕이나, 19응신의 하나인 광덕 처가 아니라 아주 미숙한 상태에서 원을 수행하는 엄장과 같은 일반 중생이라고 할 수 있다.

다음 「원왕생가」를 집단적 발원으로 보는 다른 근거로 노래의 어조를 들 수 있다.

　　돌하 이데
　　西方ᄭ장 가샤리고
　　量壽佛前에
　　닐곰다가 솗고샤셔
　　다딤 기프샨 尊어히 울워리

---

14) 성기옥, 「원왕생가」(화경고전문학연구회편, 『향가문학연구』, 일지사, 1993), p.351.

두손 모도호 술바
願往生 願往生
그릴사롬 잇다 슯고샤셔
아으 이몸 기텨 두고
四十八大願 일고샬까

(양주동)

작품의 앞부분에서 시적 화자는 달을 매개로 하여 자신의 왕생을 염원하는 낮은 자로서의 祈求的 자세를 보이고 있다. 그러나 ⑨-⑩행에서는 "아으 이몸 기텨 두고 四十八大願 일고샬까"라고 하여 '나의 이 염원을 들어 주지 않고는 아미타불의 사십팔대원은 이루어지지 않을 것'이라는 부정적 태도를 강하게 드러내고 있다. 이에 대해 윤영옥은 "이는 일종의 呪言이다. "이 몸 남겨두고 사십팔대원을 이루실까?"라는 의문 종결어미로 끝맺어 설의법으로 나타냈으나 내심은 威嚇다. 역으로 풀 때 "나를 이 사바에 남겨 두고는 사십팔대원을 이루지 못한다. 그러니 나를 往生彼土케 하라"는 명령이다. 이것이 詩中話者의 內心의 眞義다. 간접적인 기원은 외경인 자세를 취했으나 직접적인 독백은 위하적인 자세로서의 명령이다."15)라고 하였다.

이렇게 「원왕생가」는 주술성을 내포한 위하적 발원의 어조로 「구지가」나 「해가」와 같이 집단의 정서를 드러낸 작품이라고 볼 수 있다. 사문이며 매일 밤 지극한 정성으로 원을 수행하였던 광덕이 이런 위하적 태도의 노래를 불렀다는 것은 있을 수 없는 일이며, 관음 19응신 중 하나이며 엄장의 미타행을 도와주는 조력자로서의 광덕 처가 이런 어조의 노래를 불렀다는 것은 더욱 이해할 수 없는 일이다. 따라서 「원왕생가」는 개인의 노래가 아니라 당시에 널리 불려지던 불교적 집단

---

15) 윤영옥, 앞의 책, p.95.

가요로 보아야 하며, 서원자는 가장 미숙한 상태에서 불교적 발원을
하는 하배에 속한 모든 중생이라고 볼 수 있다.

2) 「미타증성게」

원효의 「미타증성게」는 보조국사 지눌의 「法集別行錄節要並入私記」[16]
에 8구, 「萬德山白蓮社圓妙國師碑銘」[17]에 4구가 각각 인용되어 전한
다. 원문은 다음과 같다.

> ① 「法集別行錄節要並入私記」
> 曉公法師 亦有彌陀證性偈 深明往古諸佛 先悟後修之門 而今
> 盛行于世 如云
> 乃往過去久遠世　　有一高師號法藏
> 初發無上菩提心　　出俗入道破諸相
> 雖知一心無二相　　而愍群生沒苦海
> 起六入大超誓願　　具修淨業離諸穢
>
> ② 「萬德山白蓮社圓妙國師碑銘」
> 又唱元曉澄性歌云
> 法界身相難思議　　寂然無爲無不爲
> 至以順彼佛身心　　故必不獲已生彼國
> 每坐臥袞袞唱念不輟 至六日

위 기록으로 볼 때 「미타증성게」는 보조국사 지눌(1163-1210)과 원묘
국사 了世(1163-1245)가 생존했던 13세기 전반까지 세상에 성행했던 노
래임을 알 수 있다. 지눌과 요세는 당시 조계종과 천태종을 대표하는

---

16) 『한국불교전서』 4, p.753.a
17) 『동문선』 117.

인물로 이들은 한때 교유할 정도로 인연이 있었지만 사상이나 수행 방법은 같지 않았다. 원효의 「미타증성게」에 대한 이해나 인용이 달랐던 까닭도 이 때문이었을 것이다. 지눌은 「미타증성게」를 그의 저술 속에 인용하여 자기의 주장을 뒷받침할 예증으로 삼았다. 이에 반해 요세는 정토신앙의 실천적 수행의 한 방법으로 「澄性歌」를 唱念했던 것이다.[18]

그런데 이들 두 사료에는 몇가지 문제가 있는데 하나는 두 사료에 제목을 달리 쓴 점이며, 또 다른 하나는 이들 게송을 연결하려 할 때 선후의 문제 등이 그것이다. 이에 대해 김상현[19]은 다음과 같은 견해를 피력했다. 먼저 제목에서 지눌은 '미타증성게'라고 하고, 요세는 '징성가'라고 했는데 원래 정확한 제목은 '미타증성게'였을 것이고, 이를 약칭해서 '證性偈' 또는 '징성가'라고 불렀을 것으로 추정하였다. 상이한 글자인 '證性'과 '澄性'에 대해서는 불교 용어의 사용 예로 보아 증성이 정확한 표현이고, '澄'은 '證'의 誤記라고 보는 것이 타당할 것이라고 하였다. 또 '偈'와 '歌'는 같은 의미로 통용되던 것으로 '증성게'나 '징성가'는 같은 뜻으로 쓰였을 것이라고 하였다.

다음 ①, ② 두 작품의 선후 문제에 대해서는, 앞의 8구는 법장비구의 발심과 수행을, 뒤의 4구는 정토왕생을 각각 그 내용으로 하고 있다고 보고, 이 게송의 사상적 배경은 『무량수경』에 있다고 하였다. 이렇게 본다면 ①의 8구는 이 게송의 전반부에, ②의 4구는 그 후반부에 해당한다. 그렇다고 「미타증성게」가 본래 12구로서 완전한 것이었다고 단정할 수는 없으며, 『무량수경』의 내용을 고려할 때 8구와 4구 사이에 몇구가 빠졌을 것으로 보았다. 작품의 선후 관계를 고려하여 이를 재구해

---

18) 김상현, 「원효의 미타증성게」(『경주사학』 제6집), pp.44-45.
19) 위의 논문, pp.45-46.

보면 다음과 같다.

① 「미타증성게」

乃往過去久遠世	지난 과거 멀고 먼 그 옛적에
有一高師號法藏	한 높은 이 있어 그 이름 법장
初發無上菩提心	위 없는 보리심 처음 내고서
出俗入道破諸相	속세 나와 도에 들고 모든 상 파했네.

雖知一心無二相	비록 한 마음에 두 모습 없는 줄 알았건만
而愍群生沒苦海	고해에 빠진 중생 불쌍히 여겼네
起六入大超誓願	크고도 뛰어난 사십팔원 세우고서
具修淨業離諸穢	정업 갖추어 닦아 온갖 더러움 여의었네.

② 「징성가」

法界身相難思議	법계의 몸과 모습 말하기 어렵지만
寂然無爲無不爲	적연하여 하는 것도 안하는 것도 없다
至以順彼佛身心	저 부처님의 본원을 따르기만 해도
故必不獲已生彼國	반드시 그 나라에 왕생해 있으리라.[20]

작품의 전반부에서 시적 화자는 법장비구의 발심과 수행에 대해 이야기하고 있으며, 후반부에서는 정토왕생하고자 하는 자신의 서원과 방법에 대해 이야기하고 있다. 그의 서원은 아미타불의 본원을 순행하여 극락세계에 왕생하는 것이다. 그런데 이때 서원자는 단순히 자신의 발원만을 표명한 것이 아니라 법장비구가 발원하고 수행한 것을 서사적으로 제시하여 자신과 일반 중생이 행업해야 할 내용을 구체적으로 제시하고 있다.

또한 그는 '法界身相難思議 寂然無爲無不爲'라고 하여 일반 중생은

---

20) 번역은 김상현의 것을 대부분 그대로 따랐다.

알기 어려운 '법계'에 대해서 나름대로의 견해를 펴고 있다. 법계에 대한 오묘한 깨달음의 경지는 상당한 수행 과정을 거쳐야 가능한 것이기에 「미타증성게」의 서원자는 일반 중생보다는 한 층 높은 수도승 정도로 보아야 할 것 같다. 즉 법장보살의 원행과정을 칭송하고 이를 목표로 수행할 것을 표명한 점으로 보아 서원자는 법장보살과 같은 보살이나 성불을 목표로 하는 수도승의 위치에 있는 것으로 볼 수 있다. 작자가 원효인만큼 시적 화자 역시 敎僧的 입장에서 중생을 제도하려는 뜻을 드러내고 있다. 즉 그는 '저 부처님의 본원을 따르기만 해도 반드시 부처님 나라에 왕생해 있을 것이니 열심히 수행하라'는 敎示的 입장을 취하고 있는 것이다.

2. 願의 대상

1) 「원왕생가」

「원왕생가」에서 시적 화자는 달에게 서방정토에 가서 아미타불에게 자신의 소망을 전해 달라고 청원한다. 이때 청원하는 내용은 ⑤-⑧행에 구체적으로 나타난다. 먼저 그는 아미타불을 "다짐 깊흐샨 尊"이라 하여 아미타불이 성불하기 전에 세운 서원-한량없는 오랜 겁에 내가 큰 施主되지 못하여 널리 온갖 貧苦를 제도하지 못하면 正覺을 이루지 않겠다던 서원[21]을 일깨워 화자 자신을 제도하여 왕생토록 해주지 않을 수 없도록 만든다.[22]

실제로 아미타불은 그가 세운 48대원 각각의 앞과 뒤에 "세존이시여

---

21) 『무량수경』, 정종분
　　　爾時法藏比丘 說此願已而頌曰 …… 我於無量劫 不爲大施主 普濟諸貧苦 誓不成正覺
22) 김승찬, 앞의 논문, p.14.

만약 제가 부처가 될 적에 (저의 불국토)에서 다음과 같은 일이 이루어
지지 않는다면 저는 결코 부처가 되지 않겠습니다(設我得佛 …… 不取
正覺)"란 말을 48번이나 연속해서 삽입하여 중생 구제의 본원이 성취되
지 않을 때는 자신도 부처가 되지 않겠다는 신념을 강하게 표명했다.
　이렇게 시적 화자는 아미타불의 서원을 일깨운 후 그를 '우러르기'에
이른다. 우러른다는 것은 곧 우러러 바라보는 것으로 이는 곧 16관법
중 '제8 형상을 생각하는 관(像觀)'과 '제9 몸을 뵙는 관(眞身觀)'을 나타
낸 것이라고 볼 수 있다. '바라본다'는 것은 부처의 像인 실물을 놓고
직접 바라보는 것은 물론, 마음에 부처의 像을 그리고 이를 觀하는 것도
의미한다고 볼 수 있기 때문이다. 구체적 내용은 다음과 같다.

> ① 이것을 생각한 뒤에는 부처님을 생각하라 …… 저 부처님을 생각
> 　하고자 하는 사람은 먼저 그 형상을 관해야 한다. 눈을 감거나
> 　뜨거나 잠부강에서 나는 금빛같은 보석의 형상이 연꽃 위에 앉아
> 　있는 모습을 생각하는 것이다.23)
>
> 　　　　　　　　　　　　　　　　　　　　　　　　　　　　(像觀)

> ② 이 생각이 이루어진 다음에는 다시 무량수 부처님의 몸과 광명을
> 　관하라 …… 이것을 보는 사람은 곧 시방세계의 모든 부처님을
> 　보게 된다. 부처님을 보기 때문에 '염불삼매'라고 한다. 이 관을
> 　하는 것을 '모든 부처님의 몸을 본다고 한다. 부처님의 몸을 본다
> 　는 것은 또한 부처님의 마음을 보는 것이다. 부처님의 마음은 큰
> 　자비심이다. 이 無緣의 자비로써 중생을 섭수한다. 이 관을 하는
> 　사람은 죽은 뒤 부처님 회상에 태어나 無生法忍을 얻을 것이다.
> 　그러므로 지혜로운 사람은 마음을 집중하여 무량수 부처님을 보

---

23) 『관무량수경』, 정종분, 제8 상관
　　見此事已 次當想佛 …… 想彼佛者 先當想像 閉目開目 見一寶像 如閻浮檀金色 坐彼
　　華上 見像坐已

아야 한다.[24)]

(眞身觀)

「원왕생가」에서 볼 수 있는 또 다른 원은 "원왕생 원왕생"하고 왕생을 염원하는 행위에서 볼 수 있는 '念佛往生願'과 '植諸德本願'이다. 이는 앞서 설명한 바와 같이 법장비구가 세운 48원 중 제18, 20원에 해당하는 서원이다. '염불왕생원'은 염불칭호의 공덕을 쌓아 왕생을 얻고자 하는 미타정토사상의 대표적 원이며, 이는 『아미타경』의 주된 내용이기도 하다. 『아미타경』에서는 왕생의 수행으로써 아미타불이 전생에 수행할 때 서원한 본원의 염불을 적게는 하루에 한번부터 많이는 한 생애를 마칠 때까지 계속하면 서방정토에 왕생할 수 있다는 것이다. 구체적 내용은 다음과 같다.

> 사리불이여, 조그마한 선근이나 복덕의 인연으로는 저 세계에 가서 날 수 없느니라. 선남자·선여인이 아미타불에 대한 이야기를 듣고 하루나 이틀 혹은 사흘 나흘 닷새 엿새 이레 동안 한결같은 마음으로 아미타불의 이름을 외우되, 조금도 마음이 흐트러지지 않으면 그가 임종할 때에 아미타불이 여러 거룩한 분들과 함께 그 사람 앞에 나타나실 것이다. 그가 목숨을 마칠 때에 생각이 뒤바뀌지 않고 아미타불의 극락세계에 왕생하게 될 것이다.
>
> 사리불이여, 나는 이러한 도리를 알고 그와 같은 말을 한 것이니, 어떤 중생이든지 이 말을 들으면 마땅히 저 국토에 가서 나기를 원하라.[25)]

---

24) 『관무량수경』, 정종분, 제9 진신관
    此想成已 次當更觀 無量壽佛 身相光明 …… 見此事者 卽見十方 一切諸佛 以見諸佛 故 名念佛三昧 作是觀者 名觀一切佛身 以觀身故 亦見佛心 諸佛心者 大慈悲是 以無 緣慈 攝諸衆生 作此觀者 捨身他世 生諸佛前 得無生忍 是故 智者 應當繫心 諦觀 無量壽佛
25) 『아미타경』, 염불왕생

위 글은 『아미타경』正宗分 '염불왕생'에 실려 있는 내용이다. 즉 왕생을 원하는 자는 먼저 극락세계에 나기를 발원하고 아미타불을 稱念하면 임종할 때 아미타불과 관세음보살, 대세지보살 등이 현전하여 극락세계에 왕생하게 된다는 것이다. '식제덕본원'은 十方의 중생이 내 이름을 듣고 여러 덕본을 심고 至心으로 회향하여 내 국토에 태어나고자 하는 중생은 반드시 왕생하게 될 것이라는 왕생원이다.

이렇게 「원왕생가」에서는 16관법 중 '제8 상관'과 '제9 진신관', 법장비구의 48원 중 '제18 염불왕생원'과 '제20 식제덕본원', 『아미타경』의 '염불왕생'을 원의 대상으로 하고 있음을 알 수 있다.

2) 「미타증성게」

「미타증성게」에서 서원자는 법장보살의 48원 정업 모두를 원의 대상으로 삼고 있다. 48원은 아미타불이 법장비구로서 수행할 때 세운 서원을 말하며, 성불을 위한 수행과정에서 아주 중요한 기제로 작용하고 있다. 원의 대상을 구체화하기 위해 48원을 제시해 보면 다음과 같다.

(1) 내 불국토에서는 지옥·아귀·축생 등 삼악도의 불행이 없을 것(無三惡趣願) (2) 내 불국토에 태어나는 중생들은 다시는 삼악도에 떨어질 염려가 없을 것(不更惡趣願) (3) 내 불국토에 태어나는 중생들은 다 몸에서 황금빛 광채가 날 것(悉皆金色願) (4) 내 불국토에 태어나는 중생들은 한결같이 훌륭한 몸을 가져 차별이 없을 것(無有好醜願) (5) 내 불국토에 태어나는 중생들은 모두 숙명통을 얻어 백천억 나유타겁 이전의 과거사를 다 알게 될 것(宿命通願) (6) 내 불국토에

舍利弗 不可以少善根福德因緣得生彼國 舍利弗 若有善男子善女人 聞說阿彌陀佛 執持名號 若一日 若二日 若三日 若四日 若五日 若六日 若七日 一心不亂 其人臨命終時 阿彌陀佛 與諸聖衆 現在其前 是人終時 心不顚倒 則得往生 阿彌陀佛極樂國土

태어나는 중생들은 모두 천안통을 얻어 적어도 백천억 나유타 세계를 볼 수 있을 것(天眼通願) (7) 내 불국토에 태어나는 중생들은 모두 천이통을 얻어 적어도 백천억 나유타 부처님들의 설법을 들을 수 있을 것(天耳通願) (8) 내 불국토에 태어나는 중생들은 모두 타심통을 얻어 적어도 백천억 나유타 세계에 있는 중생들의 마음을 알게 될 것(他心通願) (9) 내 불국토에 태어나는 중생들은 신족통을 얻어 적어도 백천억 나유타 세계를 순식간에 통과할 수 있을 것(神足通願) (10) 내 불국토에 태어나는 중생들은 번뇌의 근본되는 아집을 일으키지 않을 것(漏盡通願) (11) 내 불국토에 태어나는 중생들은 이 생에서 바로 결정된 종류[定聚]에 들어가 필경에 성불할 것(必至滅度願) (12) 내 광명은 끝이 없어 적어도 백천억 나유타 불국토를 비추게 될 것(光明無量願) (13) 내 목숨은 한량이 없어 백천억 나유타 겁으로도 셀 수 없을 것(壽命無量願) (14) 내 불국토에는 수 없는 성문(수행자)들이 헤아릴 수 없이 있을 것(聲聞無數願) (15) 내 불국토에 와서 태어나는 중생들은 그 목숨이 한량이 없을 것(眷屬長壽願) (16) 내 불국토에 태어나는 중생들은 나쁜 일이라고는 이름도 들을 수 없을 것(無諸不善願) (17) 내 이름과 공덕을 시방세계 부처님들이 칭찬하지 않는 이가 없을 것(諸佛稱揚願) (18) 어떤 중생이든지 지극한 마음으로 내 불국토를 믿고 좋아하여 와서 태어나려는 이는 내 이름을 열 번만 불러도 반드시 왕생하게 될 것(念佛往生願) (19) 보리심을 내어 여러 가지 공덕을 닦고 지극한 마음으로 원을 세워 내 불국토에 태어나려는 중생들은 그들이 임종할 때에 내가 대중과 함께 가서 그를 맞이하게 될 것(臨終現前願) (20) 시방세계 중생들이 내 이름을 듣고 내 불국토를 사랑하여 여러 가지 공덕을 짓고 지극한 마음으로 내 국토에 태어나고자 하는 중생은 반드시 왕생하게 될 것(植諸德本願) (21) 내 불국토에 태어나는 중생들은 반드시 三十二相의 빛나는 몸매를 갖추게 될 것(三十二相願) (22) 다른 세계의 보살로서 내 불국토에 태어나는 이는 마침내 一生補處라는 보살의 가장 높은 지위에 이르게 될 것(必至補處願) (23) 내 불국토에 태어나는 중생들은 부처님의 신통력으로 밥 한 그릇 먹는 동안에 수없는 불국토를 다니면서 여러 부처님께 공양하게 될 것(供養諸佛願) (24) 내 불국토에 태어나는 중생들은 부처님께 공양하려 할 때에는 어떠한 공양거리거나 마음대로 얻게 될 것(供具如意願) (25) 내 불국토에 태어나는 보살은 누구든지 부처님의 온갖 지혜를 얻어 법을 말하게 될 것(說一切智願) (26) 내 불국토에 태어나는 보살들은 모두 '나라연천(天)'과 같은 굳센 몸을 얻게 될 것(那羅延身願) (27) 내 불국토에 태어나는 중생들이 쓰는 온갖 물건은 모두 아름답고 화려하여 비교할 수 없는 것들뿐이어서 비록 天眼通을 얻은 이라도 그 수효를 알 수 없을 것(所須嚴淨願) (28) 내 불국토에 태어나는 중생들은 아무리 공덕이 적은 이라도 높이가 사백만 리 되는 보리수의 한량없는 빛을 보게 될 것(見道場樹願) (29) 내 불국토에 태어나는 중생들은 스스로 경을 읽고 외우며 남에게 말하여 듣게 하는 변재와 지혜를 얻을 것(得弁才智願) (30) 내 불국토에 태어나는 중생들은 모두 걸림없는 지혜와 변재를 얻을 것(智弁無窮願) (31) 내 불국토는 한없이 밝고 깨끗하여 수없는 부처님 세계를 비쳐보되 마치 거울로 비쳐보듯 할 것(國土清淨願) (32) 내 불국토는 지상이나 허공에 있는 궁전이나 누각, 시냇물, 연못, 화초나 나무 등 온갖 것들이 모두 여러 가지 보석과 향으로 되어 비길 데 없이 훌륭하며, 거기에서 풍기는 향기는 시방세계에 두루 번져 그 향기를 맡는 이는 모두 거룩한 부처님의 행을 닦게 될 것(寶香合成願) (33) 시방세계 한량없는 중생들이 내 광명을 비치기만 해도 그 몸과 마음이 부드럽고 깨끗하여 天人보다도 더 뛰어나게 될 것(觸光柔軟願) (34) 시방세계의 어떤 중생이라도 내 이름을 듣기만 하면 보살의 無生法忍과 깊은 지혜를 얻게 될 것(聞名得忍願) (35) 시방세계의 어떤 여인이든지 내 이름을 듣고 기뻐하며 菩提心을 내는 이가 만약 여인의 몸을 싫어하면 죽은 후에는 다시 여인의 몸을 받지 않을 것(女人成佛願) (36) 시방세계의 한량없는 보살들이 내 이름을 듣기만 하여도 죽은 뒤 항상 청정한 행을 닦아 필경에 성불하게 될 것(常修梵行願) (37) 시방세계의 한량없는 천인이나 인간이 내 이름을 듣고 예배하며 귀의하고 즐거운 마음으로 보살행을 닦으면 모든 천인과 인간의 공경을 받게 될 것(人天致敬願) (38) 내 불국토에 태어나는 중생들은 옷 입을 생각만 해도 아름다운 옷이 저절로 입혀지고, 바느질한 자국이나 물들인 흔적이나 빨래한 흔적이 없을 것(衣服隨念願) (39) 내 불국토에 태어나는 중생들은 생각하는 대로 받는 즐거움이, 마치 번뇌가 없어진 비구와 같아 집착이 일어나지 아니할 것(受樂無染願) (40) 내 불국토에 태어나는 중생들이 시방세계에 있는 부처님들의 정토를 보려고 하면 소원대로 보석의 나무에 나타나 비치기를 거울에 얼굴이 비치듯 할 것(見諸佛土願) (41) 다른 세계 보살로서 내 이름을 들은 이는 성불할 때까지 六根이 원만하여 불구자가 되지 않을 것(諸根具足願) (42) 다른 세계의 보살로서 내 이름을 들은 이는 모두 깨끗한 해탈삼매를 얻게 되고, 이 삼매를 얻은 이는 잠깐 사이에 한량없는 부처님께 공양하면서도 삼매를 잃지 않을 것(住定供佛願) (43) 다른 세계의 보살로서 내 이름을 들은 이는 죽은 뒤에 부귀한 가정에 태어날 것(生尊貴家願) (44) 다른 세계의 보살로서 내 이름을 들은 이는 즐거운 마음으로 보살행을 닦아 선근 공덕을 갖추게 될 것(具足德本願) (45) 다른 세계의 보살로서 내 이름을 들은 이는 한량없는 부처님을 한꺼번에 뵈올 수 있는 평등한 삼매를 얻어 성불할 때까지 항상 수없는 부처님을 만나게 될 것(住定見佛願) (46) 내 불국토에 태어나는 보살들은 소원대로 듣고싶은 법문을 저절로 듣게 될 것(隨意聞法願) (47) 다른 세계의 보살로서 내 이름을 들은 이는 곧 물러나지 않는 자리에 들어갈 것(得不退轉願) (48) 다른 세계의 보살로서 내 이름을 들은 이는 첫째로 설법을 듣고 깨달을 것, 둘째로 진리에 수순하여 깨달을 것, 셋째로 나지도 않고 죽지도 않는 도리를 깨달아 부처님의 가르침에서 물러나지 않을 것(得三法忍願)

48원은 첫째 아미타불 자신에 관한 원((12), (13), (17)), 둘째 불국토에 대한 원((1), (2), (14), (31), (32)), 셋째 불국토에 왕생하는 사람들에 대한 원((4)-(11), (15)-(16), (21)-(30), (38)-(40), (46)), 넷째 불국토에 왕생하려는 사람들에 관한 원((18), (19), (20)), 다섯째 다른 국토의 중생에 관한 원((33)-(37), (41)-(45), (47)-(48))으로 분류해 볼 수 있다.

위 서원 중 아미타불 자신에 관한 원과 장차 자신이 완성할 극락세계에 대한 이상원을 제외하면 나머지 서원은 모두 중생에 관한 것으로 그는 극락에 왕생하는 사람들과 극락에 왕생하려는 사람들, 그리고 다른 국토의 중생에 관한 원을 주된 대상으로 삼고 있다. 이러한 원의 대상을 보더라도 서원자는 일반 중생이 아닌, 중생을 제도하려고 앞서 수행하는 수도승이나 보살의 경지에 있는 자임을 알 수 있다.

3. 정토삼부경의 수용 양상

1) 「원왕생가」

정토삼부경은 미타정토사상의 주요 경전인 『무량수경』과 『관무량수경』, 『아미타경』을 말한다. 여기서는 미타정토사상을 그 사상적 배경으로 하는 「원왕생가」에 이 경전의 내용이 어떻게 수용되었는지 살펴보고자 한다. 정토삼부경의 수용 양상은 앞서 논의한 원의 대상과 밀접한 관련을 지니고 있다.

「원왕생가」에서 원의 대상으로 나타나는 '형상을 보는 관(像觀)'과 '몸을 뵙는 관(眞身觀)'은 16관법에 속하는 것으로 이는 『관무량수경』에 실려 있다. 또 다른 원의 대상인 '염불왕생원'과 '식제덕본원'은 『무량수경』에 실려 있는 48원 중 일부로 『무량수경』의 사상 또한 반영하고 있다. 그리고 이 중 '염불왕생원'은 『아미타경』의 '염불왕생'과 상통하는 내용이어서 『아미타경』의 사상도 함께 수용하고 있음을 알 수 있다.

이런 사상은 관련 설화에도 그대로 나타난다. 광덕이 먼저 西昇함을 알리자 엄장이 문을 밀치고 나와 바라보니, "구름 밖에서 天樂소리가 들리고 광명이 땅에 뻗쳐 있었다"는 대목은 『관무량수경』에서 설한 아미타불의 임종 내영을 상징한 것으로 볼 수 있다. 이는 곧 『무량수경』에 나오는 48원 중 제19원인 '임종현전원'을 형상화한 것이다.

또 전술한 바와 같이 광덕이 "매일 밤 단정하게 앉아서 한결같이 아미타불을 외우고, 혹은 16관을 지음으로써 觀이 이미 익숙해져 명월이 창으로 들어오면 때때로 그 빛을 타고 가부좌를 하였습니다. 이처럼 정성을 다하였으니, 비록 서방으로 가고자하지 않는다 한들 어디로 가겠습니까?"란 대목에서는 『무량수경』의 제18원인 '염불왕생원'과 제19원인 '임종현전원', 제20원인 '식제덕본원'과 『아미타경』 정종분의 '염불왕생' 대목을 그대로 반영하고 있음을 알 수 있다.

그리고 관세음보살의 33응신 중 열아홉번째 응신인 광덕의 처가 엄장의 수행을 도와 그를 극락에 왕생케 한다는 것은 수행자가 관세음보살과 대세지보살의 도움을 받아 정토에 왕생하게 된다는 『관무량수경』의 말씀을 그대로 반영한 것으로 볼 수 있다.

① 관세음보살과 대세지보살은 어디서나 몸 모양이 같으며, 머리만 보면 이는 관세음보살이고, 이는 대세지보살인 줄 알 것이다. 이 두 보살은 아미타불을 도와 널리 중생을 교화한다.[26]

② 관세음보살은 금강대를 가지고 대세지보살과 함께 그의 앞에 가고, 아미타불은 큰 광명을 놓아 수행자의 몸을 비추면서 여러 보살들과 함께 손을 내밀어 영접한다. 관세음보살과 대세지보살은 수많은 보살들과 함께 수행자를 칭찬하고 그 마음을 격려한다.[27]

①은 『관무량수경』에 나오는 16관법 중 열세번째 관인 '섞어 생각하는 관(雜想觀)'에 나오는 내용으로, 관세음보살과 대세지보살이 아미타불을 도와 널리 중생을 교화하는 속성이 있음을 드러낸 것으로 볼 수

---

26) 『관무량수경』, 정종분, 雜想觀
　　觀世音菩薩　及大勢至　於一切處身同　衆生但觀首相　知是觀世音　知是大勢至　此二菩薩　助阿彌陀佛　普化一切
27) 『관무량수경』, 정종분, 上輩觀　주10) 참고.

있다. ②는 16관법 중 열네번째인 '상배에 나는 관(上輩觀)'에 나오는 내용으로 관세음보살과 대세지보살의 임무가 아미타불을 돕는 것만이 아니라 수행자의 왕생을 돕는 것임을 밝히고 있다.

이렇게 「원왕생가」에는 정토사상의 주요 경전인 『무량수경』과 『관무량수경』, 『아미타경』의 내용이 모두 수용되어 있으며, 관련 설화에도 이 사상이 그대로 반영되어 있음을 알 수 있다.

2) 「미타증성게」

「미타증성게」의 전반부 8구는 법장비구가 성불하기 전 발원하고 수행한 것을 주요 내용으로 하고 있다. 이 부분은 『무량수경』 중 '법장비구의 발원과 수행' 부분을 요약해 놓은 듯한 인상을 준다. 『무량수경』의 내용은 다음과 같다.

> 부처님께서는 아난에게 이와 같이 말씀하셨다.
> "아난아, 헤아릴 수도 없는 아득한 옛날 錠光여래라는 부처님이 이 세상에 출현하여 무수한 중생들을 제도하였느니라. 이 부처님 다음에는 光遠여래가 출현하였고, 그 다음에는 月光여래가 출현하였으며, 이와 같이 과거 오십 삼 부처님이 차례차례 나오시어 중생을 교화했었다. 쉰 네 번째로 출현한 세자재왕 부처님 때에 이르러 기억과 이해와 판단과 정진과 지혜력이 뛰어난 法藏比丘가 있었다.
> 그는 세자재왕 부처님의 가르침을 받는 구도자였는데, 그 부처님 앞에서 여래의 덕을 칭송하고 보살이 닦는 온갖 행을 닦아 중생을 제도하려는 원을 세웠다. 이 원이 이루어지기까지는 설사 지옥의 고통을 받는다 할지라도 퇴전하지 않겠다고 굳은 결의를 표명한 것이다."[28]

---

28) 법정역, 『정토삼부경』(민족사, 1995), p.13.

아득한 옛 세자재왕 부처님 때에 한 국왕이 있었는데 그 국왕은 부처님의 설법을 듣고 보리심을 발하여 왕위를 버리고 출가하여 법장이라고 하였다. 「미타증성게」의 ①-④구는 바로 이 내용을 말하는 것이며, 이는 위 글의 앞부분에 해당한다. 그리고 그는 세자재왕 부처님 앞에서 범천·마왕·용신 등 八部衆과 그 밖에 많은 사람들이 지켜보는 가운데 마흔 여덟가지 큰 서원을 세우고 오로지 미묘한 불국토 건설에 전념하였다. 그리고 그 원이 이루어진 불국토는 가장 뛰어난 常住 불변의 세계였다.

이와 같은 불국토 건설은 사실 법장비구가 헤아릴 수 없이 오랜 세월 동안 보살이 닦아야 할 끝없는 수행공덕을 쌓았기 때문이다. ⑤-⑧구는 바로 이런 법장비구의 발원과 수행 내용을 요지로 삼고 있다. 이렇게 하여 성불한 법장보살은 아미타불이 되어 서쪽 극락세계에서 한량없는 중생들을 이끌어 들이고 있다는 것이다.

위 내용에 이어 『무량수경』에서는 극락정토에 대한 장황한 설명이 있는데 「미타증성게」에는 극락세계의 장엄에 관한 표현이 없다. 따라서 전반부의 8구와 후반부의 4구 사이에는 여러 구, 적어도 4구 이상은 빠졌을 것이고, 이 부분에서 극락세계의 장엄을 노래했을 것으로 짐작[29]해 볼 수 있다.

또한 후반부의 ③-④구에서는 정토왕생을 희구하고 있는데, 이는 "부처님께서 미륵보살에게 말씀하셨다. 만약 무량수여래의 이름을 듣고 크게 기뻐하여 이 부처님을 한번만이라도 생각하면 이 사람은 커다란 이익을 얻을 것이다. 잘 알아두어라. 마침내 이 사람은 위에 없는 공덕을 온전히 갖추게 될 것이다"[30]란 대목을 반영한 것으로 볼 수 있다.

---

29) 김상현, 앞의 논문, p.49.

30) 『무량수경』, 流通分

　　佛語彌勒 其有得聞 彼佛名號 歡喜踊躍 乃至一念 當知此人 爲得大利 則是具足 無上

이렇게 「미타증성게」는 정토삼부경 중 특히 『무량수경』을 보다 깊이 있게 수용하고 있는 것이다.

Ⅲ. 결 론

「원왕생가」와 「미타증성게」 두 작품은 모두 정토왕생사상을 배경으로 하고 있으나 내용면에서 약간 다른 점을 지니고 있다. 먼저 두 작품에 나타난 서원자의 위치를 살펴보면, 「원왕생가」는 당시 널리 불려지던 불교가요로서 엄장과 같이 가장 미숙한 상태에서 불교적 발원을 하는 하배의 모든 중생이라고 볼 수 있다. 이에 비해 「미타증성게」는 법장비구의 원행을 칭송하고 이를 목표로 수행할 것을 표명한 점으로 보아 법장과 같은 보살이나 성불을 목표로 하는 수도승의 위치에 있는 것으로 볼 수 있다.

다음 원의 대상을 보면 「원왕생가」는 16관법 중 '제8 상관'과 '제9 진신관', 법장비구의 48원 중 '제18 염불왕생원'과 '제20 식제덕본원', 『아미타경』의 '염불왕생'을 그 대상으로 하고 있다. 이는 모두 일반 중생이 가장 쉽게 수행할 수 있는 염불칭호의 공덕이다. 이에 비해 「미타증성게」는 법장비구의 48원 모두를 원의 대상으로 삼고 있는데, 48원은 일반 중생이 수행하기보다는 보다 전문적 위치에 있는 수행자가 발원할 수 있는 것이어서 원의 대상도 「원왕생가」보다 한 층 높은 단계를 보여주고 있다.

마지막으로 정토삼부경의 수용양상을 보면 「원왕생가」는 정토삼부경인 『무량수경』과 『관무량수경』, 『아미타경』 중 주로 중생이 쉽게 수

功德

행할 수 있는 면을 두루 수용하고 있는 데 비해 「미타증성게」는 정토삼부경 중 『무량수경』의 내용을 보다 깊이 있게 전문적으로 수용하는 양상을 보이고 있다.

이렇게 볼 때 「원왕생가」는 '세상 사람들이 놀고 즐기는 데 쓰는 도구(世人戱樂之具)'31)인 향가의 형식을 빈 일종의 鄕讚으로서 게송보다 대중적이고 기원적인 성격을 지니고 있다. 이에 비해 「미타증성게」는 종교적으로 일정한 경지에 이른 보살이나 수도승을 위한 일종의 漢讚으로서 보다 전문적이고 교리적이며 교시적인 성격을 지니고 있다고 할 수 있다.

참고 문헌

『동문선』

『한국불교전서』

김운학, 『신라불가문학 연구』, 현암사, 1976.

법정역, 『정토삼부경』, 민족사, 1995.

청화역, 『정토삼부경』, 성륜각, 2000.

최 철, 『향가의 본질과 시적 상상력』, 새문사, 1983.

평정준영, 『정토삼부경 개설』, 이태원역, 운주사, 1995.

혁련정, 최철·안대회역, 『균여전』, 새문사, 1986.

김동욱, 「신라정토사상의 전개와 원왕생가」, 『중앙대논문집』 제2집, 1957.

김사엽, 「원효대사와 원왕생가」, 『향가의 문학적 연구』, 계명대 출판부, 1979.

---

31) 혁련정, 최철·안대회역, 『균여전』(새문사, 1986), 歌行化世分者

김상현, 「원효의 미타증성게」, 『경주사학』 제6집, 경주사학회, 1987.

______, 「향가와 게송과 불교사상」, 화경고전문학연구회편. 『향가문학연구』,
일지사, 1993.

김승찬, 「신라의 정토왕생사상과 향가」, 『인문논총』 제28집, 부산대학교,1985.

김종우, 「원왕생가와 정토문」, 『향가문학연구』, 선명문화사, 1974.

박노준, 「원왕생가고」, 『국어국문학』 제85호, 1981.

박기석, 「원왕생가와 광덕엄장 설화의 관련 양상」, 『한국고전시가작품론1』,
백영정병욱선생 10주기추모논문집, 집문당, 1992.

성기옥, 「원왕생가의 생성배경연구」, 『진단학보』, 제51집, 1981.

______, 「원왕생가」, 화경고전문학연구회편,『향가문학연구』, 일지사, 1993.

윤영옥, 「원왕생가」, 『신라시가연구』, 형설출판사, 1980.

정상균, 「원왕생가」, 『한국고대시문학사연구』, 한신문화사, 1984.

정익섭, 「원왕생가의 작자고」, 『호남문화연구』 제9집, 전남대 호남문화연
구소, 1977.

정주동, 「원왕생가에 대한 異說考」, 『경북대논문집』 제13집, 1969.

황패강, 「원왕생가 연구」, 『삼국유사와 문예적 가치해명』, 새문사, 1982.

가부장제와 여성 재현의 문제

이 유 경

I. 서 론

문학 속의 여성 형상에 대해서는 그 실제 양상과는 상관없이, 수동적이고 비주체적인 관습적 여성상이 대부분일 것이라는 편견이 존재한다. 특히 고소설에 등장하는 여성 형상에 대해서는, 이른바 '수난과 인고의 전통적 여성상'이라는 특정 이미지만이 부각되어, 이런 여성 형상이 곧 전통사회 여성들의 정체성을 대변하는 것으로 여겨지는 동시에 현대 여성들의 정체성에까지도 많은 영향을 끼쳐온 것이 사실이다.

이런 상황은 가부장제 사회에서의 여성 재현이 지극히 제한된 범위에서만 이루어지도록 장려되어 왔기 때문에 나타난 것이라고 할 수 있는데, 이는 곧 여성의 삶이 남성의 시각에서 해석되고, 그에 맞게 취사선택된 결과라고 할 수 있다. 즉 여성의 실제 능력과 가능성과는 상관없이 남성중심주의 시각에서 여성의 능력과 역할이 미리 정해지게 되면서, 남성주체의 필요에 따라 여성 형상도 제한된 범위 내에서만 변화의 가능성을 갖게 된 것이다. 그런 결과로 문학 속에는 현실에서는 존재하기 어려운, 수동적이고 희생적이며 부조리한 상황에서조차도 인내심이 강한 여성 형상이 이상적이고 모범적인 여성 형상들로 긍정적인 모습으로 그려지게 되었고, 그와 반대의 모습을 보이는 여성 형상들은 매우 비하되어 나타나는 극과 극의 양상을 보임으로써, 현실 속의 다양한 여성들의 모습을 제대로 반영하지 못하게 된 것이라고 할 수 있다.

따라서 고전문학 속의 여성 재현의 문제는 우선 가부장제와 여성의 관계를 살핀 후에 그 결과로 인해서 나타나게 된 여성성의 재구성과 왜곡의 양상을 살펴볼 필요가 있다고 여겨진다. 특히 가부장제의 경우 문화에 따라 다른 양상으로 나타난다는 점을 고려하여 유교적 가부장제의 특수성도 고려할 필요가 있다. 그리고 가부장제를 지나치게 단순화해서 이해할 경우 여성에 대한 억압이나 여성의 수동적 측면, 희생자로서의 여성의 역할을 필연적인 결과로 받아들이게 될 수도 있기 때문에 가부장제의 본질과 가부장제가 여성의 삶에 미친 제약의 성격을 명확히 이해할 필요가 있다. 가부장제를 명확히 이해하고 그에 대한 비판과 대안을 제대로 제시하기 위해서는 남녀의 생물학적 성과 사회적 성의 차이에 대한 인식을 바탕으로 하여 남녀 사이의 권력 관계의 양상을 구체적으로 살펴서, 그에 따라 여성성의 재현과 왜곡의 양상을 살펴볼 필요가 있다고 여겨진다.

그리고 문학 속의 여성 재현 양상과 관련하여 주목해야 할 것은, 유교적 가부장제의 영향에서 벗어나는 여성 형상들도 다양하게 존재하고 있었다는 점이라고 할 수 있다. 비록 우리가 살고 있는 사회가 오랜 기간 동안 가부장제의 영향 하에 놓여 있었다고 하더라도 가부장제가 사회의 전반을 모두 구속할 수는 없었을 것이다.[1] 그 속에는 엄연히 가부장제의

---

1) 최근 들어 새롭게 등장하고 있는 역사연구의 관점 중 중요한 것은, 역사가 일관된 하나의 발전과정을 밟아온 것이 아니라는 것이다. '동시적인 것의 비동시성'으로도 일컬어지는 이 관점은 역사가 양면적이고 모순적이며, 때로는 복합적이고 중층적인 것이라는 점을 강조한다. 이런 관점에서 볼 때 역사성을 띠는 사회 제도인 가부장제도

권력이 미치지 않는 '자유로운 공간'과 '빈 구석'이 늘 존재했으며, 여성 형상도 주류는 아니더라도 다양한 양상으로 나타나고 있었다. 그러므로 문학 속의 여성 재현 양상을 살필 때, 가부장제와의 관련성을 고려하면서도 이러한 변화의 가능성도 항상 염두에 두어야 할 것이다. 그래야 여성을 수동적인 존재나 남성의 부수적인 존재로만 여기는 시각에서 벗어나 다양한 여성 형상들을 만날 수 있을 것이기 때문이다.

II. 가부장제와 여성의 존재 양상

가부장제하에서의 여성 재현 양상을 살피려면, 가부장제하에서의 여성의 존재 양상(상태)에 대한 이해가 선행되어야 한다. 이는 문학과 현실사이의 밀접한 관계 때문이기도 하거니와, 과거에서 현재에 이르는 여성의 존재 양상을 이해하는데 가부장제에 대한 본질적 이해가 필수적이기 때문이다.

가부장제는 여성의 삶에 수많은 제약을 주었다는 점에서 꾸준히 비판받아 왔는데, 그 제약의 본질은 가부장제가 여성의 성적 능력과 재생산 능력을 남성의 것으로 專有하여 여성을 남성에게 종속된 존재로 만들어버렸다는 것이다.[2] 여성의 재생산능력은 그 자체로 신성한 힘을 지니는 것으로 여겨져 대모신신앙의 기반이 되었고 또 그러한 인식이 최근

그 형성과 전개과정에 있어서 복합적이고도 중층적인 면모를 보이며 다른 체제와 이념, 사고방식들과 공존해 왔다는 것을 알 수 있다.

안병직 외, 『오늘의 역사학』(한겨레신문사, 2002)

2) 가부장제에서의 여성종속은 여성의 성적 능력과 재생산능력을 남성이 전유하면서 발생하게 되었으며, 이러한 현상은 여성이 아이를 낳고 기르는 생물학적 차이에서 발생하여 점차 시간이 가면서 문화적으로 생성되고 강화된 구조가 되었다고 여겨진다.

거다 러너, 강세영 옮김, 『가부장제의 창조』(당대출판사, 2004), pp.33-93.

의 우리 삶에까지 많은 영향을 주고 있지만, 여성의 생물학적 성이 지닌 특수성으로 인해서 여성은 더 오랫동안 재생산이라는 종의 본질적인 활동에 얽매이게 되면서 자아의 확립과 발전에 있어서 남성보다 불리한 입장에 서게 된다.[3]

여성과 남성의 생물학적 성의 차이는 그 자체로는 가치중립적이고 어떠한 차별적 의미도 지니고 있지 않지만, 이로 인한 남녀의 성역할이 점차 고착되고 그 과정에서 남성중심적 시각이 함축되면서 점차 남녀에 대한 차별적 인식이 사회, 문화적으로 확고히 구성되는 결과를 낳게 된다. 그 결과 남성에 대한 여성의 종속이 핵심인 가부장제가 확고히 자리 잡게 되는 것이다.[4]

가부장제는 모든 영역에서의 남성지배를 근간으로 하는 체제이므로, 이런 체제하에서 여성은 종교, 정치, 교육 등에서 배제되어 주변화된다. 따라서 여성은 스스로의 독립성이 무시된 채 남성들에게 종속된 불완전한 존재로 인식되어 온 것이다. 이러한 상황에서 여성은 그 재생산 능력을 구현한 어머니의 상태였을 때에만 사회적 가치를 인정받게 되며, 그 권력은 남성과의 관계를 통해서만 주어진다. 특히 여성의 성적 자율성과 재생산 능력이 남성에 의해 전유되면서, 남편에 대한 여성의 성적 순결이 중시되고 자손의 탄생과 죽음을 좌우하는 결정권도 남성이 가지는 것으로 여겨지게 된다.

---

3) 위의 책, pp.92-93 참고.
4) 가부장제는 흔히 생물학적 성의 차이를 필연적인 것으로 들어서 남성의 여성지배를 근간으로 하는 가부장제를 자연스럽고 필연적인 제도로 인정하려 하지만, 이에 대해서는 수많은 비판이 있어 왔다. 특히 여성 종속의 역사성을 집중적으로 논의한 거다러너에 의하면, 생물학적 성의 차이는 단순한 차이일 뿐 필연적인 것이 아니고 남성의 여성지배는 사회문화적으로 형성된 것이므로 자연스러운 것이라고 볼 수 없다. 가부장제는 그 자체로 생성과 소멸의 과정을 겪게 될 역사적인 제도일 뿐이다.
위의 책, pp.33-93 참조.

이러한 여성의 상태는 특히 유교적 가부장제하에서 삼종지도와 칠거지악으로 명시되어 여성의 사회적 역할과 지위를 한정해왔다. 삼종지도는 여성의 삶을 그 출생에서부터 사망에 이르기까지 종속적인 것으로 규정하고 있으며, 여성이 스스로의 존재를 설명하는 방식으로 기능하며 여성의 타자화를 고착화시켰다.[5] 칠거지악은 가부장제의 사회 질서를 유지하기 위해 마련한 장치로서, 가부장제 권력에 도전이 될 만한 요소를 망라하여 여성을 지배하기 위한 이론적 장치로 마련된 것이라고 할 수 있다.[6]

이처럼 가부장제하의 여성의 상태는 그 주체성이나 자율성이 인정받지 못한 채 남성에게 종속되고 주류에서 배제되어 타자화되어 있다. 이렇게 종속되고 타자화된 여성의 상태는 오랜 기간의 교육과 제도화를 통해 여성에게 내면화되어 자연스러운 것으로 인식되고 있는 것으로 보이기도 하지만, 가부장제의 역사가 지속되는 과정에서 그러한 종속 상태에 대해 끊임없이 저항하고 나름대로의 대안을 모색해 왔다는 점도 고려되어야 할 것이며, 그러한 저항과 대안모색의 다양한 시도들을 찾아내고 체계화하여 가부장제를 극복하려는 노력이 이루어져야 할 것이다.

Ⅲ. 가부장제와 여성 재현 양상

1. 가부장제이데올로기 내 여성성의 재구성

가부장제는 역사적으로 오랜 기간 동안 유지되었던 남성지배의 제도

---

5) 이숙인, 『동아시아 고대의 여성사상』(여이연, 2005), pp.429-434.
6) 위의 책, pp.434-438.

화된 체계를 말한다. 이러한 가부장제는 동양의 경우 유교라는 정치사상과 결합하여 특수성을 지니게 되며, 우리나라에서는 조선 중기에 이르러 유교적 정치사상이 완전히 확립되면서 사회전반에 걸쳐 유교적 가부장제가 깊이 뿌리박히게 된다. 조선시대는 유교적 이념이 통치 기간 내내 중요한 지배 이념으로 작용했던 시기로서 중기에 이르러 공식적인 여성교육서를 짓고 이를 통해 여성의 윤리적 규범을 공식적으로 세워나가던 시기였다. 이에 따라 우리나라 남녀의 삶의 조건은 확연히 구분되어 있었으며 그에 대한 사고도 점차 이념화되었다.

조선시대에 유교를 기반으로 하여 국가체제를 정비하는 과정에서 중요한 문제로 대두된 것 중의 하나가 여성교육의 문제였으며, 이에 따라 등장하게 된 것이 여성교육서였다.『열녀전』,『여사서』,『내훈』,『여범』 등이 대표적이었으며, 앞의 두 책은 중국에서 수입된 것으로 여성의 행실과 규범을 다루고 있으며, 뒤의 두 책은 우리나라의 여성에 의해 쓰여진 것이다. 이 책들은 주로 여성의 婦道를 다루며 유교적 관점에서 지배질서인 가부장제에 순응하고 그 체제를 유지시킬 수 있는 내용으로 이루어져 있다.[7]

이러한 여성교육서들은 주로 지배층의 남성이나 여성들에 의해 편찬되거나 지어졌으며 그 과정에서 지배계급의 이데올로기가 반영되어 주류의 공식서사로서의 기능을 담당했다. 이 책들은 가부장제 사회의 유

---

[7] 최근에는 이러한 여성교육서를 여성주의적 시각에서 읽고자 하는 노력의 결실이 많이 이루어져서, 여성교육서가 지니는 긍정적 측면도 많이 연구되었다. 이에 따르면 이러한 여성교육서를 통해서 그 책을 지은 당대의 여성의 의식을 살필 수 있으며, 편찬자로서의 여성이 제시한 삶의 교훈이나 여성 역할모델 중에서 여성의 주체성과 능력을 강조한 예를 많이 찾아볼 수 있다고 한다. 그러나 그러한 여성주의적 독해의 의의와 성과는 인정하되, 이러한 여성교육서가 쓰여진 목표가 남성중심의 가부장제를 유지하기 위한 것이었으며, 편찬자인 여성도 그러한 남성중심적 이데올로기의 틀 안에서 자유로울 수 없었다는 점은 항상 염두에 두어야 할 것이다.

지와 지배구조 강화를 위해 여성에게 요구해야 하는 마음가짐과 행동의 지침을 정하여 가르치고 있다는 점에서 공통점을 지니는데, 그것은 여성이 스스로를 낮추고 가정의 일을 충실히 수행하여 가족의 유지와 번영에 앞장서야 한다는 것이다.8) 이러한 내용은 여성이 지녀야할 婦德이라는 윤리로 구체화되어 상층여성을 중심으로 교육되어졌으며, 조선후기에 이르면 그러한 윤리가 하층여성들에까지 영향을 미치게 된다.

이에 따라 여성의 존재는 삼종지도라는 유교이념을 통해 전 일생이 딸이나 아내, 어머니라는 위치로 남성이라는 범위 안에 종속되어, 스스로 설 수 없다고 규정되어 버렸다. 그러므로 남자는 일로서, 여자는 결혼으로서 그 삶의 의미를 찾도록 한 것이 당대의 규범이자 삶의 방식이었다고 할 수 있다. 이러한 유교적 규범이 지배하는 가부장제 사회 속에서 여성이 자아실현을 하는 길은 삼종지도에 따라 烈이념을 내면화하여 어질고 희생적인 어머니, 정숙한 아내, 효성스러운 딸로서의 역할을 충실히 하는 것이었다. 그리고 이러한 여성의 모습이 올바른 여성성을 대변하는 것으로 여겨졌다. 그러나 이러한 여성의 상태는 여성자체를 대변하는 것이 아니라 가부장제 사회가 재구성한 이상적인 여성의 모습일 뿐이다. 여성 자신이 스스로의 목소리를 낼 수 없다는

---

8) 여기에서 여성이 스스로를 낮춘다는 것은 당시의 철학체계나 여성의 인식이 여성을 비천한 존재로 본다는 것을 의미하지는 않는다. 남녀에 대한 비유나 그 역할규정에 쓰이는 높임과 낮춤의 의미는 위계적인 것이 아니라 상호보완적인 것이라고 보는 것이 더 타당하다고 여겨진다. 동양철학의 측면에서 남녀의 상하관계(혹은 권력관계)를 논할 때 음양론을 드는 것이 일반적인데, 이러한 음양론은 남녀의 상호보완성을 자연에 빗대어 의미화하고 상징화한 것이며 이러한 의미화와 상징체계 자체에는 어떤 위계의식이나 가치평가도 들어있지 않다고 보는 것이 이에 대한 최근 연구의 핵심이다. 문제는 이러한 초기의 비유가 점차 이데올로기화하여 남성과 여성의 관계를 위계화 하는데 일조했다는 점이다. 여성교육서에 대한 전반적 논의는 다음의 논문을 참조.
이숙인, 「『여사서』 읽기의 방법과 사상」, 『여/성이론』 6호, 여성문화이론연구소, 2002.

점에서 올바른 여성성의 발현이라고 할 수 없으며, 남성중심적인 시각이 반영된 왜곡된 여성성의 발현이라고 할 수 있다.

이처럼 여성의 삶이 남성의 시각에서 해석되고 가치 부여되며 그에 맞게 취사선택될 경우 여성의 실제모습은 매우 왜곡되어 나타나게 된다. 특히 여성교육서와 같은 공식서사에서 강조하는 여성의 모습이나 여성들이 읽도록 권장되었던 규훈류의 소설들에 등장하는 여성인물들에게서 이런 점을 발견할 수 있다. 여성의 실제 능력이나 가능성과는 상관없이 남성중심주의 시각에서 여성의 능력과 역할이 미리 정해지게 되면서, 남성주체의 필요에 따라 여성 형상도 제한된 범위 내에서만 변화의 가능성을 가지게 된 것이다. 그런 결과로 문학 속에서는 현실 속에서는 존재하기 어려운, 수동적이고 희생적이며 부조리한 상황에서 조차도 인내심이 강한 여성 형상이 이상적이고 모범적인 여성 형상들로서 긍정적인 모습으로 그려지게 되었고, 그와 반대의 모습을 보이는 여성 형상들은 매우 비하되어 나타나는 극과 극의 양상을 보임으로써, 현실 속의 다양한 여성들의 모습을 제대로 반영하지 못하게 된 것이라고 할 수 있다.

이러한 점은 대표적인 체제유지형 소설인 「사씨남정기」를 통해서 확인할 수 있다. 이 작품은 권선징악과 봉건적 이념의 수호를 강조하고 있는 소설로, 등장인물이나 사건보다 이념이 앞선다는 특징을 지닌다. 특히 여성 인물의 경우 체제수호의 화신으로서 지극히 이상적인 존재로 그려지거나 극악한 인물로 형상화되어 양분된 이미지를 보여주는 대표적인 작품이다.

「사씨남정기」의 경우, 권선징악적 관념과 봉건적인 시각에서 사씨부인의 성격을 지나치게 이상적으로 묘사했다는 한계를 지닌다. 사씨는 양반가문의 규수로서 유씨 가문에 시집온 후에도 전통적인 유교의 윤리규범에 따라 사고하고 행동하며, 가문의 대를 잇기 위해 자진해서 첩을 맞아들이고, 또 누명을 쓴 후 유씨 가문에서 쫓겨난 다음에도 남편의 선산에 가서 살려는 모습을 보인다. 이러한 모습은 부덕있는 며느리로서의 도리를 다하는 것으로 그려지는데, 그녀의 이러한 사고관과 행동은 유교적인 삼종지도를 그대로 따른 것이다. 이는 곧 작가가 지닌 봉건적 가부장제의 윤리를 사씨를 통해서 그대로 재현한 것이라고 할 수 있으며, 이로 인해서 사씨는 가부장사회에서의 이상적인 여성으로 그려지는 동시에 현실성은 매우 부족한 인물로 묘사되었다. 이에 반해서 교씨는 그녀의 행동이 가부장제 사회 속에서 매우 불안정한 상태인 자신의 생존을 위해서 어쩔 수 없이 이루어진다는 점과는 상관없이, 그 자체로 가부장제의 질서를 해치는 극악한 인물로 묘사된다.[9]

이처럼 사씨남정기에서는 남성적 시각에서 재현된 여성의 양분된 이미지를 극명하게 보여주고 있는데, 이는 서구문학에서도 계속해서 나타나는 천사와 마녀의 이분법적 이미지와도 상통한다. 그러나 이처럼 양분된 이미지는 한쪽으로 지나치게 치우친 결과 현실성에서 멀어진다는 점에서 그 자체로 모순을 내포한다.

그러나 이러한 편협한 여성이미지는 일정한 양상으로 전형화되어 영웅소설이나 가문소설, 가정소설 등에 지속적으로 영향을 주게 된다. 특히 근대 이후 식민지와 전란의 경험을 거치면서 잃어버린 전통에 대한 향수가 심화되어 조선후기의 보수적 양반계급의 이념이 우리의

---

9) 물론 이 작품은 사씨와 교씨의 묘사를 통해서 그 자체로 가부장제의 모순을 드러내기도 한다. 사씨와 교씨의 문제에서 살필 수 있는 처첩갈등은 가부장제 사회에서 발생할 수밖에 없는 어쩔 수 없는 문제이며, 그 자체로 가부장제 사회의 균열을 드러낸다. 그리고 이념을 그대로 체화한 사씨보다는 인간적인 욕망을 그대로 드러내고 있는 교씨의 성격이 좀더 사실적이고 구체적으로 묘사됨으로써 사씨보다는 교씨가 더 개연성있는 인물로 현실감을 갖는다. 이는 곧 사씨와 같은 여성이 현실에서는 존재하기 힘들다는 사실을 반증하는 것이기도 하다.

'전통'으로 인식되면서[10], 유교적 열이념에 입각한 수동적이고 희생적인 여성 형상이 우리의 대표적인 전통적 여인상으로 각인되면서 문학과 영화, 드라마 등을 통해 끊임없이 재생산되고 있다. 이러한 양상은 남성 중심의 근대화 과정에서 여성의 대상화가 더욱 심해지고 문학이나 영상물을 통해 여성이 수동성이나 희생의 상징으로 그려지는 일이 빈번하게 발생하면서 더욱 심화되었다. 그러나 이러한 여인상은 특수한 사회적 배경 속에서 만들어진 시대적 산물일 뿐이며[11], 여성의 본질인양 여겨지는 특정한 성향들도 남성의 관념을 재현한 것일 뿐이라는 점을 염두에 두어야 할 것이다. 이러한 전형적인 여성 형상은 현실의 구체적이고 다양한 여성 인물들의 모습을 왜곡하고 단순화한다는 점에서 우리의 문학과 삶에 부정적인 영향을 미치고 있으며, 아직까지도 이러한 편협한 여성 형상이 강조되어 과도하게 재현되고 있다는 점이 문제가 된다. 그러므로 고전서사물 속에 등장하는 다양한 양상의 주체적 여성인물들을 찾는 것은, 가부장적인 이데올로기에 따른 여성의 재현에 대한 비판과 함께 대안적이고 대항적인 여성 형상을 만들어나가는 데 도움을 줄 수 있을 것이다.

---

10) 한국사회가 식민지를 거치면서 민족적인 것에 집착하게 되었고, 그 과정에서 조선후기 양반사회의 관습인 부계중심의 가부장제가 한국적인 전통으로 오인되었다. 이런 배경 하에서 유교적인 열이념에 입각한 순종하고 인내하는 여인상이 전통적 여인상으로 각인되게 된 것이라고 할 수 있다.
　양현아, 「한국적 정체성의 어두운 기반」(『창작과비평』 106호, 1999, 겨울)
11) 역사연구 중 전통에 대한 새로운 연구 중 하나로, 우리가 오래된 것으로 인식해온 전통이 실제로는 생각보다 시공간적으로 가까운데 있었으며, 수많은 전통은 대부분 근대의 산물이라는 논의를 들 수 있다. 근대에 이르러 산업화와 도시화로 인해 사회 구성원 개인 간의 경제, 사회적 차이가 갈수록 커지게 되자 이를 극복하기 위해 상상된 공동체인 민족과 국민국가를 만들어내게 되고 그 과정에서 수많은 전통들이 창조되게 된다는 것이다. '전통적 여인상'도 이러한 과정에서 만들어지고 확대재생산 된 '상상된 여성상'이라고 할 수 있을 것이다.
　에릭 홉스봄 외, 박지향 외 옮김, 『만들어진 전통』(휴머니스트, 2004)

2. 자유 공간(빈구석)에 드러나는 여성성의 변화

이 장에서는 우리나라의 고전서사물에 등장하는 주체적인 여성 형상의 양상과 변모를 대략적으로 일별해 보고자 한다. 고전서사물에 나타나는 주체적인 여성 형상들을 사적으로 살펴보는 과정을 통해서 가부장제에 저항하는 여성성의 양상과 대안으로서의 여성 형상에 대해 생각해볼 수 있을 것이다.

주체적인 여성 형상은 초기의 창조신화와 건국신화에서도 찾아볼 수 있지만 그에 대한 인식이 미미하거나 그 주체적 성격이 변모한 경우가 많다. 그래서 주체적인 여성 형상을 논의할 때에는 주로 구비전승되는 무속신화와 여성우위설화들을 그 대상으로 하는 경우가 대부분이다.

우리나라의 토착신격으로 알려져 있는 선도 성모나 마고할미는 초기의 여성신격으로서 창조여신이나 풍요를 관장하는 생산신으로서의 위치를 지녔던 것으로 알려져 있다.[12] 이들 여신들은 그 자체로 독립적이며 독자적인 신격인 대모신으로 존재했으며, 생명력을 지닌 만물의 근원으로서 삶과 죽음의 경계를 넘어선 통합적 실체로 여겨졌었다.[13] 그러나 이런 초기의 여성 신격에 대한 인식은 점차 사라지게 되고 가부장적 이념의 형성과 간여로 인해서 천신인 남신의 배우자로서의 위치를 지닌 지무신으로 변모하게 되는데, 우리나라의 건국신화에 등장하는 웅녀와 유화가 이에 속한다. 지모신의 경우 남성신의 배우자로서의 성

---

12) 인간이 숭배한 최초의 신격은 세계 어디에서나 대체로 여성으로 표상되었다.
　　강진옥, 「「마고할미」설화에 나타난 여성신 관념」(『한국민속학』 25, 민속학회, 1993)
13) 장영란, 「원시 신화 속에 나타난 여성의 상징 미학과 여성주의 인식론의 새로운 모델」(『여성의 몸에 관한 철학적 성찰』, 한국여성철학회 엮음, 철학과 현실사, 2000) 이처럼 가장 원초적인 여성 신격을 '대모신'으로 보는 시각은 이제 일반적인 것이다. 이러한 대모신 신앙은 생명을 주는 어머니의 힘에 대한 인류의 오랜 경험으로 구성된 것이라고 할 수 있다.
　　조지프 캠벨, 『신의 가면Ⅲ 서양신화』(까치, 1999), 제 1부 여신의 시대

격이 첨가되면서 국조의 어머니로서의 모성성이 강조된다. 물론 이 과
정에서 아버지가 하늘 또는 천신의 모습으로 등장하여 '아버지의 부재'
상황을 간접적으로 내비치지만, 그러한 상황이 남성적 시각에서 결핍
의 상황으로 그려짐으로써 두 여신의 주체성이 상실되고 이 여신들이
가부장체제에 진입하기 위해 시련을 감수하는 여성의 형상으로 그려지
게 된다. 웅녀의 경우 사람으로 변하여 단군의 어머니가 되기까지의
과정에서 시련을 겪게 되며, 유화는 하늘에서 내려온 해모수에게 겁탈
을 당하고 버려진 후에 주몽이 왕이 되기까지 여러 가지 시련을 감수하
는 인물로 형상화되어 있다.[14] 즉 이 여신들은 스스로의 독립된 위치에
서 벗어나 남성에게 종속된 상황에서의 잉태와 출산이 강조되면서 모
성성이 강조되고 있는 것이다.

　이에 비해서 무속신화와 여성우위설화는 가부장제 이념의 영향 속에
서도 주체성과 자율성을 확보해 나가는 여성 형상의 모습을 잘 드러내
고 있다. 조선조를 걸쳐 여성들의 일상적인 삶에서 중요한 역할을 했던
무속신화의 경우 여신의 생산성과 전능성을 강조하면서도 그 서사 전
개 과정에서 여성이 일상생활에서 겪어내는 현실적인 삶의 체험을 반
영하여 여성으로서 겪는 고난을 강조하고 있다.[15] 이러한 무속신화는

---

14) 건국신화에 등장하는 여신들의 종속성은 건국신화가 남성에 의해 재구성되었다는
　　점에서 이해할 수 있다. 건국신화에서 웅녀나 유화가 종속적인 위치를 차지하는
　　것도 그 때문이다. 건국 신화가 재편되는 과정에서 웅녀나 유화와 같은 여신들의
　　이야기는 사라져버리게 되었다는 것이다. 특히 웅녀의 이야기가 곰나루 전설과 같은
　　비극적인 이야기로 변모되어 전한다는 점은 이와 같은 생각을 뒷받침해 준다. 그리
　　고 저자(조현설)에 의하면 이러한 곰나루 전설류에 나타나는 여성의 형상은 원귀전
　　설에까지도 이어진다고 볼 수 있다.
　　조현설, 「웅녀·유화 신화의 행방과 사회적 차별의 체계」(『구비문학연구』9집, 한국
　　구비문학회, 1999. 12, (『구비문학과 여성』이라는 제목으로 출판됨, 박이정, 2000)
15) 이경하, 「제주도 본풀이에 나타난 여성서사시의 양상과 의미」(『구비문학연구』 9집,
　　한국구비문학회, 1999. 12)

뛰어난 능력을 지닌 여성주인공이 등장하여 영웅의 일생을 따르는 서사구조를 보여준다는 점에서 여성영웅신화로서의 면모를 지닌다. 전국적으로 분포하는 바리공주와 제석본풀이, 그리고 제주도의 할망본풀이, 초공본풀이, 세경본풀이 등은 이러한 무속신화의 대표적인 예라고 할 수 있을 것이다.

물론 무속신화에도 건국신화에서와 마찬가지로 여성의 수난이 강조되어 나타나기 때문에 영웅적 행위는 이렇게 주어진 시련의 극복을 통해 이루어진다고 할 수 있다. 그리고 그 시련의 양상도 주로 남성이나 남편과의 분리, 즉 남성의 부재(그 과정에서의 혼전 잉태)라는 상황과 관련된다는 점에서 영웅적 행위의 양상이 변화되었다는 점을 살필 수 있다. 그러나 여성인물이 서사 진행의 중심이 되고 여성들이 겪는 일상의 체험을 바탕으로 하여 여성의 일생을 부각시켜 긍정적인 시각으로 그려낸다는 점과 시련을 극복한 후에 신으로 좌정한다는 점에서 건국신화의 여성 형상과는 다른 모습을 보여주고 있다.

초공본풀이의 '아기씨'는 결혼 전에 순결을 잃은 죄 때문에 집에서 쫓겨나지만 여러 번의 시련을 겪어 내고 죽음과 재생의 과정을 거친 후에 무조신이 되며, 세경본풀이의 '자청비'는 사회적인 성정체성에 따르는 행동을 거부하여 집에서 쫓겨나지만 남장을 통한 자발적인 여행을 통해 경험과 지혜를 획득하여 세경신으로 좌정한다. 그리고 삼공본풀이의 '가믄장아기'는 부모의 효시험에서 불효죄로 쫓겨나지만 스스로 배우자를 찾고 부자가 되어 부모를 구원함으로써 富神으로서의 신적 능력을 드러내고 있다.

이처럼 무속신화에서는 여성의 시련과 그 극복 과정을 이야기하면서 여성의 힘과 능력에 대한 긍정적 인식을 드러내고 있으며, 이를 통해 자족적이고 총체성을 지닌 여성 형상을 그려내고 있다. 가족으로부터의 분리 후 겪게 되는 시련을 타고난 비범함으로 극복함으로써 고난의 상황을 여성이 지닌 풍요로움으로 극복하고 있는 모습을 보여주고 있는 것이다. 특히 위에서 언급한 무속신화의 여주인공들은 자의나 혹은 타의에 의해서 가부장제의 규칙을 어긴 후 분리의 고난을 겪게 되지만, 이를 극복하고 새로운 삶을 성취함으로써 가부장제의 질서를 넘어서는 삶의 가능성도 보여준다.

그리고 여성우위설화의 경우 남녀관계에 있어서의 여성의 우위나 여성의 주체적인 행동을 드러내고 있는 대표적인 설화군이라고 할 수 있다. 쫓겨난 여인 발복설화의 경우 집에서 쫓겨난 여인이 스스로 남편을 고르고 능동적으로 자신의 삶을 개척해 나간다는 줄거리를 지닌 설화로, 발복의 과정을 통해 여성의 능력을 드러낸다고 할 수 있다.[16] 그리고 조선후기의 야담에서 많이 발견되는 이야기 유형인 여성지인담(택부담)은 사람을 알아보는 능력을 지닌 여성이 자신의 배우자를 스스로 선택하고 그 잠재력을 계발하여 사회적 성취를 이룬다는 이야기로, 바람직한 인간관계에 대한 모색을 바탕으로 하여 여성들의 사회참여 및 자아성취의 소망을 남녀관계라는 이야기를 통해 반영한 서사체라고 할 수 있다.[17]

이처럼 신화와 설화에 나타나는 여성 형상은 본래의 원초적인 여성의 모습을 지니고 있으면서도 시대가 바뀜에 따라 당시 여성의 처지를

---

16) 발복이라는 용어 자체가 여성이 지닌 삶의 능력(풍요로움)을 나타낸다고 할 수 있으며, 이러한 설화들에는 여성들이 지닌 풍요로움에 대한 설화 향유자들의 인식이 깔려있다고 볼 수 있을 것이다.
　　이러한 설화의 예로는 무속신화인 삼공본풀이와 문헌설화인 온달전(삼국사기 열전), 무왕설화(삼국유사 기이)로부터 민담인 '내복에 산다' 계열의 이야기들과 '복진며느리' 계열의 이야기들을 그 예로 들 수 있다.
　　김대숙, 「여인발복 설화의 연구」(이화여대 박사학위 논문, 1988)
17) 강영순, 「조선후기 여성지인담 연구」(단국대 박사학위 논문, 1995)

반영하면서 계속 변화한 것으로 생각되는데, 이 과정에서 여성이 본래 지니고 있었던 능동적인 모습 외에 점차 수동적이거나 종속적인 모습도 두드러지게 나타나게 된다. 특히 조선시대에 들어서는 유교를 국가 이념으로 하는 가부장적 사회로서의 면모가 굳어졌으며, 조선중기부터는 내훈, 여범, 여사서, 사소절, 계녀서 등의 여성교육서를 마련하여 이러한 이념을 공식적으로 권장하기도 하였다. 그래서 조선조에는 많은 열녀전과 열녀설화가 기록되고 수집되기도 했다. 그러나 여성교육서에서 제시하는 여성 형상은 어디까지나 이상화된 전범으로서의 의미를 지니므로 현실에서 살아가는 여성들과는 많은 거리가 있었다. 그러므로 당시의 공식서사에서 요구되었던 여성 형상과 비공식서사인 소설이나 설화 등에 등장했던 여성 형상의 차이에 주목할 필요가 있다. 여성들의 삶의 범위가 여러 가지 측면에서 제약되어 있었다고 하더라도, 고대 신화에서부터 보여지는 여성의 능동적이고 주체적인 모습들은 조선후기에 서사문학의 발달과 더불어 설화와 소설들에 다양한 면에서 많은 영향을 미치게 된다.

그 중에서 여성영웅소설은 뛰어난 능력을 지닌 여성 주인공이 공적인 분야에서 활약하는 내용을 담은 소설군이다. 여성이 공적인 분야에서 공을 세워 그 능력을 인정받는다는 것은 당시의 사회가 여성에게 부여했던 삶의 방식에서 크게 벗어난 행동이었다.

그러나 앞에서도 살펴보았듯이 당시의 지배이념이 제시하고 강요하던 여성의 모습은 어디까지나 이상화된 전범으로서의 의미를 지니는 것이며, 대부분의 고전서사물 속에서는 그러한 삶의 제약 속에서도 나름대로 다양한 삶의 방식을 추구하는 여성들의 모습이 나타난다. 그 중에서도 여성영웅소설은 능력있는 여성이 공적인 분야에서 업적을 이룬다는 내용을 기본 틀로 하여 조선후기에 많은 수의 작품이 창작되

고 수용되었는데, 이 작품군은 여성의 영웅화라는 설정을 통해 여성의
잠재된 능력에 대한 인식을 드러내고 이를 바탕으로 하여 당시의 지배
이념이 강요하던 여성적 삶의 방식에 대해 문제를 제기하고 있다고
할 수 있다. 특히 홍계월전과 방한림전 같은 작품들에서는 여성인물이
기존의 가부장적 사회가 여성에게 요구하는 역할규범에 대해 갈등을
일으키는 모습이 구체적으로 드러나며, 남성과의 종속적인 관계에서
요구되는 여러 가지 제약에 대한 거부도 나타난다. 이러한 인식은 여성
이 공적인 영역에서 활동하고자 하는 계기로 작용하며, 영웅적 활약을
하는 과정에서도 그러한 인식이 구체적으로 드러나는 것을 볼 수 있다.

  그리고 조선후기에 이르러 고전소설에서 낭만성이나 비현실성이 점
차 줄어들고 현실적 성향이 강조되면서 애정소설이나 장편가문소설,
한문소설 등에 변화하는 여성 인물들의 모습이 구체적으로 드러나고
있다는 것을 알 수 있다. 애정소설의 경우 남녀사이의 애정이 중심 사건
으로 부각되면서 애정성취를 위한 여성주인공의 적극적인 행동이 나타
난다. 이러한 작품들에서는 남녀의 자유로운 만남과 결연이 주된 사건
이 되면서 당대의 지배적인 윤리인 효와 갈등을 일으키고 그로 인해
여성주인공의 고난이 강조되기는 하나, 기본적으로 남녀의 진실한 관
계를 추구하며 애정을 이루기 위한 여성의 능동적인 모습이 보인다는
점에서 중요하다고 할 수 있다. 대표적인 작품으로 숙향전, 숙영낭자전,
채봉감별곡 등을 들 수 있을 것이다.

  장편가문소설이나 한문소설에서도 애정성취나 부부관계 및 자아실
현에 있어서 개성적인 인물이 등장하여 여성 인물의 능동적인 모습이
다양하고 구체적으로 나타나게 된다.[18] 조선후기에 많이 창작되는 장

---

18) 대표적인 작품으로 『하진양문록』과 『현씨양웅쌍린기』 등을 들 수 있을 것이다. 한문
   소설에도 이러한 여성 인물이 좀 더 구체적으로 형상화되고 있는데 최근에 중요하게
   논의되고 있는 작품으로 『포의교집』을 들 수 있다.

편가문소설은 분량이 확장되면서 많은 주인공이 등장하는데 그 과정에서 다양한 인물과 사건들을 소설 속에 수용하고 있다. 이 시기의 장편가문소설은 주된 창작자와 독자가 여성이었기 때문에 여성의 관심사나 이해관계를 반영한 것이 많았으며, 이에 따라 애정성취나 부부관계, 처가나 시가와의 관계, 자아실현 등의 문제에 대해 능동적이고 적극적으로 대처하는 개성적인 여성인물이 많이 등장하게 된다. 이러한 작품들에서는 일반적으로 여성 인물이 스스로의 위치에 대한 진지한 자각을 통해 의식의 변화를 이루는데 비해 남성 인물은 이념에 경직되어 있고 변화에 둔감한 사람으로 그려지는 경우가 많다. 그래서 이러한 소설들에서는 새로운 여성상과 진부한 남성상을 보여줌으로써 변화의 주체로서의 여성인물의 모습을 강조하고 있다고 할 수 있다. 이처럼 고전서사물에는 여러 가지로 다양한 유형의 주체적인 여성 형상이 나타난다고 할 수 있다.

Ⅳ. 결 론

문학이 인간의 삶을 형상화한 것이라는 점이나 문학 속의 인물이 현실의 인물을 바탕으로 해서 형상화된 것이라는 사실은 누구나 인지하고 있는 사실이다. 그러나 이러한 문학과 문학 속의 인물이 형상화되는 데에는 그 문학이 향유되던 당대의 역사적이고 사회적인 이데올로기가 많은 영향을 끼친다. 그래서 고전서사물에 나타나는 여성 인물들도 당시의 유교적 이데올로기의 영향을 받아 대체로 몇 가지의 제한된 유형으로 나타나는 경우가 많았으며, 그러한 여성 형상들이 우리나라 문학 속에 등장하는 대표적인 여인상으로 여겨져 왔다. 그리고 이러한 전형적인 여성 형상은 현실의 구체적이고 다양한 여성 인물들의 모습을 왜곡하고 단순화하여 그 이후의 문학 작품에도 계속 영향을 미쳤다.

특히 근대 이후 식민지와 전란의 경험을 거치면서 잃어버린 전통에 대한 향수가 심화되어 조선후기의 보수적 양반계급의 이념이 우리의 '전통'으로 인식되면서, 유교적 열이념에 입각한 수동적이고 희생적인 여성 형상이 우리의 대표적인 전통적 여인상으로 각인되어 현대의 문학에까지 적지 않은 영향을 미치고 있는 상황이다. 그러나 이러한 여인상은 특수한 사회적 배경 속에서 만들어진 시대적 산물일 뿐이다. 이러한 전형적인 여성 형상은 현실의 구체적이고 다양한 여성 인물들의 모습을 왜곡하고 단순화한다는 점에서 우리의 문학과 삶에 부정적인 영향을 미치고 있으며, 아직까지도 이러한 편협한 여성 형상이 강조되어 과도하게 재현되고 있다는 점이 문제가 된다.

그러나 초기의 고전서사물에서부터 지금에 이르기까지 그 대상작품에 대한 시야를 좀더 넓혀보면 다양한 여성 형상들이 나름대로 주체적이고 긍정적인 모습을 보이며 등장하고 있다는 점을 알 수 있다. 따라서 가부장적인 이데올로기에 따른 여성의 재현에 대한 비판과 함께 대안적이고 대항적인 여성 형상을 구성하기 위해서는 고전서사물에 나타나는 다양한 여성 형상들을 살필 필요가 있다고 여겨진다. 문학은 끊임없이 현실과 관계를 맺으면서 형성된다. 그러므로 고전서사물에 나타나는 여성 형상이 그 이후의 문학에 계속해서 영향을 미치고 있다는 점을 고려하여, 고전문학 속의 여성 형상이 지니는 살아있는 의미를 밝혀내고자 노력한다면 여성의 올바른 정체성 형성에도 도움이 될 수 있을 것이라고 생각한다.

참고 문헌

거다 러너, 강세영 옮김, 『가부장제의 창조』, 당대출판사, 2004.

안병직 등저, 『오늘의 역사학』, 한겨레신문사, 2002년 9월.

에릭 홉스봄 외, 박지향 외 옮김, 『만들어진 정통』, 휴머니스트, 2004.

이숙인, 『동아시아 고대의 여성사상』, 여이연, 2005.

정병헌, 이유경 엮음, 『한국의 여성영웅소설』, 태학사, 2000.

조지프 캠벨, 『신기 가면Ⅲ 성양신화』, 까치, 1999.

강영순, 「조선후기 여성지인담 연구」, 단국대 박사학위 논문, 1995.

장진옥, 「마고할미」설화에 나타난 여성신 관념」, 『한국민속학』25, 민속학회,
     1993.

김대숙, 「여인발복 설화의 연구」, 이화여대 박사학위 논문, 1998.

양현아, 「한국적 정체성의 어두운 기반」, 『창작과비평』106호, 1999, 겨울.

이경하, 「제주도 본풀이에 나타난 여성서사시의 양상과 의미」, 『구비문학
     연구』9집, 한국구비문학회, 1999. 12.

이숙인, 「『여사서』 읽기의 방법과 사상」, 『여/성이론』6호, 여성문화이론
     연구소, 2002.

장영란, 「원시 신화 속에 나타난 연성의 상징 미학과 여성주의 인식론의
     새로운 모델」, 『여성의 몸에 관한 철학적 성찰』, 한국여성철학회
     엮음, 철학과 현실사, 2000.

조현설, 「웅녀·유화 신화의 행방과 사회적 차별의 체계」, 『구비문학연구』
     9집, 한국구비문학회, 1999. 12.

성낙희 교수 약력 및 논저 목록

학력

1945. 陰 9월 2일 대전시 대홍동 출생

1958. 3. 대전 대홍초등학교 졸업

1961. 2. 대전여자중학교 졸업

1964. 2. 대전여자고등학교 졸업

1968. 2. 숙명여자대학교 국어국문학과 졸업

1970. 2. 숙명여자대학교 대학원에서 문학석사 학위 받음

1982. 9. 현대문학에 미당 서정주 선생의 추천으로 등단

1986. 8. 중앙대학교 대학원에서 문학박사 학위 받음

1972. 3. 이후 1987. 8에 이르기까지 晴嶽 韓榮瑄 한영선 선생께 한학 사사

경력

1964. 4 ~ 1966. 8 숙대신보사 기자

1968. 3 ~ 1970. 2 숙명여자대학교 국어국문학과 조교

1970. 3 ~ 1971. 2 금란여자중고등학교 교사

1971. 3 ~ 1982. 8 숙명여자대학교 강사

1982. 9 ~ 1983. 8 도미 워싱턴대학 비교문학과 수학

1983. 9 ~ 1988. 2 숙명여자대학교 강사

1981. 3 ~ 1982. 2 한신대학교 강사

1984. 3 ~ 1985. 2 수원대학교 강사

1988. 3 ~ 2005. 9 현재 숙명여자대학교 조교수, 부교수를 거쳐
교수에 이르는 동안 국어국문학과 과장, 석사주
임, 박사주임, 한국어문학연구소 소장, 숙대신보
사 주간, 숙명어문학회 회장, 청매회 회장 등을
지냄.

논저 목록

1. 저서

1976. 국어 작문(공저), 숙명여자대학교 출판부

1981. 향수(시집), 세원출판사

1986. 한국인의 애송시(공저), 청하

1986. 최치원의 시정신 연구, 관동출판사

1987. 도시의 별(현대문학 출신시인 사화집), 현대문학사

1990. 최치원의 시정신 연구(증보판), 관동출판사

1996. 삶과 글(공저), 숙명여대 출판부

1997. 동양고전 강의(공저), 국학자료원

1998. 먼길(시집), 시와시학사

2002. 우리 시대의 한문 무엇을 어떻게 배울 것인가(공저), 관동출판사

2003. 언어와 진실(공저), 국학자료원

2004. 동양고전의 이해(공저), 국학자료원

2005. 한국문학과 사상(공저), 국학자료원

2. 논문

1967. 김소월론, 청파문학 7

1969. 목월시에 나타난 감각 표현, 숙대학보 9

1969. 무명씨 가곡 여류분 추정, 아세아여성연구 8

1970. 풍자문학론, 청파문학 9

1970. 한국현대여류문학연구(석사학위논문), 숙명여대 대학원

1971. 시언어의 의미론적 의미, 청파문학 10

1977. 여류시의 한 경향에 대하여, 청파문학 12

1978. 김일엽문학론, 아세아여성연구 17

1980. 향수와 고독 -노천명론, 청파문학 13

1982. 정지상의 시 세계, 숙대신보 671

1984. 황진이의 시조와 한시, 청파문학 14

1985. 신라 하대시가의 두 흐름에 대하여, 숙대대학원 원우론총 3

1985. 최치원사상의 이해, 청파문학 15

1985. 최치원의 전기적 연구, 숙대대학원 원우논총 4

1986. 정지상의 시 세계, 국어교육 55, 56

1986. 최치원의 시정신 연구(박사학위논문), 중앙대학교 대학원

1987. 최치원시의 이미지 연구, 국어교육 59, 60

1987. 최치원시의 시정신 연구(학위논문 요약), 숙대신보 752

1989. 무명씨 여류시조의 작품 세계, 아세아여성연구 28

1990. 한국문학의 이원성, 숙대논문집 30

1991. 사설시조 여류분의 작품세계, 어문논집 1, 숙대한국어문학연구소

1991. 조선조 여류한시의 세계, 아세아여성연구 30

1993. 북한의 문학, 통일논총 10, 숙대 통일문제 연구소

1997. 자경별곡의 내용 분석, 국어교육 93

1997. 은촌내방가사의 고찰, 지역학논집 1

1998. 최치원시의 두 가지 성격에 대하여, 중한인문과학연구 3

1999, 소고당가사론, 지역학논집 3

1999. 자연그리움 사람그리움-박성룡의 시세계, 숙명어문논집 2

2000. 국문학과 유교의 음영, 지역학논집 4

2000. 한국고대시가의 여성의식, 아세아여성연구 39

2002. 고전이해의 강의 방안, 숙명어문논집 4

2002. 고전시가를 통해본 한국인의 전통적인 성의식, 한중인문학연구 9

2003. 시와 진실, 언어와 진실, 김상대교수 정년퇴임기념논총

2004. 리더십과 삼강령 팔조목, 지역학연구 8

2005. 최치원시의 고향의식, 한중인문학연구 15

2005. 김시습시의 도가적 특성, 숙명어문논집 5

기타 발표

1990. 대학교양교육의 활성화 방안, 숙대 전체 교수회의

1992. 북한의 문학, 숙대 통일문제 연구소

2000. 한국문화와 성, 고전시가를 통해본 한국인의 성의식, 숙대 한국
학센터

2001. 교양국어에서는 무엇을 어떻게 가르칠 것인가(대학교양국어의

방향), 숙대 국문과

2005. 천상병시와 노자 도덕경, 숙명어문학회

2005. 한국여성시의 맥, 숙대 문인회

3. 문예창작

<소설>

1963. 후조의 변, 숙대신보사 주최 제1회 전국여고생문예경연대회 당
     선작

1965. 귀향, 청파문학 5

1965. 뜨거운 연민(꽁트), 숙대신보

<시>

1964. 초토의 생명과 사랑, 숙대신보

1964. 禪을 위한 散歌, 숙대학보 4

1964. 凱旋의 유래, 숙대 10회 시와산문의 밤

1965. 진달래 벙글 때, 제1회 청파백일장 당선작

1965. 쏟아져 무성한 것은, 숙대신보

1965. 내일을 사는 신앙, 숙대 11회 시와 산문의 밤

1965. 달팽이의 시, 숙대학보 5

1965. 해빙기 이후, 4개 대학 문학제

1965. 시월 어느날, 숙대신보

1965. 엽서, 캠퍼스 창간호

1966. 내일, 숙대신보

1966. 사모, 청파문학 6

1966. 꽃자리에서, 숙대신보

1966. 향수, 숙음

1966. 장거리전화, 숙대 제12회 시와 산문의 밤

1966. 바람은 맨처음(4개대 문학제 발표), 숙대신보

1966. 야외, 숙대학보 6

1967. 이후에도 우리는, 숙대신보

1967. 늘 꽃숨같은, 고대신문

1967. 아침가도, 숙대신보, 제3회 청파백일장 당선작

1967. 잎사귀의 해일, 숙대학보 7

1967. 噴水, 녹지(중대 여학생회지) 창간호

1967. 열손가락, 숙대 제13회 시와 산문의 밤

1968. 아아 이 바람 속에(신창식 선생님 조시), 숙대신보

1968. 재생, 청파문학 8

1969. 수목송, 숙대신보

1981. 혼자 있을 때 외 2편, 현대문학

1982. 가을의 결어 외 2편, 현대문학

1984. 불을 켜며 외, 한국문학

1985. 겨울나무, 숙대동문회보 20

1986. 십자가/칼, 동서문학

1986. 늘 푸른 숲 늘 푸른 하늘(축시), 숙대신보 홍보판

1987. 무명오솔길/ 퇴고를 하며 외 3편

1988. 마음이 가는 길(민영순 교수님 회갑 축시)

1988. 가을에는, 숙대동문회보

1991. 아름다운 질서(신춘시), 숙대신보 821

1993. 바람 푸르른 날, 숙대동문회보 49

1994. 먼 길 멀리(개교56주년 기념 축시), 숙대신보

1995. 정규선 선생 壽筵頌, 큰 산 큰 바다시네(정규선 교수 회갑기념문집)

1996. 영원한 그리움(졸업축시), 숙대신보

1996. 가을, 청파문학, 19

1997. 이 깊은 향기 속에서, 청파문학 20

1998. 近況 1 / 近況 2, 청파문학 21

1998. 매화 향기 차고 푸른, 숙명어문논집 창간 권두시, 숙명어문논집
      1집

1999. 물길따라 흐름따라, 청파문학 22

2000. 그림자/월요일, 청파문학 23

2001. 醬을 담그며/여전히 천천히, 청파문학 24

2001. 평화의 간격/꽃은 피면서/이 고요속에 외 7(신작소시집), 시와시
      학 44

2002. 잎을 지우니/눈, 청파문학 25

2003. 새 마음 새 뜻(신춘시), 숙대동문회보

2003. 목숨이, 청파문학 26

2003. 아득한 뜻, 광주은행

2004. 잠(초대시단), 시와 시학 53

2005. 무인카메라/새해 새 수첩/辭說調, 청파문학 28

<수필>

1964. 꽃병 앞에서, 숙대신보

1965. 건강한 園丁, 여상

1965. 순수의 꽃나무들, 여학생

1966. 구름의 고향, 숙대신보

1966. 레인보우, 숙대신보

1967. 모성애의 우물, 이화(이화여대 학보)

1968. 다시 본 내 모습, 구조(대전여고 교지)

1968. 눈빛, 교육자료

1968. 내 영혼의 門樓에서, 숙대신보

1978. 운동장 앞에서, 수원간호대학 학보

1980. 삼덕이네, 숙우문학 1

1988. 스승의 이미지, 달무리 해무리(국문과 동문 수필집), 도서출판
     호롱불

1988. In Memory of My Gandmother(수필), Sookmyung Times, 117

1990. 할머니의 회상/짝사랑론, 꽃으로 피고 향기로 남고(한국여류에
     세이선), 경운출판사

1991. 마지막 예감/교수와 선비, 가슴으로 오는 사랑이야기(한국여류
     에세이선), 경운출판사

1992. 촌티나는 행복/꿈의 편력, 절정을 노래하는 나무들(한국여류에
     세이선), 경운출판사

1994. 손, 하루분의 기쁨이어라(한국여류에세이선), 경운출판사

1994. 내 마음을 오래 채우신 분, 등구나무(신찬우교수정년퇴임기념
     문집)

1994. 개인적인 인사말, 난원(정금자 교수 정년퇴임 기념문집)

1995. 溫柔淸直한 기품, 큰 뜻 청파에 심고(김옥렬 교수 정년퇴임 기념
     수필집)

1997. 강이 바다를 향해 떠나는 긴 여행의 출발선, 숙대신보 938

1998. 선생님의 초상화, 사랑이 흐르는 길 사랑이 머무는 자리(한국여
     류에세이선), 우진출판사

2000. 쑥과 콩/오르막길 내리막길, 자홍색 꽃잎으로 다시 핀 봉숭아(한
　　　국여류에세이선), 우진출판사
2001. 숙대신보의 아련한 향기를 되새기며, 숙대신보 1027
2002. 삶의 즐거움/관계들, 삶의 즐거움(국문과 동문 수필집), 문음사
2002. 예에 대하여/이 꿈결 같은 생의 순간순간들, 내 스무살의 날들
　　　(한국여류에세이선), 선우미디어
2004. 감사/거룩한 신전, 사월의 나무들(국문과 동문 수필집), 문음사

한국문학과 사상

인쇄일 초판 1쇄 2005년 09월 15일
            2쇄 2014년 07월 23일
발행일 초판 1쇄 2005년 09월 20일
            2쇄 2014년 07월 25일

지은이 성낙희교수 화갑기념 논총간행위원회
발행인 정 진 이
발행처 새미
등록일 1994.03.10, 제17-271호

서울시 강동구 성내동 447-11 현영빌딩 2층
Tel : 442-4623~4 Fax : 442-4625
www. kookhak.co.kr
E- mail : kookhak2001@hanmail.net
ISBN 978-89-5628-171-1 *93810
가 격 14,000원